GLI ADELPHI

480

In queste *Storie ciniche*, scritte fra le due guerre e tratte dalla sua vita multiforme di medico, scrittore, drammaturgo e agente segreto, William Somerset Maugham (1874-1965) si conferma come uno dei grandi maestri del racconto, spaziando dalle bettole di Vladivostok al bel mondo di Londra, di Parigi e della Costa Azzurra.

Oltre a un folto gruppo di romanzi, di lui sono uscite presso Adelphi le raccolte *Pioggia* (2003), *Ashenden* (2008), *Honolulu* (2010), *Una donna di mondo* (2013), nonché *Taccuino di uno scrittore* (2021), che comprende i suoi quaderni di appunti.

W. Somerset Maugham

Storie ciniche

TRADUZIONE DI VANNI BIANCONI

ADELPHI EDIZIONI

TITOLI ORIGINALI:

Louise
The Promise
The Lion's Skin
Appearance and Reality
Jane
The Happy Couple
A String of Beads
Before the Party
The Dream
Virtue
The Three Fat Women of Antibes

WWW.ADELPHI.IT

ISBN 978-88-459-3001-1

Anno				Edizione						
2025	2024	2023	2022	5	6	7	8	9	10	11

INDICE

STORIE CINICHE

LOUISE

Non riuscivo proprio a capire perché Louise si ostinasse a volermi frequentare. Le ero antipatico e sapevo per certo che alle mie spalle, in quel suo modo così delicato, non perdeva occasione di dire qualcosa di spiacevole sul mio conto. Era troppo raffinata per fare apprezzamenti diretti: le bastava un'allusione, un sospiro, un rapido gesto delle belle mani per far capire cosa pensasse. Era maestra nella lode insincera. Ci conoscevamo molto bene, da venticinque anni, ma non credo che questo avesse un qualche peso: mi considerava rozzo, brutale, cinico e volgare. E allora perché non mi lasciava perdere? Invece mi tartassava: mi invitava continuamente a pranzo e a cena, e una o due volte all'anno anche a trascorrere un fine settimana nella sua casa di campagna. Ma alla lunga scoprii le sue ragioni. Nutriva l'odioso sospetto che non la prendessi sul serio, e per questo cercava la mia compagnia: non poteva sopportare che io, e io soltanto, la considerassi una commediante. Non avrebbe avuto requie finché non avessi ammesso il mio errore e la mia sconfitta. Forse intuiva che io vedevo dietro la sua maschera e, siccome ero il solo a non cascarci, quella maschera si era prefissa di farmela accettare. Non ebbi mai la certezza che la sua fosse un'impostura totale; mi chiedevo se ingannasse se stessa in maniera assoluta come ingannava il mondo, o se nel suo intimo vi fosse una scintilla divertita. Se c'era, forse Louise era attratta da me, come si attraggono tra loro i furfanti, perché eravamo gli unici a condividere quel segreto.

Conoscevo Louise da prima che si sposasse. A quel tempo era una ragazza diafana con grandi occhi malinconici. I genitori l'adoravano con venerazione ansiosa, poiché una malattia, la scarlattina mi pare, l'aveva resa debole di cuore, e doveva avere un'estrema cura di sé. Quando Tom Maitland la chiese in moglie furono presi da sgomento: pensavano fosse troppo fragile per la gravosa vita matrimoniale, ma non avevano molti mezzi, mentre Tom Maitland era ricco. Egli promise loro che avrebbe fatto qualsiasi cosa per Louise, e finirono per affidargliela come un qualcosa di sacro. Tom Maitland era un gran bell'uomo, alto, virile, e un ottimo atleta. Stravedeva per Louise, ma il cuore di Louise era così debole che lui non poteva sperare di averla con sé a lungo: così decise di fare tutto il possibile per rendere felici quei pochi anni che ella avrebbe trascorso sulla terra. Smise di praticare gli sport in cui eccelleva, non perché lei glielo chiedesse – anzi, Louise era felice se Tom andava a caccia o giocava a golf –, ma perché purtroppo, ogni volta che lui pensava di trascorrere la giornata altrove, le veniva un attacco di cuore. Se capitava che avessero opinioni diverse, lei gliela dava vinta all'istante, poiché era la moglie più remissiva che si potesse immaginare; poi però di colpo si sentiva svenire e, dolcissima e senza mai lamentarsi, era costretta a letto per una settimana. Bisognava essere un mostro per contrariarla quando era in quello stato. Dopo discutevano a lungo per decidere chi dovesse cedere, e con enorme difficoltà Tom riusciva a persuaderla che era meglio fare come diceva lei. Una volta, osservando Louise durante una camminata di dodici chilometri a cui lei teneva particolarmente, suggerii a Tom Maitland che forse sua moglie era più forte di quanto pensassimo. Lui scosse la testa con un sospiro:

«Purtroppo no, è molto cagionevole. È stata visitata dai migliori specialisti al mondo e tutti le hanno detto che la sua vita è appesa a un filo. Ma ha una volontà di ferro».

Quindi le riferì il mio commento sulla sua resistenza.

«La pagherò domani, sai?» mi disse Louise col suo tono querulo. «Mi troverò nell'anticamera della morte».

«A volte penso che per le cose che desideri la forza la trovi sempre» mormorai io.

Avevo notato che, se a una festa si divertiva, poteva danzare fino alle cinque del mattino; se invece la trovava noiosa si sentiva poco bene e Tom doveva accompagnarla a casa presto. Temo che il mio commento non le avesse fatto piacere poiché, malgrado il fievole sorriso, non scorsi nessun diletto in quegli occhioni azzurri.

«Non pretenderai che cada morta stecchita solo per far piacere a te» mi rispose.

Louise visse più a lungo del marito. Tom prese l'infreddatura che lo condusse alla morte in una gita in barca a vela durante la quale Louise, per riscaldarsi, aveva avuto bisogno di tutte le coperte disponibili. A Louise rimasero una considerevole fortuna e una figlia. Ma era inconsolabile. Sopravvisse allo choc per puro miracolo. Gli amici erano sicuri che presto avrebbe raggiunto il povero Tom nella tomba. Anzi, erano tutti alquanto preoccupati per Iris, la figlia, che sarebbe rimasta orfana, e raddoppiarono le attenzioni nei confronti di Louise. Non le lasciavano muovere un dito; nei limiti del possibile si prendevano cura di tutto, in modo da evitarle ogni fastidio. Vi erano costretti, poiché se le toccava fare qualcosa di stancante o di scomodo, le veniva un attacco di cuore ed eccola nell'anticamera della morte. Senza un uomo che si prendesse cura di lei sosteneva di essere perduta, e proprio non sapeva come sarebbe riuscita, con la sua salute tanto malferma, a occuparsi della cara Iris. Gli amici le chiesero perché non si risposava. Oh, con un cuore come il suo era fuori discussione, anche se sapeva che quello sarebbe stato il desiderio del caro Tom, e forse la cosa migliore anche per Iris; ma chi avrebbe voluto accollarsi una povera invalida come lei? Ebbene, parrà strano ma più di un giovanotto si disse pronto a portare quel fardello, e un anno dopo la morte di Tom Louise concesse a George Hobhouse di condurla all'altare. Era un tipo distinto, robusto, e disponeva di un patrimonio di tutto rispetto. Non ho mai visto nessuno più riconoscente di lui allorché ottenne il privilegio di accudire quella creaturina fragile fragile.

«Non ti arrecherò disturbo a lungo» gli disse lei.

George era un militare molto ambizioso, ma rinunciò ai gradi: la salute obbligava Louise a trascorrere l'inverno a Montecarlo e l'estate a Deauville. Lui ci mise un po' a decidere di gettare la carriera alle ortiche, e sulle prime Louise non ne volle neanche sentir parlare; ma alla fine, arrendevole come sempre, cedette e lui poté prepararsi ad allietare i pochi anni di vita che le rimanevano.

«Non manca più tanto, ormai» disse lei. «Cercherò di non essere d'impiccio».

Nei due o tre anni seguenti Louise riuscì, malgrado il cuore debole, ad andare elegantissima a tutte le feste più brillanti, a giocare pesantemente d'azzardo, a ballare e perfino a flirtare con giovani alti e slanciati. Ma George Hobhouse non aveva la tempra di Tom Maitland, e per aiutarsi nelle mansioni di secondo marito gli capitava ogni tanto di bere qualcosa di forte. L'abitudine rischiava di tramutarsi in dipendenza, cosa che a Louise non sarebbe affatto piaciuta, ma per fortuna (di lei) scoppiò la guerra; George raggiunse il suo reggimento e tre mesi dopo morì. Per Louise fu un terribile choc. Ad ogni modo decise che in quel tormentato periodo non c'era spazio per il dolore privato, e se ebbe un attacco di cuore nessuno lo venne mai a sapere. Per tenere la mente occupata trasformò la villa di Montecarlo in una clinica per ufficiali in convalescenza. Gli amici le dissero che non sarebbe sopravvissuta alla fatica.

«È chiaro che ne morirò,» rispondeva lei «lo so benissimo. Ma che importa? Anch'io devo fare la mia parte».

Louise non ne morì, anzi, si divertì un mondo. In tutta la Francia non c'era casa di cura più ambita della sua. Mi capitò di incontrarla a Parigi: era a pranzo al Ritz con un giovane francese alto e bellissimo. Mi spiegò che doveva sbrigare delle faccende per la clinica e mi disse che gli ufficiali la viziavano: conoscendo la sua fragile condizione di salute, non le permettevano di fare alcunché. Si prendevano cura di lei, be'... come fossero mariti. Sospirò.

«Povero George, chi l'avrebbe mai detto che proprio io, col cuore che ho, me ne sarei andata dopo di lui?».

«E povero Tom!» dissi io.

Non so perché, ma la mia aggiunta non le fece piacere. Sorrise in quel suo modo contrito e i begli occhioni si colmarono di lacrime.

«Mi parli sempre come se mi volessi rimproverare i pochi anni che mi restano da vivere».

«A proposito, ho sentito che il tuo cuore è molto migliorato».

«Macché. Non può migliorare. Proprio stamattina uno specialista mi ha detto di prepararmi al peggio».

«Be', se è per quello, è da quasi vent'anni che ti ci prepari».

A guerra finita, Louise si stabilì a Londra. Sempre esile e fragile, aveva superato i quaranta, ma con quegli occhioni e le guance pallide non ne dimostrava più di venticinque. Iris, che era stata in collegio ed era ormai cresciuta, andò a vivere con lei.

«Si prenderà cura di me» diceva Louise. «Certo, sarà un supplizio per lei vivere con una grande invalida, ma durerà poco, sono sicura che non avrà niente in contrario».

Iris era una ragazza in gamba, cresciuta nella consapevolezza che la salute della madre era precaria; da piccola le era stato tassativamente vietato di fare anche il minimo rumore. Sapeva che sua madre non andava contrariata per nessuna ragione. Ora Louise le comunicò che non le avrebbe permesso di sacrificare la propria vita per una vecchia tediosa, ma la ragazza non volle sentir ragioni. Non era un sacrificio, per lei era una gioia fare quel che poteva per la povera cara mamma. Con un sospiro Louise le permise infine di occuparsi di tutto.

«Alla bimba fa piacere sentirsi utile» mi disse.

«Non trovi che dovrebbe vivere la sua vita?» domandai.

«È quello che le dico sempre anch'io. Ma è impossibile convincerla a occuparsi un po' di sé. Lo sa Iddio, l'ultima cosa che voglio è proprio che la gente si incomodi per me».

E Iris, quando protestavo con lei, rispondeva: «Ma povera mamma, lei vuole che io veda i miei amici e vada alle feste, ma appena faccio per mettere un piede fuori di casa le viene uno dei suoi attacchi, quindi preferisco non andare da nessuna parte».

Poi però si innamorò. Un mio giovane amico, un ottimo ragazzo, la chiese in sposa e lei acconsentì. Io le volevo bene e fui felice che avesse finalmente l'opportunità di farsi una vita; sembrava non sospettasse nemmeno che una simile eventualità potesse esistere. Ma un giorno il giovane venne a trovarmi affranto e mi disse che il matrimonio era stato rinviato a tempo indefinito; Iris non se la sentiva di abbandonare sua madre. Anche se non erano affari miei, decisi di andare a trovare Louise. Era sempre contenta di avere ospiti per il tè; adesso che era meno giovane coltivava la compagnia di pittori e scrittori.

«Allora, ho sentito dire che Iris non si sposa più» dissi dopo un po'.

«Oh, non saprei. Certo non si sposerà presto come speravo. L'ho pregata in ginocchio di non badare a me, ma si rifiuta categoricamente di lasciarmi sola».

«Non è un prezzo un po' caro per lei?».

«Altroché. Magari poi si tratterebbe solo di pochi mesi, ma io non sopporto l'idea che qualcuno si sacrifichi per me».

«Mia cara Louise, hai già sepolto due mariti, non vedo davvero perché non dovresti seppellirne almeno altri due».

«Ti pare divertente?» mi chiese caricando la voce di indignazione.

«Non ti sei mai accorta che sei sempre in forze per fare quel che ti garba, mentre il tuo debole cuore ti impedisce di fare le cose che trovi noiose?».

«Oh, lo so, lo so cosa hai sempre pensato di me. Non hai mai creduto che io soffra sul serio di cuore, non è vero?».

La guardai dritta negli occhi.

«Proprio così. Io credo che tu trascini questa farsa spettacolare da venticinque anni. Io credo che tu sia la donna più egoista e mostruosa che abbia mai conosciuto. Hai rovinato l'esistenza dei due disgraziati che hai sposato, e ora ti appresti a rovinare quella di tua figlia».

Non mi sarei stupito se le fosse venuto un attacco di cuore proprio in quel momento. Immaginavo che sarebbe andata su tutte le furie, invece si limitò ad accennare un sorrisino delicato.

«Mio povero amico, uno di questi giorni ti pentirai amaramente di avermi parlato così».

«Sei davvero decisa a impedire che Iris sposi quel ragazzo?».

«Macché, l'ho implorata di sposarlo. So che ne morirei, ma non fa niente. Nessuno ci tiene a me. Sono soltanto un peso per tutti quanti».

«Le hai detto che ne saresti morta?».

«Sì, ma è lei che mi ci ha costretta».

«Come se qualcuno potesse costringerti a fare qualcosa».

«Se vuole, Iris lo può sposare domani, il suo giovanotto. E se ne morirò, ne morirò».

«E se corressimo questo rischio?».

«Non provi proprio nessuna compassione per me?».
«È che mi fai ridere... Come faccio a compatirti?» risposi.
Le pallide guance di Louise si colorirono appena, e sebbene sorridesse i suoi occhi si fecero duri e astiosi.
«Iris si sposerà tra un mese,» disse «e se mi capiterà qualcosa, spero soltanto che tu e lei riusciate a perdonarvi per quello che avete fatto».
Louise fu di parola. La data fu fissata, venne ordinato un corredo grandioso, furono fatti gli inviti. Iris e il bravo ragazzo erano raggianti. Il giorno delle nozze, alle dieci del mattino, Louise, quella donna diabolica, ebbe uno dei suoi attacchi – e morì. Morì perdonando delicatamente a Iris di averla uccisa.

LA PROMESSA

Mia moglie è una donna poco puntuale, quindi un giorno che avevamo appuntamento al Claridge per pranzo non fui sorpreso di non trovarla, sebbene fossi già in ritardo di dieci minuti. Ordinai un cocktail. Era alta stagione e nel bar c'erano solo due o tre tavoli liberi; chi aveva pranzato presto e ora beveva un caffè, e chi come me si trastullava con un martini. Le donne, coi loro abiti estivi, erano allegre e affascinanti, e gli uomini affabili e frizzanti; ma nessuno mi interessava abbastanza per occupare il quarto d'ora che prevedevo di aspettare. Gli avventori erano slanciati e piacevoli all'occhio, ben vestiti e disinvolti, ma un po' tutti dello stesso genere, e li osservavo con tolleranza più che con curiosità. Però verso le due iniziai ad avere fame. Mia moglie dice che non può portare né un turchese né un orologio, poiché il turchese vira al verde e l'orologio si ferma; imputa entrambi i fenomeni alla crudeltà del fato. Per quel che riguarda il turchese non ho niente da ridire, ma talvolta mi capita di pensare che l'orologio potrebbe funzionare, se lei gli desse la carica. Ero assorto in simili meditazioni quando un cameriere mi si avvicinò e, con quella sussurrata allusività ostentata dal personale degli alberghi (come se il messaggio avesse un significato ben più sinistro di quanto farebbero pensare le parole), mi disse che una signora aveva appena telefonato per dire che era stata trattenuta e non poteva desinare con me.

Esitai. Non è molto divertente mangiare da soli nel bel mezzo di un ristorante gremito, ma era tardi per trasferirmi in un club e decisi di rimanere dov'ero. Mi spostai nella sala da pranzo. Non mi ha mai dato una particolare soddisfazione (come sembra dare a tante persone raffinate) il fatto di essere conosciuto dal maître dei ristoranti alla moda, ma in quella particolare circostanza sarei stato ben lieto di venire accolto in modo meno glaciale. Il maître mi disse con aria ostile che non c'erano tavoli liberi. Mi guardai intorno smarrito e all'improvviso, nel mezzo di quell'ampia sala imponente, scorsi con piacere qualcuno che conoscevo: Lady Elizabeth Vermont, un'amica di vecchia data. Lei mi sorrise e io, vedendola sola, mi avvicinai.

«Abbi pietà di un povero affamato e lasciami sedere qui con te» le dissi.

«Ma certo. Però ho quasi finito».

Sedeva a un tavolino accanto a un'enorme colonna, e quando presi posto notai che malgrado la folla si poteva parlare.

«Che fortuna» dissi. «Stavo per svenire dalla fame».

Elizabeth Vermont aveva un sorriso incantevole; non le accendeva il volto di colpo, ma pareva soffonderlo gradualmente di fascino. Esitava un istante sulle labbra, per poi risalire lentamente verso i grandi occhi luccicanti, dove rimaneva come sospeso. Elizabeth Vermont era una donna fuori del comune. Non avevo avuto la fortuna di conoscerla quando era giovane, ma mi hanno detto in molti che era così bella da mozzare il fiato; e potevo ben crederci, se anche adesso, a cinquant'anni, era ancora senza pari. La sua bellezza sfiorita faceva apparire un po' insipida la fresca, florida avvenenza della gioventù. A me non dicono nulla quelle facce truccate tutte uguali; trovo stupido che le donne banalizzino la loro espressione e oscurino la loro personalità con belletto, cipria e rossetto. Ma Elizabeth Vermont non usava quegli strumenti per imitare la natura, bensì per migliorarla; non ti ponevi domande sui mezzi, ma lodavi il risultato. L'audace ostentazione con cui adoperava i cosmetici non riduceva, ma anzi valorizzava, il carattere di quel viso perfetto. Suppongo si tingesse i capelli, che erano neri e lucenti. Era longilinea e aveva una postura eretta, come se non conoscesse l'ozio. Indossava un vestito di seta nera ammirevole per taglio e semplicità, mentre al collo aveva un lungo filo di perle. L'unico altro gioiello era un enorme smeraldo che portava all'anulare con la fede, e quel fuoco ombroso faceva risaltare il biancore della mano. Ma erano proprio le mani, con le unghie laccate di rosso, a tradire maggiormente la sua età; non avevano più nulla della morbida e paffuta rotondità giovanile. Non si poteva non guardarle con sconcerto: presto sarebbero diventate come gli artigli di un uccello rapace.

Elizabeth Vermont era una donna notevole. Di ottimo lignaggio, era la figlia del settimo duca di St Erth. A diciott'anni sposò un uomo ricchissimo e intraprese senza indugio una carriera di sperperi, lussuria e dissolutezza sbalorditivi. Era troppo fiera per essere cauta, troppo spericolata per pensare alle conseguenze, e due anni più tardi il marito, di fronte a un terribile scandalo, chiese il divorzio. Lei allora sposò uno dei tre correi coinvolti nel processo, per piantarlo diciotto mesi più tardi. Seguì una lunga successione di amanti. La sua sregolatezza divenne celebre. La strabiliante bellezza e la condotta scandalosa la tenevano costantemente alla ribalta; era sempre al centro di nuovi pettegolezzi. Il suo nome faceva storcere il naso alla gente perbene: era una giocatrice d'azzardo, una scialacquatrice e una donna lasciva. Ma, per quanto infedele fosse ai suoi amanti, era un'amica fidata, e c'era sempre chi sosteneva che nonostante tutto fosse una donna di valore. Era franca, gaia e coraggiosa, generosa e sincera. Non conosceva l'ipocrisia. Fu in quel periodo che iniziai a frequentarla: si dà il caso che le gran dame chiacchierate, ora che la religione è fuori moda, mostrino una lodevole attenzione alle arti. Ogni tanto, quando vengono snobbate dalla loro classe sociale, si degnano di frequentare scrittori, pittori, musicisti. Mi parve subito una donna molto piacevole. Era una di quelle ottime persone che dicono senza timore quello che pensano (risparmiando così il tempo prezioso di tutti), e aveva sempre la risposta pronta. Si divertiva a parlare (con grande humour) del suo torbido passato. La sua conversazione, sebbene non coltissima, era brillante poiché, malgrado tutto, era una donna onesta.

Poi fece una cosa sorprendente: all'età di quarant'anni si sposò con un ragazzo di ventuno. Gli amici le dissero che era la decisione più scellerata della sua vita, e perfino alcuni di coloro che l'avevano sempre difesa, per il bene del ragazzo – il quale era un tesoro, della cui inesperienza era vergognoso approfittare –, troncarono ogni rapporto. Ora aveva davvero superato il limite. Prevedevano una catastrofe, perché Elizabeth Vermont era incapace di stare con lo stesso uomo per più di sei mesi. O forse *speravano* nella catastrofe: sembrava infatti che il povero giovanotto si sarebbe salvato solo se la condotta di sua moglie lo avesse costretto a lasciarla. Be', gli amici si sbagliavano. Io non so se il cambiamento fosse dovuto al passare del tempo, o se invece l'innocenza e l'amore puro di Peter Vermont la toccassero nel profondo, fatto sta che Elizabeth divenne una moglie modello. Soldi non ne avevano, e lei era prodiga di natura, ma si tramutò in una casalinga parsimoniosa; di colpo si fece attenta alla propria reputazione al punto che le malelingue furono messe a tacere. Sembrava che Elizabeth avesse a cuore soltanto la felicità del giovane marito. Nessuno poteva dubitare dell'amore devoto che provava per lui. Di Elizabeth Vermont, per tanti anni al centro di ogni pettegolezzo, ormai non si parlava più. Non c'era più niente da dire. Era una donna diversa, e mi divertiva pensare che quando fosse diventata una vecchietta con alle spalle decenni di perfetta rispettabilità, il suo peccaminoso passato sarebbe sembrato appartenere a qualcun altro, morto da tempo, che lei aveva conosciuto di sfuggita. Le donne hanno un'invidiabile capacità di dimenticare.

Ma chi può predire che cosa tiene in serbo il fato? In un baleno cambiò tutto. Peter Vermont, dopo dieci anni di matrimonio perfetto, perse la testa per Barbara Canton, la figlia minore di Lord Robert Canton, che allora era sottosegretario al ministero degli Esteri; una ragazza perbene, graziosa alla sua soffice maniera bionda. Di certo non la si poteva paragonare a Lady Elizabeth. In tanti erano al corrente dell'accaduto, ma nessuno sapeva se l'avesse scoperto anche Elizabeth Vermont, e tutti si chiedevano come avrebbe reagito di fronte a una situazione così inusuale. Era sempre stata lei ad abbandonare i suoi amanti; nessuno l'aveva mai lasciata. Dal canto mio, ero convinto che si sarebbe pappata Miss Canton in un sol boccone; sapevo bene quanto poteva essere abile e ardita. Tutto questo mi passò per la mente mentre discorrevamo durante il pranzo. Nei suoi modi, vivaci, affascinanti e diretti come al solito, niente lasciava presagire che qualcosa la turbasse. Parlava di vari argomenti con la solita combinazione di leggerezza e buonsenso, e sempre con una vivida percezione del ridicolo. Dovetti concludere che, per qualche strano miracolo, non aveva la più pallida idea dei sentimenti mutati di Peter, e me ne feci una ragione dicendomi che il suo amore era tale da impedirle anche solo di supporre che lui potesse provare qualcosa di diverso.

Dopo aver bevuto il caffè e fumato un paio di sigarette mi chiese l'ora.

« Le tre meno un quarto ».

« Devo chiedere il conto ».

« Permetti che me ne occupi io? ».

« Ma certo » rispose con un sorriso.

« Sei di fretta? ».

« Ho appuntamento con Peter alle tre ».

«Oh, e come sta Peter?».

«Benissimo».

Sorrise lievemente, in quel suo modo graduale e delizioso, ma mi parve di scorgere anche una punta di scherno: per un attimo esitò, poi mi guardò con occhi calmi.

«Ti piacciono le situazioni strane, non è vero?» disse. «Non ti immagineresti mai che sorta di incombenza mi tocca sistemare. Stamattina ho chiamato Peter e dobbiamo vederci alle tre. Voglio che chieda il divorzio».

«Ma come?» esclamai. Mi sentii avvampare e non seppi che dire. «Ero convinto che steste così bene insieme».

«Credi che io non sappia ciò che sanno tutti? Non sono sprovveduta fino a quel punto».

Con una donna come lei non potevo certo far finta di cadere dalle nuvole. Rimasi zitto per qualche istante.

«Perché ti vuoi mettere nella posizione di essere lasciata?».

«Robert Canton è un vecchio bacchettone; dubito che consentirebbe a Barbara di sposare Peter se fossi io a chiedere il divorzio. Mentre per me, capirai, non fa nessuna differenza, divorzio più divorzio meno...».

Si strinse nelle belle spalle.

«Come fai a essere sicura che lui la voglia sposare?».

«È innamorato perso».

«Te lo ha detto lui?».

«No. Peter non sa nemmeno che lo so. Ha sofferto tanto, povero caro. Ha fatto di tutto per non ferire i miei sentimenti».

«Magari è solo un'infatuazione passeggera» azzardai. «Potrebbe sempre passargli».

«E perché mai? Barbara è giovane e bella. Ed è una ragazza in gamba. Sono proprio una bella coppia. Del resto, che differenza farebbe se gli passasse? Si amano ora, e in amore il presente è l'unica cosa che conta. Io ho diciannove anni più di Peter. Se un uomo smette di amare una donna abbastanza vecchia per essere sua madre, credi forse che tornerà ad amarla? Sei uno scrittore, la natura umana devi pur conoscerla un po' meglio di così».

«E perché fai questo sacrificio?».

«Quando dieci anni fa Peter mi chiese di sposarlo, gli promisi che se mai avesse voluto recuperare la sua libertà gliel'avrei concessa. Data la grande differenza di età che c'è tra noi, mi parve il minimo che potessi fare».

«E terrai fede a una promessa che lui non ti chiede di mantenere?».

Elizabeth accennò un gesto con le lunghe mani affusolate, e percepii qualcosa di sinistro nello scuro luccichio dello smeraldo.

«Certo, devo farlo. Non posso mancare alla parola data. Sai, c'è una ragione se oggi ho pranzato qui. Fu a questo tavolo che Peter chiese la mia mano; cenavamo insieme e io ero seduta proprio dove sono adesso. La seccatura è che lo amo quanto lo amavo allora».

Per un minuto non disse più nulla, e vidi che stringeva i denti. «Bene, è meglio che vada, ora. Peter non sopporta che lo si faccia attendere».

Mi lanciò un'occhiata smarrita e per un attimo credetti che non riuscisse ad alzarsi dalla sedia. Poi però sorrise e scattò in piedi.

«Vuoi che ti accompagni?».

«Fino alla porta dell'albergo» sorrise.

Attraversammo il ristorante e il bar, e quando arrivammo all'uscita il portiere spinse la porta girevole. Le chiesi se voleva un taxi.

«No, preferisco andare a piedi, è una giornata così bella». Mi tese la mano.

«Mi ha fatto molto piacere vederti» dissi. «Domani parto per un viaggio, ma l'autunno lo trascorrerò a Londra. Fatti viva».

Lei sorrise, assentì col capo e se ne andò. La osservai risalire Davies Street. L'aria era ancora mite e primaverile, e sopra i tetti piccole nuvole bianche solcavano senza fretta il cielo azzurro. Elizabeth camminava con la schiena dritta, a testa alta. Era bella e slanciata, la gente si voltava a guardarla. Vidi che si inchinava con garbo per salutare un conoscente che si levò il cappello, e pensai che mai e poi mai a costui sarebbe potuto passare per la mente che avesse il cuore spezzato. Lo ripeto, Elizabeth Vermont era una donna molto onesta.

LA PELLE DEL LEONE

Molti rimasero sorpresi nel leggere che il capitano Forestier aveva perso la vita in un incendio boschivo mentre tentava di salvare la cagnetta della moglie, rimasta accidentalmente chiusa in casa. Alcuni dissero che da lui non si sarebbero mai aspettati un simile gesto; altri invece che se lo sarebbero aspettati eccome, ma fra questi c'era chi lo intendeva in un modo e chi in un altro. Dopo la tragedia Mrs Forestier aveva trovato rifugio nella villa degli Hardy, una coppia che lei e il marito avevano conosciuto di recente. Il capitano li detestava, o per lo meno detestava Fred Hardy, ma Mrs Forestier era certa che, se solo quella terribile sera fosse sopravvissuto, avrebbe presto cambiato opinione. Avrebbe capito quanta bontà, a dispetto della sua reputazione, albergava nel cuore di Hardy, e da gentiluomo qual era non avrebbe esitato un istante ad ammettere di essersi sbagliato. Mrs Forestier pensava che sarebbe uscita di senno, dopo la perdita di quell'uomo che era tutto per lei, se non avesse potuto contare sulla straordinaria generosità degli Hardy. Il loro fido, compassionevole appoggio era stato l'unica fonte di consolazione per la sua sconfinata sofferenza. Ed essendo stati essi quasi testimoni oculari dell'immane sacrificio compiuto dal marito, sapevano meglio di chiunque altro quanto egli fosse stato meraviglioso. Mrs Forestier non avrebbe mai scordato le parole che il caro Fred Hardy aveva usato per annunciarle la terribile notizia: erano state proprio quelle a darle la forza per sopportare la tremenda disgrazia e anche per affrontare l'infausto futuro con il coraggio che, lo sapeva bene, l'uomo valoroso che aveva tanto amato si sarebbe atteso da lei.

Mrs Forestier era una persona deliziosa. La gente educata spesso ricorre a questa espressione quando in una donna non sa trovare altre caratteristiche di rilievo, tanto che ormai non suona più come un vero complimento. Be', io non voglio dire questo. Mrs Forestier non aveva fascino, bellezza o intelligenza; anzi, era ridicola, bruttina e sciocca; eppure, più la conoscevi più ti ci affezionavi, e quando ti chiedevano il perché, ti trovavi costretto a ripetere che era una persona deliziosa. Aveva una corporatura maschile, la bocca larga e il naso adunco, gli occhietti miopi di un celeste slavato e grandi mani brutte. Ricopriva di trucco la pelle rugosa e vizza, e i lunghi capelli tinti di biondo platino erano acconciati in un'elaborata permanente. Le provava tutte per bilanciare l'aggressiva mascolinità del suo aspetto, ma con l'unico risultato di somigliare a un artista d'avanspettacolo travestito da donna. Non che la sua voce non fosse femminile, ma ci si aspettava sempre che alla fine del numero, per così dire, si facesse più baritonale e che lei si strappasse la parrucca mostrando la zucca pelata di un uomo. Spendeva cifre ingenti in vestiti che provenivano dai più rinomati atelier parigini, ma purtroppo, sebbene andasse per i cinquanta, sceglieva quei modelli che apparivano incantevoli su indossatrici leggiadre nel fiore della gioventù. Era sempre carica di gioielli sfarzosi. Si muoveva goffamente: se in un salotto c'era un prezioso pezzo di giada, puoi star certo che lo faceva cadere, e se veniva a pranzo e possedevi un servizio di bicchieri a cui tenevi particolarmente, uno di questi sarebbe senza dubbio finito in mille pezzi.

Eppure l'aspetto sgraziato celava un'anima tenera, romantica e idealista. Ci voleva un po' per rendersene conto: sulle prime sembrava una macchietta, e in seguito, quando la conoscevi meglio (e avevi subìto i suoi malestri), ti snervava. Ma quando finalmente scorgevi quell'anima, ti davi dello stolto per non averla vista prima: luccicava negli occhietti slavati e miopi, un po' timidamente, certo, ma con una sincerità che solo uno stupido non avrebbe colto. Le squisite mussoline, le ariose organze, le sete virginali non avvolgevano il corpo tozzo, ma quel fresco spirito di fanciulla. E ti scordavi che aveva appena rotto le tue porcellane, che sembrava un uomo vestito da donna, e la vedevi come si vedeva lei, come di fatto era realmente (se la realtà fosse visibile all'occhio), ossia una cara creatura dal cuore d'oro. Quando imparavi a conoscerla, scoprivi che era semplice come una bimba; se l'ascoltavi ti mostrava una riconoscenza commovente, e la sua gentilezza era infinita. Le si poteva chiedere qualsiasi cosa, per quanto fastidiosa, e lei la faceva, grata perché le si era permesso di rendersi utile. La sua capacità di voler bene in modo disinteressato era una vera rarità. Sapevi che mai e poi mai le passava per la testa anche un solo pensiero malizioso o scortese. E allora ti sorprendevi a dire che Mrs Forestier era una persona deliziosa.

Purtroppo era anche un'allocca: te ne accorgevi quando facevi la conoscenza del marito. Mrs Forestier era americana e il capitano Forestier era inglese. Mrs Forestier era nata a Portland, in Oregon, e non era mai stata in Europa prima della guerra del 1914; allora, in seguito alla morte del primo marito, si era arruolata in un'unità medica ed era venuta in Francia. Secondo i parametri americani non era ricca, ma secondo quelli inglesi era decisamente agiata. A giudicare dal suo stile di vita, direi che doveva disporre di circa trentamila dollari annui. E a parte il fatto che dava di certo le medicine sbagliate alle persone sbagliate, non sapeva fare le fasciature e rompeva tutti gli strumenti che era possibile rompere, sono certo che fosse un'infermiera ammirevole. Non credo vi fosse un compito davanti al quale esitasse anche solo un istante, e ce la metteva tutta senza mai perdere la pazienza; ho il sospetto che molti poveri diavoli abbiano benedetto la sua bontà, riuscendo a compiere l'amaro passo verso l'ignoto con più coraggio grazie all'amorevolezza della sua anima d'oro. Fu durante l'ultimo anno di guerra che il capitano Forestier si trovò affidato alle sue cure, e i due si sposarono poco dopo la firma della pace. Si stabilirono in una bella villa sulle colline sopra Cannes, e ben presto divennero figure note nella vita sociale della Costa Azzurra. Il capitano Forestier era un buon giocatore di bridge e un appassionato giocatore di golf. Anche a tennis non era male. Possedeva una barca a vela e d'estate i Forestier organizzavano splendide feste tra le isole. Dopo diciassette anni di matrimonio, Mrs Forestier adorava ancora il suo bel marito, e se la conoscevi da qualche tempo era praticamente impossibile che non ti avesse raccontato, con quel suo lento accento americano, la loro storia d'amore.

«È stato un colpo di fulmine» diceva. «L'avevano ricoverato mentre non ero in servizio, e quando sono tornata in corsia e me lo sono trovato lì in uno dei miei letti, ah, guarda, ho sentito una fitta al cuore e per un momento ho pensato di averlo sforzato per il troppo lavoro. Non avevo mai visto un uomo così bello in vita mia».

«Era ferito gravemente?».

«Be', non è che fosse proprio ferito. Pensa se non è straordinario: ha combattuto tutta la guerra, è stato per mesi sotto il fuoco nemico, rischiando la vita venti volte al giorno, perché è fatto così, lui, è uno di quegli uomini che la paura non sanno cos'è; e mai neanche un graffio. Si era preso il carbonchio».

Sembrerebbe un disturbo poco indicato per l'inizio di una storia romantica. Mrs Forestier era una donna vereconda, e malgrado il grande interesse che nutriva per le pustole del capitano Forestier, aveva sempre qualche problema a precisare dove si trovassero.

«Le aveva giusto in fondo alla schiena, anche un po' più giù, ecco, e non sopportava che gliele medicassi. Gli inglesi sono insolitamente pudichi, l'ho notato molte volte, e la cosa lo mortificava. Si poteva pensare che incontrarci in quelle circostanze, non so se mi spiego, ci avrebbe resi più intimi, e invece no: lui stava sulle sue, ma a me, quando durante il giro delle visite arrivavo al suo letto, mancava il fiato, il cuore mi batteva all'impazzata e non capivo più niente. Lo sai anche tu che in genere non sono affatto goffa, non è che rovescio o rompo le cose: be', non ci crederai, ma quando dovevo dare a Robert la sua medicina, mi cascava il cucchiaio e rompevo il bicchiere; oh, cielo, mi dicevo, chissà cosa penserà di me».

Quando Mrs Forestier arrivava a questo punto era impossibile non mettersi a ridere. Lei sorrideva con dolcezza.

«Ti sembrerà impossibile, lo so, ma vedi, è che non mi ero mai sentita così in vita mia. Quando avevo sposato il mio primo marito – be', lui era vedovo, coi figli già grandi, un bravissimo uomo, e uno dei cittadini più in vista dell'intero Stato, ma era un'altra cosa».

«Quando ti sei resa conto di essere innamorata del capitano Forestier?».

«Guarda, ha dell'incredibile, ma è successo quando me l'ha detto una delle altre infermiere. Ho capito al volo che era vero. All'inizio mi sono preoccupata molto. Capisci, di lui non sapevo niente. Era molto riservato, come tutti gli inglesi, e per quel che ne sapevo poteva avere una moglie e una covata di figli».

«Come hai fatto a scoprire che non era così?».

«Gliel'ho chiesto. E quando mi ha detto di essere celibe ho deciso che l'avrei sposato a tutti i costi. Soffriva di dolori terribili, povero caro; capisci, era quasi sempre bocconi, perché stare sulla schiena era una tortura, mentre stare seduto – be', neanche a pensarci. Ma dubito che soffrisse più di me. Agli uomini piace vederci avvolte dalle sete e da quei tessuti vaporosi, non so se mi spiego, e io ero svantaggiatissima nella mia uniforme da infermiera. La caposala, una di quelle zitelle del New England, non tollerava il trucco, e a quei tempi non ne usavo comunque; al mio primo marito non piaceva. E i capelli non erano certo acconciati come li ho adesso. Lui mi guardava con i suoi bellissimi occhi azzurri, e io sentivo che mi trovava penosa. Era molto giù, e io volevo cercare in tutti i modi di rallegrarlo, così appena avevo un minuto libero andavo a farci quattro chiacchiere. Non riusciva a sopportare che un uomo grande e grosso come lui dovesse rimanere a letto intere settimane mentre tutti i suoi compagni erano in trincea. Bastava scambiare due parole con lui per capire che era uno di quegli uomini che si sentono davvero vivi solo quando le pallottole gli sfrecciano accanto e l'istante successivo potrebbe essere l'ultimo. Il pericolo lo eccitava. Non mi vergogno a dirti che quando annotavo la febbre sulla sua cartella ero solita aggiungere un grado o due, per far credere ai medici che stesse un po' peggio di quanto stava realmente. Sapevo che faceva di tutto per essere dimesso, e mi sembrava giusto nei suoi confronti cercare di impedirlo. Quando parlavo mi fissava pensieroso, ed ero certa che tenesse alle nostre chiacchierate. Gli ho detto che ero vedova e senza nessuno a carico, e che dopo la guerra volevo stabilirmi in Europa. Lui a poco a poco ha cominciato ad ammorbidirsi. Di sé non diceva molto, ma ha iniziato a prendermi in giro, è così spiritoso, sai, e talvolta mi sembrava proprio di cominciare a piacergli. Infine l'hanno dichiarato abile al servizio. Con mia grande sorpresa, l'ultima sera mi ha chiesto di cenare con lui. Sono riuscita a farmi dare il permesso dalla caposala e siamo andati a Parigi insieme. Non ti immagini neanche com'era bello in uniforme; non avevo mai visto nessuno con un'aria così distinta. Aristocratico fino alle dita dei piedi. Per una ragione o per l'altra, non era allegro come mi sarei aspettata. E sì che fremeva per tornare al fronte.

« “Come mai sei così triste?” gli ho chiesto. “In fondo, finalmente il tuo desiderio si avvera”.

« “Lo so bene” ha risposto lui. “Ed è per questo che mi rammarico; non capisci perché?”.

« Non osavo pensare a cosa potesse alludere, e ho deciso che conveniva rispondere con una battuta.

« “Non sono molto brava con gli indovinelli” ho detto ridendo. “Se vuoi che ci arrivi, è meglio che me lo dici tu”.

« Lui ha abbassato lo sguardo, vedevo che era teso.

« “Sei stata molto buona con me” mi ha detto. “Non so come ringraziarti per la tua gentilezza. Sei la donna più straordinaria che abbia mai incontrato”.

« Ero profondamente turbata. Sai come sono gli inglesi, prima di allora non gli era mai uscito di bocca un complimento.

« “Ho fatto quel che avrebbe fatto qualsiasi infermiera competente” ho detto.

« “Ti rivedrò mai?” mi ha chiesto allora.

« “Dipende da te” ho risposto.

« Pregavo che non avesse colto il tremito nella mia voce.

« “È un tormento dovermi separare da te” ha detto.

« Io non riuscivo quasi più a parlare.

« “Ed è proprio necessario?” gli ho domandato.

« “Finché il mio re e la mia nazione avranno bisogno di me, io sarò al loro servizio” ».

A questo punto gli occhietti slavati di Mrs Forestier si riempivano di lacrime.

« “Ma questa guerra non potrà durare in eterno” ho detto.

« “Quando sarà finita,” ha risposto lui “sempre che non venga finito prima io da una pallottola, non avrò un centesimo in tasca. Non saprò neanche da dove cominciare per guadagnarmi da vivere. Tu sei una donna ricca; io un nullatenente”.

« “Sei un gentiluomo inglese” gli ho detto.

« “Che importanza potrà avere, una volta che avremo reso sicuro il mondo e imboccato la strada della democrazia?” ha replicato lui amaro.

« Io piangevo come una fontana. Tutto quel che diceva era così bello. Ovviamente avevo capito cosa intendeva: non lo reputava onorevole, chiedermi in moglie. Avrebbe preferito morire lì sul posto piuttosto che indurmi a pensare che fosse interessato ai miei soldi. Che uomo distinto! Sapevo di non essere alla sua altezza, ma allo stesso tempo avevo capito che, se lo volevo, toccava a me fare una mossa.

« "È inutile che io finga di non essere pazza di te, perché lo sono" ho detto.

« "Non rendermi le cose ancora più difficili" ha risposto lui con voce roca.

« Mi sono sentita mancare, l'ho amato così tanto quando ha pronunciato quelle parole. Era quel che avevo bisogno di sentire. Ho allungato una mano verso di lui.

« "Mi vuoi sposare, Robert?" gli ho detto, con semplicità.

« "Eleanor" ha detto lui.

« Solo allora mi ha confessato che per lui era stato amore a prima vista. All'inizio non aveva preso la cosa sul serio, aveva pensato che fossi solo un'infermiera e che magari potevamo avere un'avventura, ma quando aveva scoperto che non ero quel tipo di donna e che ero benestante, si era deciso a reprimere il suo amore. Sai, riteneva che il matrimonio fosse fuori discussione ».

Probabilmente nulla lusingava Mrs Forestier quanto l'idea che il capitano Forestier avesse pensato di spassarsela un po' con lei. Di certo nessuno le aveva mai fatto proposte disonorevoli; neppure Forestier, in realtà, ma il solo pensiero che gli fosse venuto in mente costituiva per lei un'inesauribile fonte di soddisfazione. Quando si sposarono i parenti di lei, rude gente dell'Ovest temprata dalle avversità, opinarono che invece di vivere alle sue spalle il marito avrebbe dovuto cercarsi un lavoro, e il capitano Forestier si dichiarò assolutamente d'accordo. L'unica sua condizione fu questa:

« Ci sono alcune cose che un gentiluomo non può fare, Eleanor. Tutti gli altri mestieri li accetterò con gioia.

Dio sa la poca importanza che attribuisco a questo tipo di cose, ma se si è un *sahib* c'è poco da fare, e poi, diamine, coi tempi che corrono bisogna rappresentare un po' degnamente la propria classe sociale».

Eleanor era dell'idea che lui avesse già fatto abbastanza rischiando la vita per la patria in quattro lunghi anni di sanguinose battaglie, ma andava troppo fiera del marito per permettere che lo si sospettasse di essere un cacciatore di dote, e si prefisse di non opporsi qualora lui avesse trovato un impiego che facesse al caso suo. Malauguratamente, nessun lavoro risultò accettabile. Lui però non si assunse la responsabilità di rifiutarli:

«Devi dirmelo tu, Eleanor» faceva. «Una tua parola, e io lo accetto. Il mio povero padre si rivolterà nella tomba, ma cosa vuoi farci: tu per me vieni prima di tutto».

Ma Eleanor non voleva sentire ragioni, e a poco a poco l'idea dell'impiego venne accantonata. I Forestier passavano gran parte dell'anno nella villa in Costa Azzurra. In Inghilterra ci andavano di rado; Robert diceva che da quando era finita la guerra non era più il posto per un gentiluomo, e gli impeccabili amici che frequentava quando era «nel giro» erano tutti caduti in battaglia. Gli sarebbe piaciuto trascorrere gli inverni in Inghilterra, tre giorni alla settimana caccia alla volpe – quella sì era vita da uomini! –, ma povera Eleanor, sarebbe stata come un pesce fuor d'acqua in quell'ambiente, non se la sentiva di chiederle un simile sacrificio. Dal canto suo Eleanor era prontissima a sacrificarsi, ma lui scuoteva la testa. Non era più il giovanotto di una volta, i suoi giorni da cacciatore erano finiti. Si accontentava di allevare Sealyham terrier e galline Orpington. Possedevano un vasto appezzamento di terra; la villa, situata su un pianoro in cima a una collina, era circondata su tre lati dal bosco. Davanti aveva un giardino. Eleanor diceva che per il capitano la felicità era mettersi un vecchio completo di tweed e girare per la tenuta in compagnia dell'addetto al canile, che si occupava anche del pollaio. In quei momenti vedevi in lui tutte le generazioni di signori di campagna che aveva alle spalle. Eleanor era commossa e divertita dalle conversazioni interminabili che suo marito aveva con l'addetto al canile a proposito delle galline: era in tutto e per tutto come se stesse discutendo di fagiani col guardacaccia. Quanto ai terrier, se ne occupava con la passione che avrebbe dedicato a una muta di segugi, a lui tanto più congeniale. Il bisnonno del capitano Forestier era stato un dandy del periodo della Reggenza. Aveva mandato in rovina la famiglia e venduto i suoi possedimenti, una splendida proprietà nello Shropshire. A Eleanor sarebbe piaciuto andare a vederla, anche se non era più loro; ma il capitano Forestier diceva che sarebbe stato troppo doloroso e non la portò mai.

I Forestier ricevevano spesso; il capitano era un esperto di vini e andava fierissimo della sua cantina.

« È risaputo che suo padre avesse il miglior palato d'Inghilterra, » diceva Eleanor « e lui l'ha ereditato ».

I loro ospiti erano soprattutto americani, francesi e russi; Robert li trovava più interessanti degli inglesi, e a Eleanor piaceva chiunque piacesse a suo marito. Forestier trovava gli inglesi un po' troppo ordinari, e la gente che frequentava ai vecchi tempi, gli amici della caccia alla volpe e della pesca, era tutta andata in rovina; e sebbene, grazie a Dio, non fosse affatto snob, non amava l'idea che sua moglie avesse a che fare con certi nuovi ricchi di cui non si sapeva nulla. Mrs Forestier sarebbe stata meno schizzinosa, ma rispettava i suoi pregiudizi e la sua intransigenza.

« Certo, ha le sue fisime, » diceva « ma da parte mia è solo questione di lealtà. Io so da che ambiente proviene, è naturale che sia così esigente. L'unica volta che l'ho visto irritarsi in tanti anni di matrimonio è stata quando al casinò un ballerino del locale mi ha invitata a danzare. Per poco Robert non gli metteva le mani addosso. Gli ho detto che il poveretto stava solo facendo il suo lavoro, ma lui ha risposto che quel maiale non doveva neanche permettersi ».

Il capitano Forestier aveva solidi princìpi morali. Ringraziava Dio per avergli concesso ampie vedute, ma bisogna pur darsi dei limiti; e non vedeva perché, solo per il fatto di vivere in Costa Azzurra, dovesse mischiarsi con ubriaconi, perdigiorno e pervertiti. Era molto severo riguardo ai costumi sessuali e non permetteva che Eleanor frequentasse donne dalla dubbia reputazione.

«Vedi,» diceva Eleanor «è un uomo integerrimo, il più onesto che abbia mai conosciuto; e se di tanto in tanto può sembrare intollerante, non scordarti che non pretenderebbe mai dagli altri qualcosa che non sia pronto a fare lui stesso. Dopotutto, non si può non ammirare un uomo pronto a difendere ad ogni costo i propri valori».

Quando il capitano Forestier le diceva che il tal dei tali – che incontravano dappertutto e a Eleanor era sembrato così simpatico – non era un *pukkah sahib*, sapeva bene che era inutile insistere. Con quel giudizio il marito l'aveva bollato per sempre, e lei era pronta a conformarsi. Del resto, dopo vent'anni di matrimonio di una cosa era sicura: Robert Forestier era l'incarnazione del gentiluomo inglese.

«E che cosa ha creato Dio di più raffinato?» diceva.

Il problema era che il capitano Forestier incarnava fin troppo il personaggio. Aveva quarantacinque anni (due o tre meno di lei), e con quella sua massa di capelli grigi mossi e i suoi bei baffi era ancora un gran bell'uomo; aveva la pelle sana e cotta dal sole di chi passa parecchio tempo all'aria aperta. Era alto, magro, con le spalle robuste: l'immagine stessa del soldato. Aveva modi bruschi, gioviali, e una risata sonora e franca. Le sue opinioni, i suoi atteggiamenti, il suo modo di vestire erano talmente caratteristici che si stentava a prenderli sul serio. Era il perfetto gentiluomo di campagna, al punto da far pensare a un attore che interpreti a meraviglia la parte. Quando lo vedevi passeggiare sulla Croisette, pipa in bocca, calzoni alla zuava, e il soprabito di tweed che avrebbe indossato nella brughiera, quasi non ci credevi. E la sua conversazione, piena di dogmi, di luoghi comuni, di amabile e bennata stupidità, era così tipica dell'ufficiale in pensione che sembrava una posa.

Quando Eleanor venne a sapere che la casa ai piedi della collina era stata acquistata da un certo Sir Frederick Hardy e sua moglie, ne fu felice. Sarebbe stato bello per Robert avere un vicino della sua stessa classe sociale. Prese informazioni dagli amici di Cannes. A quanto pareva, Sir Frederick era appena diventato baronetto in seguito alla morte di uno zio, ed era venuto a stare in Costa Azzurra per due o tre anni; intanto pagava le tasse di successione. Si diceva che in gioventù fosse stato assai dissoluto, ma quando era giunto a Cannes aveva già superato i cinquanta, era rispettabilmente sposato con una brava ragazza e aveva due figli piccoli. Eleanor si rammaricava che Lady Hardy avesse fatto l'attrice, poiché Robert era un po' prevenuto al riguardo, ma dicevano tutti che era assai educata e signorile, e non si sarebbe mai detto che avesse calcato le scene. I Forestier conobbero prima lei, a un ricevimento pomeridiano al quale Sir Frederick non era andato, e Robert dovette riconoscere che sembrava davvero una persona ammodo; quindi Eleanor, in nome del buon vicinato, li invitò a pranzo. Fissarono un giorno. I Forestier riunirono un certo numero di persone, e gli Hardy si fecero aspettare un po'. A Eleanor Sir Frederick piacque subito. Le parve molto più giovane di quel che si aspettava; nei capelli tagliati corti non c'era ombra di grigio, e aveva un che di sbarazzino davvero attraente. Era piuttosto esile, e più basso di lei; aveva occhi brillanti e amichevoli, e sorrideva spesso. Eleanor notò che indossava la cravatta regimental che a volte si metteva anche Robert; non era vestito bene come Robert, che sembrava sempre appena uscito da una vetrina, ma portava quei vecchi abiti come se in fondo non avessero nessuna importanza. Eleanor poteva ben immaginare che fosse stato licenzioso quando era ragazzo, e trovava difficile fargliene una colpa.

« Le devo assolutamente presentare mio marito » gli disse.

Andò a chiamarlo. Robert era sulla terrazza a parlare con alcuni ospiti e non si era accorto dell'arrivo degli Hardy. Si fece avanti con il suo modo affabile e gioviale, e strinse la mano a Lady Hardy con quella grazia che non cessava di affascinare Eleanor. Poi si voltò verso Sir Frederick. Sir Frederick gli lanciò un'occhiata perplessa.

« Ma noi non ci conosciamo? » chiese.

Robert non batté ciglio.

« Non credo proprio ».

« Potrei giurare che il suo viso non mi è nuovo ».

Eleanor percepì all'istante che il marito si irrigidiva e comprese che qualcosa stava andando storto. Robert fece una bella risata.

« Le sembrerò terribilmente scortese, ma, mi creda, io non l'ho mai vista in vita mia. Che ci si sia incrociati in guerra? Si incontrava una quantità di gente, allora, non è vero? Gradisce un cocktail, Lady Hardy? ».

Eleanor si accorse che durante il pranzo Hardy continuava a osservare Robert. Cercava evidentemente di ricordare dove l'avesse visto. Robert, però, era preso con le signore all'altro capo del tavolo e non se ne avvide. Si stava sforzando di intrattenere i commensali; la sua fragorosa risata risuonava in tutta la stanza. Era uno splendido anfitrione. Eleanor aveva sempre ammirato il suo senso del dovere mondano; non importava quanto tediose fossero le donne che aveva accanto, lui dava sempre il meglio di sé. Ma quando gli ospiti se ne furono andati, l'allegria gli cadde di dosso come un mantello dalle spalle. Eleanor capì che era turbato.

« La principessa era davvero così noiosa? » gli chiese affabile.

« È una iena, ma a parte questo... ».

« Strano che Sir Frederick abbia l'impressione di averti già incontrato ».

« Mai visto in vita mia. Ma so tutto di lui e, se fossi in te, Eleanor, eviterei di frequentarlo più dello stretto necessario. Non è una persona al nostro livello ».

«Ma il suo titolo di baronetto è uno dei più antichi d'Inghilterra. L'abbiamo controllato nel *Who's Who*».

«È un manigoldo. Non mi sarei mai sognato che il capitano Hardy,» Robert si corresse «il Fred Hardy su cui se ne sentivano tante, fosse diventato Sir Frederick. Non ti avrei mai permesso di invitarlo in casa mia».

«Ma perché, Robert? Ti devo proprio dire che l'ho trovato molto simpatico».

Per una volta a Eleanor parve che il marito si comportasse in modo irragionevole.

«Sono state molte le donne che l'hanno trovato simpatico, e l'hanno pagata cara».

«Ma sai bene come parla la gente, non si può dar retta a tutto quel che si dice in giro».

Lui le prese la mano e la fissò dritta negli occhi con gran serietà.

«Eleanor, lo sai che non sono il tipo di uomo che parla alle spalle di un altro uomo, e preferisco non dirti ciò che so di Hardy. Posso soltanto chiederti di credermi sulla parola: non è una persona frequentabile».

Era una richiesta alla quale Eleanor non sapeva sottrarsi. La emozionava vedere che Robert riponeva in lei tanta fiducia; egli sapeva che in caso di bisogno non aveva che da appellarsi alla sua lealtà, e lei non l'avrebbe deluso.

«Nessuno è più consapevole di me, Robert caro,» rispose Eleanor in tono solenne «della tua grande moralità; so che se tu potessi raccontarmi quelle cose lo faresti, ma ora, anche se tu volessi, te lo impedirei: altrimenti vorrebbe dire che ho meno fiducia in te di quanta tu ne abbia in me. Desidero conformarmi al tuo giudizio. Ti prometto che gli Hardy non varcheranno più la nostra soglia».

Ma quando Robert giocava a golf Eleanor pranzava spesso fuori da sola, e quindi si imbatteva di frequente negli Hardy. Stava sulle sue perché, se Robert disapprovava Sir Frederick, lei doveva imitarlo; ma lui non se ne accorgeva, o non gli importava. Anzi, faceva di tutto per mostrarsi gentile, e la metteva a suo agio. Era difficile trovare antipatico un uomo per il quale, palesemente, tutte le donne erano facili prede; del resto era affettuoso e molto educato. Sarà anche infrequentabile, pensava Eleanor, ma come non apprezzare lo sguardo di quegli occhi bruni? Uno sguardo beffardo, che ti metteva in guardia, ma al contempo carezzevole; sotto sotto sapevi che non ti avrebbe mai fatto del male. Però, più Eleanor ne sentiva sul suo conto, più capiva quanto Robert avesse ragione. Sir Frederick era un mascalzone senza scrupoli. Le elencavano i nomi delle donne che avevano sacrificato tutto per lui e che lui aveva abbandonato senza tanti complimenti appena si era stufato. Ora sembrava che avesse messo la testa a posto e pensasse solo alla moglie e ai figli; ma il lupo può perdere il vizio? Probabilmente Lady Hardy subiva più di quanto chiunque sospettasse.

Fred Hardy era un poco di buono. Belle donne, *chemin de fer* e il brutto vizio di scommettere sul cavallo sbagliato l'avevano portato alla bancarotta prima dei venticinque anni, ed era stato costretto a rinunciare al grado di ufficiale. A quel punto aveva lasciato che ai suoi bisogni provvedessero donne non più nel fiore degli anni, incapaci di resistere al suo fascino. Ma poi era arrivata la guerra, lui aveva raggiunto il suo reggimento e si era guadagnato una medaglia. Era quindi partito per il Kenya, dove era finito invischiato in un famoso caso di divorzio e aveva dovuto lasciare il paese per un guaio con un assegno. Il suo concetto di onestà era assai fiacco. Acquistare da lui un'automobile o un cavallo era sconsigliabile, ed era meglio stare alla larga dagli champagne che raccomandava. Quando con aria suadente ti illustrava una speculazione che avrebbe arricchito entrambi, cosa sarebbe venuto in tasca a lui non era chiaro, ma tu potevi star certo di non toccare un centesimo. Di volta in volta era un rivenditore di automobili, un broker indipendente, un mediatore, un attore. Se ci fosse una giustizia a questo mondo, avrebbe dovuto finire i suoi giorni in rovina, se non in carcere. Ma per uno di quei mostruosi scherzi del destino, aveva ereditato il titolo di baronetto e una rendita adeguata; si era sposato, ormai oltrepassati i quaranta, con una donna graziosa e intelligente che gli aveva dato due bei figli sani, e il futuro gli offriva quindi rango, benessere e rispettabilità. Aveva sempre trattato la vita come trattava le donne, e la vita aveva reagito proprio come loro. Se pensava al suo passato, ci pensava compiaciuto; se l'era spassata nel bello e nel cattivo tempo e ora, in buona salute e con la coscienza pulita, era pronto a fare la vita del signorotto di campagna, e che diamine!, ad allevare i bimbi come Dio comanda. E quando l'incompetente che rappresentava la sua circoscrizione si fosse tolto di mezzo, sarebbe entrato in Parlamento.

«Ho da dirgli un paio di cosette che non sanno, a quelli là» affermava.

Il che era probabilmente vero; ma non si prendeva la briga di considerare che forse quelle cosette non le volevano sentire.

Un giorno, al calar del sole, Fred Hardy entrò in un bar sulla Croisette. Era una persona socievole e non gradiva bere da solo, quindi si guardò attorno per cercare qualche conoscente. Scorse Robert, che dopo aver giocato a golf aspettava Eleanor.

«Ehilà, Bob, te lo fai un goccetto?».

Robert trasecolò. Nessuno, in Costa Azzurra, lo chiamava Bob. Quando vide di chi si trattava, rispose arcigno:

«Sono servito, grazie».

«E dai, fattene un altro. La mia dolce metà disapprova che io beva tra i pasti, ma quando riesco a svignarmela è di solito proprio a quest'ora che mi va un drink. Non so come la vedi tu, ma io ho la sensazione che Dio abbia creato le sei del pomeriggio esclusivamente perché possiamo farci un aperitivo».

Si lasciò cadere nella grande poltrona in pelle accanto a quella di Robert e chiamò il cameriere. Guardò Robert con quel sorriso radioso e accattivante.

«Ne è passata di acqua sotto i ponti da quando ci siamo conosciuti, eh, vecchio mio?».

Robert, accigliandosi appena, gli lanciò un'occhiata che un osservatore esterno avrebbe definito circospetta.

«Non so di cosa lei stia parlando. Mi risulta che ci siamo conosciuti tre o quattro settimane or sono, quando con sua moglie avete avuto la bontà di accettare il nostro invito a pranzo».

«Ma piantala, Bob. Lo sapevo di averti già visto. In principio ero perplesso, poi ho avuto un'illuminazione: lavavi le macchine in quel garage dietro Bruton Street, dove tenevo la mia».

Il capitano Forestier fece una sonora risata.

«Mi rincresce, ma lei si sbaglia di grosso. Non ho mai sentito una cosa più ridicola in vita mia».

«Ho una memoria di ferro e non dimentico mai una faccia. E scommetto che anche tu non mi hai dimenticato. Tutte quelle mezze corone che ti ho dato quando venivi sotto casa mia a ritirare la macchina, se non avevo voglia di arrivare fino al garage».

«Ma che fandonie va raccontando? Io non l'ho mai vista prima dell'altro giorno a pranzo».

Hardy lo guardò con un ghigno divertito.

«Sai, ho sempre avuto un debole per gli apparecchi fotografici; ho interi album di foto scattate qua e là. Ci crederesti se ti dicessi che ne ho trovata una dove ci sei tu in piedi accanto alla spider che mi ero appena comprato? Che pezzo d'uomo eri a quei tempi! Davvero un bel tipo, anche con la tuta da lavoro e la faccia sporca. Adesso hai messo su qualche chilo, per forza, i capelli sono grigi e porti i baffi, ma sei sempre tu. Impossibile sbagliarsi».

Il capitano Forestier lo guardò con freddezza.

«Sarà stato tratto in inganno da una somiglianza casuale. Le avrà date a qualcun altro, le sue mezze corone».

«Allora, se non lavavi le macchine al Bruton Garage, dimmi dov'eri tra il 1913 e il 1914».

«In India».

«Col tuo reggimento?» chiese Fred, sempre col ghigno.
«A caccia».
«Bugiardo».
Robert avvampò.
«Questo non è certo il luogo adatto per una rissa, ma se lei crede che me ne stia qui a farmi insultare da un ubriacone, si sbaglia di grosso».
«Non ti interessa scoprire cos'altro mi è tornato in mente sul tuo conto? Sai com'è, un ricordo tira l'altro...».
«Non mi interessa. Le ripeto che si sbaglia di grosso. Mi confonde con qualcun altro».
Ma non accennò ad andarsene.
«Già ai tempi eri un po' lazzarone. Mi ricordo che una volta dovevo andare in campagna e avevo bisogno della macchina lavata alle nove; non trovandola pronta, diedi in escandescenze e me la presi con te. Allora il vecchio Thompson mi disse che tuo padre era stato suo amico e lui ti aveva assunto per carità, poiché non avevi il becco di un quattrino. Tuo padre era cameriere in un club, White's o Brook's, non ricordo più, e pure tu ci avevi lavorato come fattorino. Poi ti arruolasti in un reggimento di fanteria, il Coldstream Guards se non sbaglio, e un tizio ti riscattò e fece di te il suo cameriere personale».
«C'è da non credere alle proprie orecchie» disse Robert sprezzante.
«E mi ricordo di una volta che ero in congedo e andai al garage, e il vecchio Thompson mi disse che per giunta eri passato in fureria. Non volevi correre più rischi del necessario, eh? Ti sei fatto prendere un po' la mano, con tutte quelle storie di eroismo nelle trincee che mi sono giunte all'orecchio? Capitano lo sei, o è una frottola anche quella?».
«Certo che lo sono».
«Be', a quei tempi davano i gradi di ufficiale a cani e porci; però ascolta me, caro mio: se io fossi stato in fureria, non la indosserei la cravatta regimental».
Il capitano Forestier portò istintivamente la mano alla cravatta e Fred Hardy, osservandolo con occhi beffar-

di, ebbe l'impressione che malgrado l'abbronzatura fosse impallidito.

«Non la riguarda affatto, il tipo di cravatta che indosso».

«Non ti infiammare, vecchio mio. Non c'è niente da temere. Ti ho sorpreso con le mani nel sacco, ma mica farò la spia, quindi perché non me la racconti giusta?».

«Non ho nulla da raccontarle. Le ripeto che si tratta di un equivoco. E aggiungerò che, se venissi a scoprire che lei ha diffuso queste storie menzognere sul mio conto, non esiterei un istante a querelarla per diffamazione».

«Calma, Bob, calma. Non diffonderò proprio un bel niente. Non penserai mica che me ne freghi qualcosa? Non ce l'ho con te, anzi, mi sembra tutto molto divertente. Anch'io ero un po' avventuriero, sai, e mi riempie d'ammirazione questa tua strepitosa messinscena. Iniziare come fattorino, poi soldato semplice, cameriere personale, lavamacchine – e guardati adesso, un raffinato gentiluomo con una casa stupenda frequentata da tutti i pezzi grossi della Costa Azzurra; vinci i tornei di golf; sei vicepresidente del club di vela; e chi più ne ha più ne metta. Sei la crème de la crème. È meraviglioso. Io ai miei tempi ne ho fatte di cotte e di crude, ma accidenti, che sangue freddo devi avere tu, vecchio mio. *Chapeau!*».

«Vorrei tanto meritarmi i suoi complimenti. Mio padre in realtà era nella cavalleria in India e almeno io sono nato nobile. Forse la mia carriera militare non è stata delle più illustri, ma non ho nulla di cui vergognarmi».

«Oh, falla finita, Bob. Non lo spiffero a nessuno, neanche a mia moglie. Alle donne non dico mai niente che non sappiano già, credimi. Mi sarei trovato in pasticci ancora peggiori, se non mi fossi attenuto a questa semplice regola. Pensavo saresti stato felice di trovare qualcuno con cui essere te stesso. Non ti pesa non poterti mai lasciare andare? È sciocco da parte tua tenermi a distanza. Io mica ti giudico, vecchio mio. È vero che ora sono un baronetto e un proprietario terriero, ma in passato ho navigato in acque torbide; stento a credere di non essere finito in carcere».

«In tanti stentano a crederlo».

Fred Hardy scoppiò a ridere.

«*Touché!* Ad ogni modo, se mi permetti, andare a dire a tua moglie che sono una persona poco frequentabile è stata una fesseria».

«Non ho mai detto nulla di simile».

«Oh sì, invece. È una gran donna tua moglie, davvero, ma un tantino garrula, non trovi?».

«Non intendo discutere di mia moglie con un uomo come lei» rispose gelido il capitano Forestier.

«Su, risparmiati 'ste cerimonie, Bob. Siamo due pezzenti, è inutile girarci attorno. E potremmo anche spassarcela mica male, se tu avessi un po' di sale in zucca. Sei un bugiardo, un impostore, un imbroglione, ma tua moglie sembra che la rispetti davvero. Ti fa onore. Lei per te stravede; strane, no, le donne? E lei è una persona deliziosa, Bob».

Robert si fece paonazzo, strinse i pugni e scattò in piedi.

«Dannazione, la smetta di parlare di mia moglie! Se la nomina ancora una sola volta, giuro che gliele suono».

«Ma no che non lo farai. Un gentiluomo come te non se la può prendere con uno più basso di lui».

Hardy l'aveva detto per scherzo, tenendo ben d'occhio il potente pugno di Robert per essere pronto a scansarlo; fu quindi sorpreso dall'effetto di quelle parole. Robert sprofondò in poltrona e sciolse il pugno.

«Questo è vero. Ma solo un verme se ne approfitterebbe».

La risposta fu così teatrale che Fred Hardy sghignazzò; poi però si rese conto che l'altro era serio. Serissimo. Fred Hardy non era uno sciocco; non se la sarebbe cavata egregiamente per venticinque anni senza notevoli risorse d'ingegno. E ora, mentre osservava sbalordito quell'omone possente – in tutto e per tutto il tipico inglese dell'alta società – sprofondato in poltrona, ebbe una rivelazione improvvisa: quello non era il solito profittatore che si fa mantenere nell'ozio e nel lusso dalla sprovveduta di turno. Eleanor era stata il mezzo per raggiungere un fine più elevato. Forestier era prigioniero di un ideale, e non c'era ostacolo che potesse frenare la sua corsa per raggiungerlo. Magari la fissazione gli era venuta quando faceva il fattorino in un club elegante, i cui membri, coi loro agi e i loro modi disinvolti, gli dovevano sembrare meravigliosi; e in seguito, come soldato semplice, cameriere personale, lavamacchine, aveva incontrato una lunga serie di persone appartenenti a un mondo diverso; forse, osservate attraverso un alone di idolatria, avevano finito per colmarlo di ammirazione e invidia. Voleva essere come loro. Voleva essere uno di loro. Era quello l'ideale che ossessionava i suoi sogni. Egli voleva – ed era grottesco, era patetico – essere un gentiluomo. Grazie alla guerra gli era stato conferito il grado di ufficiale: quella era stata la sua occasione. I soldi di Eleanor gli avevano fornito i mezzi. Quel poveraccio aveva passato gli ultimi vent'anni della sua vita a imitare qualcosa il cui unico valore è essere inimitabile. Anche questo era grottesco; era patetico. Senza accorgersene, Fred Hardy espresse ad alta voce il pensiero che gli era passato per la testa:

«Povero diavolo» disse.

Forestier gli lanciò una rapida occhiata. Non riusciva a capire il significato di quelle parole, né il tono in cui erano state pronunciate. Avvampò in viso.

«Cosa intende dire?».

«Niente, niente».

«Non credo abbia senso continuare questa conversazione: pare proprio che nulla la possa convincere del suo errore. Posso soltanto ripeterle che non vi è un grano di verità in ciò che dice. Non sono la persona che lei crede».

«Ma certo, vecchio mio, come vuoi tu».

Forestier chiamò il cameriere.

«Vuole essere mio ospite?» chiese glaciale.

«Sì, caro».

Con gesto vagamente grandioso Forestier diede una banconota al cameriere e gli disse di tenere il resto; poi, senza aggiungere parola, senza nemmeno voltarsi a guardare Fred Hardy, uscì dal bar.

I due non si incontrarono più fino alla notte in cui Robert Forestier perse la vita.

L'inverno lasciò il passo alla primavera, e i giardini della Costa Azzurra si accesero di colori. Sulle colline i fiori di campo emanavano una gioia compassata. La primavera lasciò il passo all'estate. Le strade dei borghi della Costa Azzurra pulsavano di un calore luminoso e fremente che accelerava lo scorrere del sangue nelle vene; le donne passeggiavano con ampi cappelli di paglia e pantaloni di lino. Le spiagge erano affollate. Uomini in calzoncini e donne seminude stavano stesi al sole. La sera i bar sulla Croisette erano gremiti di una calca irrequieta e chiassosa, multicolore come i fiori di primavera. Non pioveva da settimane. Lungo la costa erano già scoppiati vari incendi boschivi, e più volte Robert Forestier, coi suoi modi gioviali e scherzosi, aveva osservato che se avesse preso fuoco il loro bosco se la sarebbero vista brutta. Un paio di persone gli avevano consigliato di abbatterne una parte, ma lui non se la sentiva: quando avevano acquistato la casa gli alberi erano in pessime condizioni, ma i Forestier li avevano sfrondati di anno in anno dei rami secchi e ora, liberi di respirare e disinfestati dai parassiti, erano magnifici.

«Preferirei farmi amputare una gamba piuttosto che abbatterli. Sono alberi secolari».

Il quattordici luglio i Forestier si recarono a Montecarlo per una cena di gala, e diedero il permesso alla servitù di andare a Cannes. Era la festa nazionale, e a Cannes si danzava all'aperto sotto i platani; c'erano i fuochi d'artificio e la gente veniva da vicino e da lontano per spassarsela. Anche gli Hardy avevano dato la serata libera alla servitù, ma erano rimasti a casa. I figli erano a letto, Fred giocava a solitario e Lady Hardy ricamava un pezzo di tessuto con cui avrebbe foderato una sedia. D'un tratto squillò il campanello e qualcuno bussò energicamente alla porta.

«Ma chi diavolo sarà?».

Hardy si trovò davanti un ragazzino; gli disse che era scoppiato un incendio nella tenuta dei Forestier. Alcuni uomini del villaggio stavano già cercando di spegnerlo ma avevano bisogno di tutto l'aiuto possibile, e gli chiese di seguirlo.

«Certo che vengo». Fred avvertì la moglie: «Sveglia i bambini e portali su a vedere lo spettacolo. Accidenti, con questa siccità la vampata sarà impressionante».

E uscì di corsa. Il ragazzino gli disse che avevano chiamato la polizia e sarebbero arrivati anche i militari. E stavano cercando di contattare Montecarlo per avvisare il capitano Forestier.

«Gli ci vorrà almeno un'ora per arrivare qui» disse Hardy.

Mentre risalivano la collina scorsero il bagliore nel cielo, e giunti in cima videro le fiamme. Di acqua non ce n'era e l'unico modo per spegnerle era soffocarle. C'erano già un po' di uomini all'opera, e Hardy si unì a loro. Ma appena si finiva di spegnere le fiamme in un cespuglio già un altro iniziava a crepitare, e subito si mutava in una torcia incandescente. Il calore era intollerabile, e a poco a poco gli uomini erano costretti a retrocedere. Soffiava il vento e le scintille volavano di albero in cespuglio infiammando ogni cosa. Se non fosse stato così terrificante, sarebbe stato uno spettacolo maestoso vedere un abete di venti metri accendersi come un fiammifero. Il fuoco rombava come quello di una fonderia. L'unico modo di tenergli testa sarebbe stato tagliare gli alberi e la sterpaglia, ma gli uomini erano pochi, e solo due o tre di loro avevano un'ascia. La sola speranza era che arrivassero i militari, abituati a gestire gli incendi boschivi, ma di loro non c'era traccia.

«Se non si sbrigano, la casa è spacciata» disse Hardy.

Scorse la moglie e i due bambini che gli venivano incontro e li salutò con la mano. Era già nero di fuliggine e il sudore gli scorreva sul viso. Lady Hardy gli corse accanto.

«Fred, i cani e le galline!».

«Accidenti, hai ragione».

Il canile e il pollaio erano sul retro della casa, in una radura al limitare del bosco, e i poveri animali erano pazzi di terrore. Hardy li fece uscire ed essi corsero a mettersi in salvo. Per il momento si potevano solo lasciare liberi; li avrebbero recuperati in seguito. Ormai il bagliore si vedeva anche da lontano, ma i militari non arrivavano, e lo sparuto contingente di uomini nulla poteva contro l'avanzare delle fiamme.

«Se quegli stramaledetti soldati non arrivano più che in fretta la casa è perduta» disse Hardy. «Mi sa che è meglio iniziare a portar fuori quello che riusciamo».

La casa era di pietra, ma contornata da verande in legno che sarebbero bruciate come sterpi. Intanto erano arrivati i domestici dei Forestier. Hardy li radunò, e anche sua moglie e i bimbi diedero una mano: depositarono sul prato davanti a casa quel che riuscirono a trasportare – lenzuola, argenteria, vestiti, soprammobili, fotografie, mobilio. Infine giunsero i militari, a bordo di due camion, e si misero metodicamente a scavare trincee e abbattere alberi. C'era un ufficiale di comando e Hardy, facendogli notare il pericolo che correva la casa, lo pregò di cominciare a tagliare gli alberi che le stavano intorno.

«La casa dovrà arrangiarsi» rispose l'ufficiale. «Devo evitare che il fuoco si propaghi al di là della collina».

Poi si videro i fari di una macchina che risaliva di gran carriera la strada serpeggiante, e due minuti dopo Forestier e la moglie erano lì.

«Dove sono i cani?» gridò lui.

«Li ho liberati» rispose Hardy.

«Ah, è lei».

Sulle prime, sotto quel sudicio strato di fuliggine e sudore, non lo aveva riconosciuto. Forestier si accigliò, incollerito.

«Temevo che la casa andasse a fuoco. Ho portato fuori tutto quel che ho potuto».

Forestier osservò il bosco in fiamme.

«Bene, questa è la fine dei miei alberi» disse.

«I militari sono all'opera sul fianco della collina, tentano di salvare la tenuta adiacente. Ci conviene sbrigarci e andare a vedere se possiamo fare ancora qualcosa».

«Ci andrò io. Lei stia qui» esclamò stizzito Forestier.

All'improvviso Eleanor lanciò un urlo angosciato:

«Oh, guardate! La casa!».

Da dove si trovavano riuscivano a scorgere una veranda sul retro che aveva preso fuoco all'istante.

«Non ti preoccupare, Eleanor. La casa non può bruciare. L'incendio si prenderà solo le parti in legno. Tieni la mia giacca; andrò ad aiutare i soldati».

Si levò la giacca dello smoking e la diede alla moglie.

«Vengo anch'io» disse Hardy. «Mrs Forestier, le conviene andare dove abbiamo depositato i vostri oggetti. Credo che abbiamo salvato tutte le cose di valore».

«Grazie al cielo ho quasi tutti i miei gioielli addosso».

Lady Hardy era una donna con la testa sulle spalle:

«Mrs Forestier, riuniamo i domestici e facciamogli portare i vostri averi a casa nostra».

I due uomini si diressero verso il punto in cui si trovavano i militari.

«È stato molto generoso da parte sua prendersi cura delle nostre cose» disse Robert a labbra strette.

«Ma figurati» rispose Fred Hardy.

Non avevano percorso molta strada quando udirono qualcuno che li chiamava. Si voltarono e videro una donna che correva verso di loro.

«*Monsieur, Monsieur*».

Si fermarono e la donna li raggiunse trafelata. Era la domestica di Eleanor. Era sconvolta.

«Judy. *La petite Judy*. L'ho chiusa dentro quando siamo usciti. È in calore. L'ho chiusa nel bagno della servitù».

«Mio Dio!» esclamò Forestier.

« Cosa succede? ».

« La cagnetta di Eleanor. La devo salvare ad ogni costo ».

Girò sui tacchi e fece per correre verso casa. Hardy lo afferrò per una manica nel tentativo di fermarlo.

« Non fare scemenze, Bob. La casa è in fiamme. Non puoi entrare ».

Forestier si dibatté per liberarsi.

« Mi lasci andare, accidenti a lei. Crede forse che permetterò che un cane muoia arso vivo? ».

« Dai, piantala. Non è il momento per la recita ».

Forestier si liberò dalla presa, ma Hardy gli saltò addosso e lo cinse alla vita. Forestier strinse il pugno e colpì Hardy in pieno viso con tutta la sua forza. Hardy barcollò, lasciando la presa, e Forestier lo colpì di nuovo, scaraventandolo a terra.

« Mascalzone di un mascalzone. Le insegno io come si comporta un gentiluomo ».

Fred Hardy si tirò su lentamente e si tastò il viso. Gli faceva male.

« Gesù, che occhio nero mi ritroverò domani ». Era scosso, e un po' stupito. La cameriera proruppe in un pianto isterico. « E sta' zitta, baldracca » le disse rabbioso. « E non farne parola con la tua padrona ».

Forestier era svanito. Lo ritrovarono solo un'ora più tardi: giaceva morto davanti alla porta del bagno con il terrier morto stretto tra le braccia. Hardy lo fissò a lungo prima di dire qualcosa.

« Imbecille... » mormorò tra i denti, furioso. « Che maledetto imbecille! ».

La sua impostura gli era costata cara. Come chi coltivi un vizio finché quello ha la meglio su di lui e lo rende irrimediabilmente schiavo, egli aveva mentito tanto a lungo da credere alle proprie menzogne. Bob Forestier aveva finto per troppo tempo e scordandosi che si trattava di una farsa, si era comportato nel modo in cui il suo stupido, schematico cervello riteneva dovesse comportarsi un gentiluomo. Ormai incapace di distinguere tra realtà e finzione, aveva sacrificato la vita in nome di un eroismo fasullo. Ma Fred Hardy doveva annunciare l'accaduto a Mrs Forestier. Lei era in compagnia di sua moglie, nella loro casa ai piedi della collina, certa che Robert fosse ancora con i militari, intento ad abbattere gli alberi ed eliminare la sterpaglia. Glielo disse nel modo più gentile possibile, ma dirglielo doveva, e doveva dirle tutto. Sulle prime lei non parve cogliere il senso delle sue parole.

« Morto? » esclamò. « Morto? Il mio Robert? ».

Allora Fred Hardy, il debosciato, il cinico, il mascalzone senza scrupoli, le prese una mano e pronunciò le parole che tanto la aiutarono a sopportare l'angoscia:

« Mrs Forestier, il capitano era un gentiluomo di grande valore ».

APPARENZA E REALTÀ

Non posso garantire la veridicità di questa storia, ma a raccontarmela fu un professore di letteratura francese di un'università inglese; persona di considerevole levatura che, voglio credere, difficilmente mi avrebbe riferito qualcosa di men che veritiero. Costui era uso richiamare l'attenzione degli studenti su tre scrittori che a suo parere incarnavano i tratti distintivi dell'animo francese. Leggendoli, diceva, si impara moltissimo su quel popolo; se solo ne avesse avuto l'autorità, egli non avrebbe permesso ad alcuno dei nostri uomini politici di intrattenere rapporti con la Francia senza aver prima sostenuto un approfondito esame sulle loro opere. Gli scrittori sono Rabelais, con la sua *gauloiserie,* che si potrebbe descrivere come la ribalderia senza freni; La Fontaine, con il suo *bon sens*, ovvero il buonsenso; e infine Corneille, con il suo *panache.* Quest'ultimo termine i dizionari lo traducono con pennacchio, la penna che il cavaliere d'armi portava sull'elmo, ma metaforicamente sembra indicare dignità e baldanza, ostentazione ed eroismo, vanagloria e onore. Fu *le panache* che a Fontenoy indusse i nobili francesi a dire agli ufficiali di re Giorgio II: « Signori, siate voi i primi a sparare»; fu *le panache* che a Waterloo trasse dalle labbra licenziose di Cambronne la frase: «La guardia muore ma non s'arrende»; ed è *le panache* che spinge uno squattrinato poeta francese insignito del premio Nobel allo splendido gesto di darlo via. Ebbene, stando al mio professore, che non era un uomo frivolo, la storia che sto per raccontare mette così in risalto le tre principali qualità francesi da possedere un alto valore educativo.

Io l'ho intitolata *Apparenza e realtà*, come quello che forse si può considerare (a torto o a ragione) il più importante contributo filosofico dato dalla mia nazione nell'Ottocento. Lettura cruda ma stimolante, scritta in una prosa eccellente e con notevole umorismo, offre inoltre al lettore profano, che difficilmente potrà penetrare alcuni dei sottilissimi argomenti, l'elettrizzante sensazione di avanzare come un funambolo spirituale sull'abisso metafisico; e infine lo lascia con la gradevole impressione che niente valga un fico secco. È imperdonabile che io abusi del titolo di un'opera celeberrima, ma esso si adatta mirabilmente alla mia storia. Lisette era una filosofa così come lo è ognuno di noi, cioè esercitava l'arbitrio per affrontare i problemi dell'esistenza; ma nutriva una tale passione per la realtà e un affetto così genuino per l'apparenza da essere quasi riuscita a conciliare gli inconciliabili che da tanti secoli danno filo da torcere ai filosofi. Lisette era francese, e trascorreva buona parte della sua giornata lavorativa a svestirsi e rivestirsi in uno degli atelier più costosi ed eleganti di Parigi. Occupazione piacevole per una giovane donna pienamente consapevole di essere ben fatta. In breve, Lisette faceva la mannequin. Era abbastanza alta per portare uno strascico con eleganza, e aveva i fianchi così stretti che in abiti sportivi riusciva a farti sentire il profumo dell'erica. Grazie alle lunghe gambe poteva indossare con distinzione i pantaloni, e la vita sottile e il seno piccolo rendevano incantevole il più semplice dei costumi da bagno. Poteva mettersi qualsiasi cosa. Aveva un modo di avvolgersi in una pelliccia che induceva anche i più saggi ad ammettere che il cincillà valeva tutto il suo prezzo. Donne grasse, donne goffe, donne tozze, donne ossute, donne informi, donne anziane, donne comuni sedevano nelle poltroncine, e siccome Lisette aveva un'aria così dolce acquistavano i vestiti che le stavano così bene. Lei aveva grandi occhi bruni, labbra rosse e carnose, la pelle molto chiara leggermente lentigginosa. Le risultava difficile mantenere quel contegno altezzoso, imbronciato e noncurante che pare essenziale per la mannequin mentre avanza con passi ponderati, gira lentamente su se stessa, e scivola fuori con un'aria di sprezzo per l'universo eguagliata solo dal cammello. Si intuiva una scintilla nei grandi occhi di Lisette, e le sue labbra rosse sembravano tremolare come se alla minima provocazione potessero aprirsi in un sorriso. Fu quella scintilla ad attrarre l'attenzione di Monsieur Raymond Le Sueur.

Se ne stava seduto su una poltroncina in stile Luigi XVI, accanto alla moglie (su un'altra poltroncina) che l'aveva convinto ad accompagnarla alla presentazione delle collezioni primaverili. Prova, questa, dell'indole amabile di Monsieur Le Sueur: era un uomo assai indaffarato e con cose più importanti da fare che guardare per un'ora una dozzina di belle figliole che si pavoneggiavano con una sbalorditiva varietà di *mises*. Certo non pensava che una di quelle *mises* potesse far apparire sua moglie diversa da quella che era: un donnone spigoloso sulla cinquantina, dai lineamenti forti, ben più del normale. Non l'aveva sicuramente sposata per la sua bellezza, e lei non si era mai figurata che così fosse, nemmeno nei primi, inebrianti giorni della luna di miele. L'aveva sposata per combinare il florido stabilimento siderurgico da lei ereditato con la propria ugualmente florida fabbrica di locomotive. Il matrimonio era riuscito. Lei gli aveva dato un figlio che sapeva giocare a tennis quasi da professionista, danzare quasi come un ballerino e cavarsela con i più esperti giocatori di bridge; e una figlia alla quale aveva potuto fornire una dote sufficiente per sposare un principe quasi autentico. Aveva tutte le ragioni per essere orgoglioso di entrambi. Grazie alla perseveranza e a una ragionevole onestà, aveva prosperato quanto basta per diventare l'azionista maggioritario di una raffineria di zucchero, una casa di produzione cinematografica, una fabbrica di automobili, un giornale; e infine era stato capace di spendere somme abbastanza ingenti da convincere l'elettorato libero e indipendente di una qualche circoscrizione a inviarlo al Senato. Era un uomo dalla presenza distinta, rubicondo e piacevolmente corpulento, con una barba grigia squadrata, la testa calva e un anello di grasso alla base del collo. Non c'era bisogno di notare il bottone rosso che adornava la sua giacca nera per capire che si trattava di una persona di rango. Era un uomo capace di decisioni fulminee, e quando la moglie lasciò l'atelier per andare a giocare a bridge lui disse che, per fare esercizio, sarebbe andato a piedi al Senato, dove lo chiamava il dovere verso la Nazione. Non si spinse così lontano, però, e si accontentò di fare esercizio camminando su e giù per la stradina sul retro, dove aveva ragione di credere che alla chiusura sarebbero apparse le dipendenti dell'atelier. Dopo neanche un quarto d'ora uscirono delle donne a gruppetti, alcune giovani e belle, altre meno giovani e per niente belle, e lui capì che la sua attesa era giunta al termine; di lì a due minuti vide Lisette. Il senatore sapeva che il proprio aspetto e l'età limitavano le probabilità che una giovane si innamorasse di lui a prima vista, ma aveva appurato che ricchezza e posizione compensavano ampiamente quegli svantaggi. Lisette camminava con un'amica, fatto che avrebbe messo in imbarazzo un uomo di minore importanza, ma che neanche per un istante fece esitare il senatore; egli le si avvicinò, alzò il cappello, ma non tanto da rivelare quanto fosse pelato, e le augurò la buona sera.

«*Bonsoir, Mademoiselle*» disse con un sorriso accattivante.

Lei gli lanciò una brevissima occhiata e si irrigidì, mentre sulle labbra rosse e carnose tremolava un sorriso; poi voltò la testa dall'altra parte e, immergendosi nella conversazione con l'amica, proseguì offrendo un'ottima interpretazione dell'indifferenza suprema. Senza perdersi d'animo il senatore girò sui tacchi e seguì le due ragazze tenendosi a pochi metri di distanza. Giunte in fondo alla stradina esse svoltarono nel boulevard, e in place de la Madeleine salirono su un omnibus. Il senatore era soddisfatto; aveva tratto una serie di conclusioni azzeccate. Il fatto che la giovane rincasasse con un'amica provava che non aveva ammiratori ufficiali. Il fatto che si fosse voltata dall'altra parte era indice di discrezione, modestia e buone maniere, tutte qualità che egli reputava essenziali in una bella ragazza. E il cappotto, la gonna, il semplice cappellino nero e le calze di nylon la proclamavano povera, dunque virtuosa. Con quei vestiti era attraente proprio come con gli splendidi indumenti indossati appena prima. Lui avvertì qualcosa di insolito al cuore. Erano anni che non provava quella singolare sensazione, piacevole eppure stranamente dolorosa; ma la riconobbe al volo.

«È amore, perdinci!» mormorò.

Si era da tempo rassegnato all'idea di non provarlo mai più, e proseguì tutto ringalluzzito. Si recò nell'ufficio di un investigatore privato e lo incaricò di raccogliere informazioni su una giovane donna di nome Lisette che faceva la mannequin all'indirizzo tal dei tali; in seguito, ricordandosi che al Senato si stava discutendo del debito americano, raggiunse in taxi l'imponente edificio, entrò in biblioteca dove c'era una poltrona che gli piaceva assai, e schiacciò un pisolino. Tre giorni dopo ricevette le informazioni richieste. Erano stati soldi ben spesi. Mademoiselle Lisette Larion viveva con una zia vedova in un appartamento di due stanze nel quartiere di Parigi chiamato Batignolles. Suo padre, eroe e mutilato della Grande Guerra, aveva un *bureau de tabac* in un paesino del Sud-Est della Francia. L'affitto dell'appartamento era di duemila franchi. Lei conduceva una vita regolare, ma le piaceva andare al cinema; non era fidanzata e aveva diciannove anni. La portinaia dello stabile parlava bene di lei, le colleghe di lavoro le erano affezionate. Era senz'ombra di dubbio una giovane rispettabile, e il senatore non poté esimersi dal pensare che fosse perfettamente indicata per allietare i momenti liberi di un uomo che voleva rilassarsi dai crucci di Stato e dalle gravose pressioni degli Affari Importanti.

È superfluo entrare nei dettagli dei passi intrapresi da Monsieur Le Sueur per raggiungere il fine che si era proposto. Era persona troppo insigne e troppo oberata di impegni per occuparsi personalmente della faccenda, ma aveva al suo servizio un segretario particolare alquanto abile con gli elettori indecisi; sarebbe stato certamente in grado di illustrare a una giovane donna onesta ma povera i possibili vantaggi di un'amicizia con una persona del calibro del suo principale. Il segretario particolare fece visita alla zia vedova, di nome Madame Saladin, e le disse che di recente Monsieur Le Sueur, sempre al passo coi tempi, aveva iniziato a interessarsi di cinema ed era anzi sul punto di lanciarsi nella produzione di un film (il che ci mostra quale uso un cervello fino sappia fare di dati che la persona ordinaria giudicherebbe insignificanti). All'atelier, Monsieur Le Sueur era stato profondamente colpito dall'aspetto di Mademoiselle Lisette e dall'eleganza con cui indossava gli abiti; si era detto che ella avrebbe potuto essere indicata per una parte che sembrava fatta apposta per lei. (Come tutte le persone intelligenti, il senatore cercava di discostarsi il meno possibile dalla verità). Quindi il segretario particolare invitò Madame Saladin e la nipote a una cena dove avrebbero potuto fare la conoscenza del senatore, il quale a sua volta avrebbe avuto modo di giudicare se Mademoiselle Lisette fosse effettivamente idonea per il grande schermo. Madame Saladin rispose che avrebbe chiesto alla nipote, ma che per quanto la riguardava la proposta sembrava ragionevole.

Quando Madame Saladin riferì l'invito a Lisette, precisando rango, rispettabilità e importanza del loro generoso ospite, la giovane scrollò le belle spalle con aria sdegnosa.

« *Cette vieille carpe* » fu il suo commento, la cui traduzione, non proprio letterale, sarebbe: « quel pesce lesso ».

« Cosa importa se è un pesce lesso, se ti offre la parte? » chiese Madame Saladin.

« *Et ta soeur* » disse Lisette.

Quest'espressione, che significa « tua sorella » e suona del tutto innocua e perfino incongrua, è di fatto un tantino volgare e viene utilizzata dalle fanciulle beneducate solo come frase a effetto. Esprime la più veemente incredulità, e l'unica traduzione esatta nel parlar materno è troppo volgare per la mia casta penna.

« Ad ogni modo, andiamo a farci questa scorpacciata » disse Madame Saladin. « Mica sei più una bambina ».

« Dove ha detto che sarebbe la cena? ».

« Allo Château de Madrid. Lo sanno tutti che è il ristorante più caro del mondo ».

E non si vede perché non dovrebbe esserlo. Il cibo è eccellente, la cantina rinomata, e la posizione lo rende un luogo incantevole per trascorrere una bella serata di prima estate. Sulle guance di Lisette si disegnò un'irresistibile fossetta, e le rosse labbra carnose si aprirono in un sorriso. Aveva denti perfetti.

« Potrei prendere in prestito un vestito dall'atelier » mormorò.

Qualche giorno dopo il segretario particolare del senatore passò a prendere in taxi Madame Saladin e la seducente nipote, e le condusse al Bois de Boulogne. Lisette, che portava uno dei capi di maggior successo dell'atelier, era incantevole, e Madame Saladin aveva un'aria estremamente rispettabile con il suo vestito di satin nero e un cappello che Lisette le aveva confezionato per l'occasione. Il segretario presentò le due signore a Monsieur Le Sueur, che le salutò con il benigno decoro che il politico affabile riserva alla moglie e alla figlia di uno stimato elettore; proprio quello che egli, con la sua solita astuzia, voleva far pensare ai conoscenti seduti ai tavoli vicini al suo. La cena fu alquanto gradevole, e dopo meno di un mese Lisette si trasferì in un delizioso appartamentino situato a una distanza comodissima tanto dal suo posto di lavoro quanto dal Senato. Un tappezziere alla moda lo arredò in stile moderno. Monsieur Le Sueur desiderava che Lisette seguitasse a lavorare; gli tornava utile che fosse impegnata nelle ore durante le quali egli era costretto a dedicarsi ai suoi affari. Così non avrebbe avuto grilli per la testa; e poi, lui lo sapeva bene, una donna che non ha niente da fare tutto il giorno spende molti più soldi di una che ha la sua occupazione. Un uomo intelligente questi dettagli non li trascura.

Ma Lisette non era una spendacciona, e il senatore era tenero e generoso. Per lui fu fonte di soddisfazione scoprire che la ragazza aveva iniziato presto a mettere via il denaro. Faceva economia sia nelle spese di casa sia in quelle di vestiario, e ogni mese mandava una certa somma al suo eroico padre, che la investiva in piccoli appezzamenti di terreno. Continuò a condurre una vita tranquilla e modesta e Monsieur Le Sueur fu lieto di apprendere dalla portinaia, desiderosa di piazzare il figlio in un ufficio governativo, che le uniche visite che Lisette riceveva erano quelle della zia e di un paio di ragazze dell'atelier.

Il senatore non era mai stato così felice in vita sua. Gli dava grande soddisfazione il pensiero che a questo mondo una buona azione venisse premiata: non era forse per pura gentilezza che aveva accompagnato la moglie all'atelier il pomeriggio in cui al Senato si discuteva del debito americano e aveva visto Lisette per la prima volta? Più imparava a conoscerla, più stravedeva per lei. Stare in sua compagnia era delizioso. Era allegra e disinvolta. Possedeva un'intelligenza di tutto rispetto, e sapeva ascoltare in modo assai perspicace quando egli discettava di attività commerciali o di affari di Stato. Lo ristorava quand'era stanco e lo rallegrava quand'era triste. Era felice di vederlo arrivare, e le dispiaceva vederlo andar via; lui andava a trovarla di frequente, in genere dalle cinque alle sette. Aveva l'impressione di non essere soltanto un amante, ma anche un amico. Quando, come talvolta accadeva, cenavano insieme nell'appartamentino, il cibo curato e quella confortevole sensazione di agio gli facevano riscoprire il fascino della vita domestica. I suoi amici gli dicevano che sembrava ringiovanito di vent'anni. E si sentiva proprio così. Si rendeva ben conto della fortuna che gli era toccata. D'altronde, non poteva esimersi dal pensare che questo fosse il meritato compenso per una vita di onesto lavoro e servizio pubblico.

Le cose tra loro proseguirono felicemente per quasi due anni. Fu pertanto uno choc quando una domenica mattina di buon'ora, conclusa anzitempo una visita alla circoscrizione elettorale, il senatore si recò a casa di Lisette e aprì la porta con la sua chiave: immaginava che Lisette fosse ancora a letto, e invece la trovò che faceva colazione *tête-à-tête* con un ragazzo sconosciuto, il quale per giunta indossava il suo (del senatore) nuovissimo pigiama. Lisette fu sorpresa di vederlo o, meglio, trasalì visibilmente.

« *Tiens* » disse. « Da dove salti fuori? Ti aspettavo domani ».

« È caduto il governo » rispose meccanicamente il senatore. « Mi hanno mandato a chiamare. Mi offriranno il ministero dell'Interno ». Ma non era questo quel che voleva dire. Lanciò un'occhiata furibonda al giovane che indossava il suo pigiama. « E chi sarebbe questo giovanotto? » sbottò.

Le labbra rosse e carnose di Lisette si schiusero in un sorriso dei più seducenti.

« Il mio amante » rispose.

« Mi prendi per scemo? » sbraitò il senatore. « Lo so bene che è il tuo amante ».

« Perché me lo chiedi, allora? ».

Monsieur Le Sueur era un uomo d'azione: si avvicinò a Lisette e le diede uno schiaffo con la mano sinistra sulla guancia destra, poi un altro con la mano destra sulla guancia sinistra.

«Sei un bruto!» gli gridò Lisette.

Lui si voltò verso il giovane, che aveva assistito a questa scena di violenza con un certo imbarazzo, e rizzandosi in tutta la sua statura tese il braccio e con fare drammatico puntò il dito verso la porta.

«Fuori!» urlò. «Fuori!».

Quell'uomo avvezzo a domare folle di contribuenti arrabbiati e capace, con un solo aggrottare di ciglia, di contenere l'annuale riunione degli azionisti delusi incuteva tanta soggezione che ci si sarebbe aspettati di vedere il giovanotto darsela a gambe all'istante; ma costui non si mosse. Titubò, questo sì, ma non si mosse; lanciò a Lisette uno sguardo supplichevole e si strinse leggermente nelle spalle.

«Che cosa aspetta?» esclamò. «Devo far ricorso alle maniere forti?».

«Non può mica uscire in pigiama» disse Lisette.

«Il *mio* pigiama!».

«Sta aspettando i suoi vestiti».

Monsieur Le Sueur si guardò intorno e, ammucchiati in disordine sulla sedia dietro di lui, scorse degli indumenti maschili. Il senatore lanciò al giovane un'occhiata sprezzante.

«Si riprenda pure i suoi abiti, Monsieur» disse con gelido sdegno.

Il giovane raccolse i vestiti e le scarpe e, tenendo il fagotto tra le braccia, lasciò rapidamente la stanza. Monsieur Le Sueur possedeva considerevoli doti oratorie, e mai ne fece miglior uso che in quel frangente. Disse a Lisette cosa pensava di lei (niente di lusinghiero). Dipinse la sua ingratitudine con i colori più tetri. Scandagliò il proprio vasto lessico alla ricerca di termini obbrobriosi per definirla. Convocò tutte le forze celesti a testimoni del fatto che nessuna donna aveva mai ripagato la fiducia di un onest'uomo con un simile, gravissimo inganno. In breve, diede voce a tutto quel che stizza, vanità ferita e delusione gli suggerivano. Lisette non cercò di difendersi: ascoltava in silenzio, con gli occhi bassi, sbriciolando meccanicamente il panino che la comparsa del senatore le aveva impedito di terminare. Lui guardò il piatto con grande irritazione.

« Non vedevo l'ora di dare a te per prima la grande notizia, e per questo mi sono precipitato qui direttamente dalla stazione. Pensavo che avrei consumato il *petit déjeuner* con te, seduto sul tuo letto ».

« Oh, caro, non hai fatto colazione? Te la faccio portare subito ».

« Non la voglio ».

« Su, su. Con le grandi responsabilità che ti attendono, devi essere in forze ».

Chiamò la domestica, le disse di portare del caffè caldo e poi ne versò una tazza al senatore. Lui si rifiutò di toccarla. Lei gli imburrò un panino. Lui si strinse nelle spalle e mangiò, ma non senza aggiungere un paio di osservazioni sulla perfidia femminile. Lei taceva.

« Almeno » disse lui « non hai avuto la sfrontatezza di tentare di giustificarti. Sai bene che non sono uomo che si possa bistrattare impunemente. Sono un campione di generosità se la gente si comporta bene con me, ma spietato se si comporta male. Appena avrò finito il caffè lascerò questo appartamento per sempre ».

Lisette sospirò.

« Ma devo dirti » continuò lui « che avevo in serbo una sorpresa per te. Mi ero messo in testa di celebrare il nostro secondo anniversario versandoti una somma di denaro che ti avrebbe garantito una modesta indipendenza nel caso mi fosse capitato qualcosa ».

« Quanto? » chiese fosca Lisette.

« Un milione di franchi ».

Lei sospirò nuovamente. All'improvviso qualcosa di morbido colpì il senatore sulla nuca e lo fece trasalire.

« Che cos'è? » gridò.

« Ti ha reso il pigiama ».

Il giovane aveva aperto e richiuso velocemente la porta. Il senatore si liberò dai calzoni di seta che aveva intorno al collo.

«Ma dico, è forse questo il modo di comportarsi? È palese che il tuo amico è uno zoticone».

«Non ha certo la tua signorilità» mormorò Lisette.

«E la mia intelligenza?».

«Oh, no».

«È ricco?».

«Non ha un centesimo».

«E allora, santa pazienza, che cosa ci trovi in lui?».

«È giovane» sorrise Lisette.

Il senatore abbassò lo sguardo sul piatto; negli occhi affiorò una lacrima che gli corse lungo la guancia e finì nel caffè. Lisette lo guardò benevola.

«Mio caro, povero amico, nessuno può avere tutto nella vita» gli disse.

«Di non essere giovane lo sapevo. Ma la mia condizione, il mio patrimonio, la mia vitalità... pensavo che compensassero. Ci sono donne a cui piacciono solo gli uomini di una certa età. Ci sono attrici celebri che considerano un onore essere l'amichetta di un ministro. Bennato come sono, non ti rinfaccerò le tue origini, ma rimane il fatto che tu sei una mannequin e io ti ho tirata fuori da un appartamento da duemila franchi annui. Per te è stato un salto di qualità».

«Sono figlia di genitori poveri ma onesti. Non ho di che vergognarmi delle mie origini, e tu non mi puoi certo biasimare perché mi sono guadagnata umilmente da vivere».

«Lo ami quel ragazzo?».

«Sì».

«E non ami me».

«Amo anche te. Vi amo entrambi, ma in maniera diversa. Amo te per i tuoi modi distinti e la conversazione interessante e istruttiva. Ti amo perché sei caro e generoso. Amo lui per i suoi occhioni, per i suoi capelli ondulati e perché danza divinamente. È del tutto naturale».

«Sai bene che nella mia posizione non ti posso portare in luoghi dove la gente danza, e poi azzarderei che alla mia età lui non avrà molti più capelli di quanti ne abbia io».

«È probabile» concordò Lisette, che non dava molta importanza alla cosa.

«E cosa dirà tua zia, la degnissima Madame Saladin, quando scoprirà quello che hai combinato?».

«La cosa non le risulterà del tutto nuova».

«Intendi dire che quella rispettabile signora approva la tua condotta? *O tempora, o mores!* E da quanto dura allora questa storia?».

«Da quando ho iniziato a lavorare all'atelier. Lui fa il commesso viaggiatore per un grande setaiolo lionese. Un giorno è arrivato col campionario e ci siamo piaciuti».

«Ma il ruolo di tua zia doveva essere quello di proteggerti dalle tentazioni alle quali una fanciulla è irrimediabilmente esposta a Parigi! Non avrebbe mai dovuto permetterti di avere a che fare con quel giovanotto».

«Mica le ho chiesto il permesso».

«Ce n'è abbastanza per portare il tuo povero babbo alla tomba. Non ti importa di quel ferito per la Patria i cui servigi sono stati ricompensati con una licenza di tabaccaio? Forse ti sfugge che come ministro dell'Interno sono io il responsabile e avrei tutto il diritto di revocargliela, considerata la tua flagrante immoralità».

«So bene che un galantuomo come te non si abbasserebbe mai a compiere un atto tanto ignobile».

Lui fece un gesto solenne, anche se forse un po' troppo teatrale.

«Non temere, non farò mai pagare lo scotto a qualcuno che si è guadagnato il rispetto della Nazione soltanto a causa delle malefatte di una creatura che offende il mio senso del decoro».

Il senatore riprese la colazione interrotta. Lisette non disse niente e tra i due calò il silenzio. Poi però, placato l'appetito, l'umore di lui cambiò, e la rabbia cedette il passo all'autocommiserazione. Mostrando un'inattesa ignoranza del cuore femminile, egli pensò bene di alimentare il rimorso di Lisette dipingendosi come degno di pietà.

«È difficile rinunziare a una consuetudine alla quale si è ormai abituati. Trascorrere qui gli attimi che riuscivo a strappare ai miei molteplici impegni era fonte di sollievo e sollazzo per me. Ti mancherò almeno un pochino, Lisette?».

«Ma certo».

Il senatore emise un profondo sospiro.

«Non ti avrei mai creduta capace di un simile sotterfugio».

«È il sotterfugio che brucia» mormorò lei pensierosa. «Gli uomini sono strani a questo riguardo. Non tollerano di venire abbindolati. È che sono vanesi. Attribuiscono una grande importanza a cose del tutto irrilevanti».

«Lo chiami irrilevante, sorprenderti mentre fai colazione in compagnia di un giovanotto con indosso il mio pigiama?».

«Se lui fosse stato mio marito e tu il mio amante, l'avresti trovato perfettamente naturale».

«Ma certo. Perché allora sarei stato io ad abbindolare lui e il mio onore sarebbe intatto».

«Insomma, basta che io lo sposi e la situazione tornerebbe perfettamente in regola».

Lui per un attimo non capì; poi il senso di quelle parole balenò nel suo agile cervello. Le lanciò un'occhiata furtiva. In quei begli occhi danzava la scintilla che lui da sempre trovava così seducente, e sulle rosse labbra carnose c'era l'ombra di un sorriso birichino.

«Non ti scordare che le tradizioni della Repubblica fanno di me, quale membro del Senato, il baluardo ufficiale della morale e del retto comportamento».

«E questo riveste un peso importante nelle tue scelte?».

Lui si carezzò la bella barba squadrata con gesto composto e distinto.

«Col piffero» replicò, ma usando un'espressione di

sapore gallico che avrebbe forse fatto trasecolare alcuni tra i suoi sostenitori più all'antica.

«E lui ti sposerebbe?» domandò.

«Lui mi adora. Eccome mi sposerebbe. Se poi gli dicessi che ho una dote di un milione di franchi, non potrebbe chiedere di meglio».

Monsieur Le Sueur le lanciò una seconda occhiata. Quando, in preda alla rabbia, le aveva comunicato l'intenzione di versarle un milione di franchi, aveva gonfiato abbondantemente la somma per mostrarle quanto le veniva a costare quel tradimento. Ma non era uomo da tirarsi indietro, se ne andava del suo onore.

«È molto più di quello a cui possa aspirare un giovane nella sua posizione. Ma se ti adora vorrà starti sempre accanto».

«Non ti ho forse detto che è un commesso viaggiatore? Può trascorrere a Parigi solo i fine settimana».

«Be', allora è tutta un'altra storia!» esclamò il senatore. «E per lui sarebbe un sollievo, no?, sapere che in sua assenza ci sarò io a tenerti d'occhio».

«Un considerevole sollievo» disse Lisette e, per facilitare la conversazione, andò ad accoccolarglisi sulle ginocchia. Il senatore le prese teneramente la mano.

«Ci tengo molto a te, Lisette» le disse. «Non vorrei che tu stessi commettendo uno sbaglio. Sei convinta che ti saprà rendere felice?».

«Io credo di sì».

«Farò svolgere le indagini del caso. Non permetterei mai che tu andassi in moglie a qualcuno che non sia di indole esemplare e moralmente integerrimo. Per il nostro bene, dobbiamo esser certi di questo giovanotto che ci apprestiamo a introdurre nelle nostre vite».

Lisette non aveva niente da obiettare; sapeva che al senatore piaceva fare le cose con ordine e metodo. Intanto lui si stava accingendo ad andarsene. Intendeva rivelare l'importante notizia a Madame Le Sueur, e doveva prendere contatto con vari membri del gruppo parlamentare di cui faceva parte.

«C'è una sola cosa ancora» aggiunse, mentre si accomiatava calorosamente da Lisette. «Se ti sposi, allora insisto che lasci il tuo lavoro. Il posto per le mogli è la casa, e l'idea che una donna sposata rubi il pane di bocca a un uomo va contro i miei princìpi».

Lisette pensò che un bel giovanotto avrebbe avuto l'aria un po' comica mentre sfilava ancheggiando vistosamente per presentare gli ultimi modelli, ma nutriva grande rispetto per i princìpi del senatore.

«Come vuoi tu, caro» rispose.

Le indagini diedero esiti soddisfacenti e il matrimonio fu celebrato un sabato mattina, non appena sbrigate le formalità. I testimoni furono Monsieur Le Sueur, ministro dell'Interno, e Madame Saladin. Lo sposo era un giovane snello con il profilo greco, begli occhi e capelli neri ondulati pettinati all'indietro. Più che un commesso viaggiatore sembrava un tennista. Il sindaco, infervorato dall'augusta presenza del ministro dell'Interno, secondo l'usanza francese fece un discorso che tentò di rendere altisonante. Per prima cosa disse alla giovane coppia ciò che presumibilmente essa già sapeva. Allo sposo annunciò che i suoi genitori erano persone rispettabili, e la sua una professione onorevole. Si congratulò con lui perché contraeva il sacro vincolo del matrimonio a un'età nella quale tanti giovani non pensano che al proprio piacere. Ricordò alla sposa che era figlia di un eroe della Grande Guerra, le cui gloriose ferite erano state ricompensate con la licenza di tabaccaio, e la informò che dal suo arrivo a Parigi si era guadagnata un salario dignitoso in un luogo che era da considerarsi tra i vanti del gusto e del lusso francesi. Il sindaco aveva propensioni letterarie e menzionò brevemente parecchi celebri amanti della letteratura: Romeo e Giulietta, la cui breve ma legittima unione fu troncata da un deplorevole malinteso; Paolo e Virginia, la quale preferì perire in mare piuttosto che sacrificare la modestia spogliandosi delle vesti; e infine Dafni e Cloe, che non consumarono il matrimonio finché questo non venne sancito dall'autorità costituita. Fu così toccante che Lisette versò qualche lacrima. Il sindaco si complimentò con Madame Saladin per il suo buon esempio e gli insegnamenti che avevano preservato la giovane e bella nipote dai pericoli nei quali può incorrere una fanciulla tutta sola in una grande città, e infine si congratulò con la coppietta felice per l'onore che il ministro dell'Interno concedeva loro con la sua presenza alla cerimonia in veste di testimone. Era indice della loro probità il fatto che quel capitano d'industria ed eminente statista avesse trovato il tempo di svolgere un umile uffizio per due persone di rango modesto, a prova non solo della sua nobiltà di cuore, ma anche del suo notevole senso del dovere. Tale gesto dimostrava l'importanza da lui attribuita al matrimonio in giovane età, sottolineando il valore della famiglia e l'apporto fondamentale della prole nell'accrescere il potere e il prestigio delle belle lande di Francia. Davvero un bel discorso.

Il banchetto si tenne allo Château de Madrid, luogo di grande valore affettivo per Monsieur Le Sueur. Si è già menzionato che tra i molteplici interessi del ministro (così lo dobbiamo chiamare ora) c'era anche una fabbrica di automobili. Il suo regalo di nozze alla sposa fu una splendida due posti che proveniva da quella manifattura, e fu con essa che, terminato il pranzo, la giovane coppia partì per la luna di miele. Che non poté durare più del fine settimana, poiché il lunedì il giovane doveva tornare al lavoro che l'avrebbe portato a Marsiglia, Tolone e Nizza. Lisette diede un bacio alla zia e uno a Monsieur Le Sueur.

«Ti aspetto lunedì alle cinque» gli sussurrò all'orecchio.

«Non mancherò» rispose lui.

I due salirono in auto e partirono. Monsieur Le Sueur e Madame Saladin rimasero un momento a guardare la spider gialla che si allontanava veloce.

«Speriamo solo che la renda felice» sospirò Madame

Saladin, che non era abituata a bere champagne a pranzo e si sentiva malinconica senza motivo.

«Se non la renderà felice dovrà vedersela con me» asserì solennemente Monsieur Le Sueur.

Giunse la sua vettura.

«*Au revoir, chère Madame.* Troverà gli omnibus in avenue de Neuilly».

Salì in macchina e mentre pensava agli affari di Stato che lo attendevano emise un sospiro soddisfatto. Era decisamente più consono alla sua condizione avere per amante non una semplice mannequin ma una rispettabile donna sposata.

JANE

Ricordo perfettamente il mio primo incontro con Jane Fowler, e la dovizia di dettagli che ne conservo mi induce a fidarmi della mia memoria – che altrimenti potrebbe avermi giocato uno stranissimo tiro. Ero da poco tornato a Londra dalla Cina e stavo bevendo il tè con Mrs Tower. Mrs Tower era stata presa dalla febbre dell'arredamento e, inesorabile come può essere il gentil sesso, aveva sacrificato le poltrone in cui si era seduta comodamente per anni, i tavoli, i mobiletti, i ninnoli sui quali riposava gli occhi da quando si era sposata, i quadri che le erano familiari da una generazione, e si era consegnata nelle mani di un esperto. In soggiorno non era rimasto un solo oggetto con cui avesse il benché minimo legame. Quel giorno mi aveva invitato perché potessi ammirare la lussuosa modernità in cui viveva ora. Tutto quel che poteva essere decapato lo era, e quel che non si poteva decapare era dipinto. Non c'erano due cose che si abbinassero, ma com'era armonioso l'insieme!

«Te li ricordi quei ridicoli mobili che avevo in soggiorno?» mi chiese.

Le tende erano sontuose ma severe, il divano era foderato di broccato italiano, e io sedevo su una poltroncina a piccolo punto. La stanza era bella, opulenta senza sfarzo, originale senza affettazione, però le mancava qualcosa; e mentre ne tessevo le lodi mi domandai come mai mi piacessero di più il cintz un po' liso di quel mobilio così denigrato, gli acquerelli vittoriani che conoscevo da tanto tempo e le ridicole porcellane di Dresda che adornavano la caminiera. Di che cosa sentivo la mancanza in quelle stanze che gli arredatori rimodernavano con proficua operosità? Era il cuore? Ma Mrs Tower si guardava intorno soddisfatta.

«E cosa mi dici delle lampade di alabastro?» disse. «Fanno una luce così soffusa».

«Ti parrà strano, ma ho un debole per le luci che ti aiutano a vedere» dissi con un sorriso.

«Difficile combinare le due cose se non vuoi mostrare troppo di te» rispose Mrs Tower ridendo.

Non avevo idea di che età avesse. Quando ero un giovanotto, lei era già una donna sposata con parecchi anni più di me, ma ora mi trattava da coetaneo. Diceva che la sua età non era un segreto, aveva quarant'anni; ma poi aggiungeva con un sorriso che le donne si tolgono sempre cinque anni. Non nascondeva di tingersi i capelli (di un bel colore castano con riflessi rossastri) e diceva di farlo perché non sopportava il grigio; una volta che fossero diventati tutti bianchi avrebbe smesso.

«E allora mi diranno che ho un viso molto giovane».

Nel frattempo il viso era truccato, anche se con discrezione, e la vivacità dei suoi occhi dipendeva in buona parte dal maquillage. Era un donna piacente, vestita in modo squisito, e al fioco bagliore delle lampade di alabastro non dimostrava un giorno in più dei quarant'anni che dichiarava.

«Solo davanti allo specchio riesco a sopportare la luce cruda della lampadina da trentadue candele» aggiunse con divertito cinismo. «Lo specchio deve dirmi la tremenda verità, così posso fare i passi necessari per correggerla».

Spettegolammo piacevolmente sugli amici comuni e Mrs Tower mi riferì lo scandalo del momento. Dopo tante peregrinazioni mi godevo la comodità della poltroncina, il fuoco che ardeva nel focolare, il grazioso servizio da tè disposto sul grazioso tavolinetto, e la chiacchierata con una donna bella e spiritosa. Mi trattava come fossi il figliol prodigo, e intendeva festeggiarmi a dovere. Andava fiera delle sue cene; l'assortimento degli ospiti era curato quanto la prelibatezza delle pietanze. Tutti erano felici di ricevere un invito da lei. Fissò quindi una data e mi chiese chi avrei desiderato incontrare.

«C'è una cosa, però. Se Jane Fowler fosse ancora qui, dovrei posticipare la cena».

«E chi è Jane Fowler?» domandai.

Mrs Tower mi guardò con occhi mesti.

«Jane Fowler è la mia croce».

«Perbacco».

«Ti ricordi le foto che tenevo sul pianoforte, prima? Ce n'era una di una donna con l'abito aderente, le maniche strette e un medaglione d'oro al collo. Coi capelli tirati dietro le orecchie, la fronte larga e gli occhiali su un naso piuttosto tozzo... Bene, quella era Jane Fowler».

«Ne avevi parecchie di foto in soggiorno, a quei tempi» dissi vago.

«Rabbrividisco al solo pensiero. Ho fatto un pacco enorme e le ho nascoste in solaio».

«E quindi, chi sarebbe questa Jane Fowler?» chiesi di nuovo, con un sorriso.

«Mia cognata; la sorella di mio marito, che si è sposata con un industriale del Nord. È vedova da parecchi anni e alquanto benestante».

«E perché mai sarebbe la tua croce?».

«È così perbenino, scialba, provinciale. Dimostra vent'anni più di me e non fa che dire in giro che eravamo a scuola insieme. La sua concezione dell'affetto familiare è straripante, e siccome sono l'ultima parente che le resta mi si è affezionata. Mai una volta che venga a Londra e le passi per la testa che potrebbe anche stare altrove – è convinta che ci rimarrei male –, e le sue visite durano tre o quattro settimane. Ce ne stiamo qui sedute, lei fa la maglia e legge. Ogni tanto insiste per portarmi a cena al Claridge, conciata come una vecchia bidella; e naturalmente tutti quelli che farei volentieri a meno di incontrare sono seduti al tavolo accanto al nostro. Mentre torniamo a casa mi dice quanto le fa piacere portarmi fuori. Con le sue manine mi confeziona centrini, centrotavola, e dei copriteiera che sono costretta a usare finché lei non riparte».

Mrs Tower fece una pausa per prendere fiato.

«Mi stupisce che una donna di tatto come te non abbia trovato un modo di risolvere il problema».

«Ma non ho scampo, capisci? È così incommensurabilmente gentile. Ha un cuore d'oro. Mi annoia a morte, ma per nulla al mondo vorrei che lo sospettasse».

«E quando arriva?».

«Domani».

Non aveva finito di pronunciare quelle parole che suonò il campanello. Nell'atrio si sentirono delle voci e un paio di minuti dopo il maggiordomo introdusse una donna attempata.

«Mrs Fowler» annunciò.

«Jane!» esclamò Mrs Tower balzando in piedi. «Ma non ti aspettavo quest'oggi».

«Me l'ha detto anche il tuo maggiordomo. Ma sono sicura di aver scritto la data di oggi nella lettera».

Mrs Tower si riprese in fretta.

«Niente di grave. Sono sempre felice di vederti. E per fortuna questa sera non ho impegni».

«Non devi disturbarti per me. Per cena mangerò un uovo sodo, non desidero nient'altro».

Per un attimo i bei tratti di Mrs Tower si contrassero in una smorfia. Un uovo sodo!

«Oh, sono sicura che potremo cavarcela anche meglio di così».

Ridacchiai tra me e me quando mi tornò in mente che le due erano coetanee. Mrs Fowler dimostrava almeno cinquantacinque anni. Era un donnone con un cappello di paglia nero a tesa larga e la veletta nera che le scendeva sulle spalle, una mantella che combinava in modo strambo severità e affettazione, un lungo abito nero, voluminoso come se sotto vi fossero vari strati di sottane, e scarpe robuste. Doveva essere parecchio miope poiché ci osservava attraverso spesse lenti dalla montatura d'oro.

«Ti andrebbe una tazza di tè?» chiese Mrs Tower.

«Se non è troppo disturbo. Intanto mi spoglio».

Prima si liberò le mani dai guanti neri, poi si tolse la mantella. Dal collo le pendeva una collana d'oro massiccio con un medaglione che senza dubbio racchiudeva una foto del marito defunto. Si levò il cappello e lo posò con cura sull'angolo del divano insieme al resto. Mrs Tower storse il naso: era chiaro che quegli indumenti non si intonavano con l'austera ma sontuosa eleganza degli arredi. Mi chiesi dove diamine fosse andata Mrs Fowler a scovare i singolari abiti che indossava. Non erano affatto vecchi e i tessuti erano di qualità. Era stupefacente scoprire l'esistenza di un sarto che confezionava ancora dei modelli che nessuno si metteva più da un quarto di secolo. I capelli grigi di Mrs Fowler, pettinati in modo semplice con la riga in mezzo, lasciavano scoperte la fronte e le orecchie; era palese che non avevano mai conosciuto i ferri di Monsieur Marcel. Le cadde lo sguardo sul tavolino da tè, la teiera d'argento georgiano, le tazze Old Worcester.

«E il copriteiera che ti ho regalato l'ultima volta, Marion?» domandò. «Non lo usi?».

«Ma lo usavo ogni giorno, Jane» rispose Mrs Tower in tono suadente. «Purtroppo è capitato un guaio qualche tempo fa. Si è bruciato».

«Ma si era bruciato anche quello che ti avevo regalato prima».

«Temo che ci giudicherai molto sbadati».

«Poco male» sorrise Mrs Fowler. «Sarò lieta di fartene un altro. Domani andrò da Liberty a comprare un po' di filo di seta».

Mrs Tower rimase eroicamente seria.

«Ma no, non me lo merito. Non c'era la moglie del vicario, piuttosto, che ne aveva bisogno?».

«Sì, gliel'ho già fatto» disse Mrs Fowler con brio.

Notai che quando sorrideva mostrava una fila di denti piccoli, bianchi e regolari, davvero bellissimi. Aveva un sorriso molto dolce.

Comunque reputai che fosse arrivato il momento di togliere il disturbo e mi congedai.

La mattina seguente di buon'ora ricevetti una telefonata da Mrs Tower; mi accorsi subito che era su di giri.

«Ho un'incredibile notizia da darti» disse. «Jane si sposa».

«Non mi dire».

«Stasera il suo fidanzato verrà a cena qui per conoscermi, e voglio che venga anche tu».

«Non vorrei essere di troppo».

«Ma certo che no. È stata Jane a propormi di invitarti. Ti prego, vieni».

Non riusciva a smettere di ridere.

«E lui chi è?».

«Chi lo sa. Un architetto, dice. Te lo immagini, il tipo di uomo che può scegliersi Jane?».

Non avevo impegni, e inoltre sapevo di poter contare sulla qualità della cucina.

Quando arrivai Mrs Tower, splendida in un abito da sera appena troppo giovanile per lei, era sola.

«Jane si sta dando gli ultimi ritocchi prima di fare la sua apparizione. Non vedo l'ora che tu la veda: è in visibilio. Dice che lui la adora. Si chiama Gilbert, e quando ne parla le cambia la voce, diventa tutta tremula. Io a stento riesco a non ridere».

«Chissà che tipo è».

«Oh, già me lo immagino. Un grassone pelato con una immensa catena d'oro sul pancione. Un faccione liscio e rubicondo, un vocione tonante! ».

Entrò Mrs Fowler. Indossava un abito di seta nera molto rigido, ampio e con lo strascico; aveva una timida scollatura e le maniche al gomito. Al collo una catenina di diamanti incastonati nell'argento. In mano reggeva dei lunghi guanti neri e un ventaglio di piume di struzzo, sempre nere. Riusciva (cosa che accade a pochi) ad apparire esattamente per quella che era: poteva essere soltanto la rispettabilissima vedova di un abbiente industriale del Nord.

« Hai proprio un collo grazioso, Jane » disse Mrs Tower con un sorriso gentile.

Sembrava davvero un collo giovane in confronto al viso avvizzito; era candido, morbido e senza rughe. Mrs Fowler aveva anche un bel décolleté.

« Marion le ha annunciato la novità? » mi disse con il suo bel sorriso, come se fossimo già vecchi amici.

« Sì. Le mie più vive congratulazioni » dissi.

« Aspetti di vedere il mio giovanotto ».

« Che tenerezza sentirti parlare del tuo giovanotto » disse Mrs Tower.

Gli occhi di Mrs Fowler luccicarono palesemente dietro i suoi improbabili occhiali.

« Non aspettatevi un tipo troppo anziano. Non vorrete mica che sposi un vecchietto decrepito con un piede nella fossa, no? ».

Questa fu la sola avvisaglia che ci diede. Del resto, non ci fu il tempo per ulteriori scambi di battute, poiché il maggiordomo spalancò la porta annunciando a gran voce:

« Mr Gilbert Napier ».

Fece il suo ingresso un ragazzo che indossava uno smoking di ottimo taglio. Era snello, non molto alto, ben rasato, con i capelli biondi naturalmente ondulati e gli occhi azzurri. Non era bello ma aveva un viso affabile e aperto. In una decina d'anni si sarebbe probabilmente sciupato, ma per ora aveva tutta la freschezza e la vivacità della gioventù; perché non poteva avere più di ventiquattro anni. Sul momento pensai che fosse il figlio dello sposo (doveva essere vedovo); magari veniva a dirci che un improvviso attacco di gotta impediva a suo padre di unirsi a noi. Ma i suoi occhi cercarono subito Mrs Fowler: gli si illuminò il volto e si diresse verso di lei con le mani tese. Mrs Fowler, con un sorriso pudico sulle labbra, gli offrì le sue e si voltò verso la cognata.

«Ecco il mio giovanotto, Marion» disse.

Lui le tese la mano.

«Spero tanto di andarle a genio, Mrs Tower» disse. «Jane mi ha detto che lei è l'unica parente che le resta al mondo».

Osservare il viso di Mrs Tower fu uno spettacolo. Ebbi modo di ammirare con quanto valore l'educazione e l'uso di mondo sappiano battersi contro i naturali istinti femminili. Infatti l'incredulità, e in seguito la costernazione, che per un attimo ella non poté celare scomparvero in fretta e sul volto le si dipinse un'espressione di caloroso benvenuto. Ma evidentemente era rimasta senza parole. Quindi era comprensibile che Gilbert si sentisse un po' a disagio, mentre io dal canto mio ero troppo impegnato a rimanere serio per pensare a qualcosa da dire. Solo Mrs Fowler si mantenne imperturbabile.

«Sono certa che lo troverai simpatico, Marion. Pochi sanno apprezzare una buona cena come lui». Si rivolse al giovanotto. «Le cene di Marion sono famose».

«Lo so bene» sorrise lui raggiante.

Mrs Tower replicò qualcosa alla svelta e scendemmo di sotto. La cena fu una farsa squisita che faticherò a dimenticare: Mrs Tower non riusciva a capire se i due le stessero facendo uno scherzo o se Jane avesse celato di proposito l'età del fidanzato con l'intento di metterla in difficoltà. Però Jane non si faceva mai beffe di nessuno, ed era totalmente incapace di compiere un atto malevolo. Mrs Tower era al contempo perplessa, sgomenta ed esasperata, ma aveva recuperato il dominio di sé, e mai e poi mai sarebbe venuta meno al dovere della perfetta padrona di casa, che consiste nel dare una cena riuscita. Parlava con brio, ma mi domandavo se Gilbert Napier si rendesse conto di come fosse dura e vendicativa l'espressione dei suoi occhi dietro quella maschera di affabilità. Gli stava prendendo le misure. Cercava di penetrare il segreto della sua anima. Capii che era infervorata perché sotto il belletto le guance ardevano di un rosso furente.

«Che colorito acceso hai, Marion» disse Jane, guardandola affettuosamente attraverso le spesse lenti tonde.

«Mi sono preparata in tutta fretta. Devo aver esagerato col trucco».

«Ah, è il trucco? Pensavo fosse naturale, altrimenti non l'avrei detto». Guardò Gilbert con un sorriso timido timido. «Sai, Marion e io eravamo compagne di scuola. Non lo diresti mai, guardandoci ora, non è vero? Ma io ho fatto una vita assai tranquilla».

Non so cosa intendesse dire con questi commenti; era quasi incredibile osservarla mentre li snocciolava con assoluto candore. Mrs Tower era così stizzita da dimenticare la sua vanità.

«Ci siamo entrambe lasciate i cinquanta alle spalle, Jane» disse con un sorriso radioso.

Se voleva essere una frecciata, fallì nell'intento.

«Gilbert dice che, per il suo bene, non devo mai ammettere di avere più di quarantanove anni» rispose soave sua cognata.

Le mani di Mrs Tower furono scosse da un leggero tremito, ma seppe rispondere a tono.

«Be', è innegabile che tra di voi ci sia una certa differenza di età» sorrise.

«Ventisette anni» disse Jane. «Ti sembra troppo? Gilbert sostiene che io non dimostro gli anni che ho. Te l'avevo detto che non volevo sposare un uomo con un piede nella fossa».

Al che io non riuscii più a trattenere l'ilarità, e anche Gilbert rise. Una risata franca e fanciullesca. Sembrava trovasse divertente tutto quel che diceva Jane. Ma Mrs Tower era giunta al limite della sopportazione e temetti che, se non avesse avuto un attimo di tregua, per una volta si sarebbe scordata di essere una donna di mondo. Andai in suo soccorso come potei.

«Sarà molto impegnata a preparare il corredo» dissi a Jane.

«Niente affatto. Volevo farmelo confezionare dal sarto di Liverpool da cui mi servo fin dalle prime nozze, ma Gilbert non vuole saperne. È molto autoritario, e naturalmente ha molto buon gusto».

Lo guardò con un sorrisino affettuoso, pudico, da diciassettenne.

Sotto lo strato di trucco Mrs Tower si era fatta piuttosto pallida.

«In luna di miele andremo in Italia. Gilbert non ha mai avuto la possibilità di studiare dal vivo l'architettura rinascimentale, che ovviamente è assai importante per un architetto. Quindi faremo sosta a Parigi e comprerò tutto lì».

«Starete via a lungo?».

«Gilbert ha ottenuto dallo studio il permesso di assentarsi per sei mesi. Sarà una tale pacchia per lui, non è vero? Sapete, finora non è mai stato in vacanza per più di due settimane».

«E come mai?» chiese Mrs Tower in un tono che nessuno sforzo di volontà avrebbe potuto rendere meno glaciale.

«Non se l'è mai potuto permettere, povero caro».

«Ah!» disse Mrs Tower, alzando sensibilmente il tono di voce.

Fu servito il caffè e le signore si trasferirono di sopra.

Gilbert e io conversammo a singhiozzo, come capita tra uomini che non hanno niente da dirsi; ma dopo due minuti il maggiordomo mi consegnò un biglietto. Era scritto di pugno da Mrs Tower e diceva così:

VIENI SU E POI VAI VIA APPENA PUOI. PORTALO VIA CON TE. SE NON NE DICO QUATTRO A JANE MI VIENE UN COLPO.

Inventai una scusa banale.

«Mrs Tower ha un terribile mal di testa e desidera coricarsi. Se non le dispiace, credo sia meglio togliere il disturbo».

«Ma certo» rispose lui.

Salimmo al piano di sopra e cinque minuti più tardi eravamo in strada. Chiamai un taxi e gli offrii un passaggio.

«No, grazie» rispose. «C'è una fermata dell'omnibus proprio lì all'angolo».

Non appena ebbe udito la porta richiudersi alle nostre spalle, Mrs Tower affrontò la questione di petto.

«Jane, sei impazzita?» esclamò.

«Non più di tanti che non sono in manicomio, direi» rispose lei pacata.

«Posso domandarti come mai intendi sposare quel ragazzo?» chiese Mrs Tower con formidabile cortesia.

«In parte perché non mi lascia altra scelta: me lo ha chiesto cinque volte. Mi sono davvero stancata di rifiutare».

«E perché credi che ci tenga tanto a sposarti?».

«Perché lo diverto».

A Mrs Tower sfuggì un'imprecazione.

«È un furfante senza scrupoli. Sono stata a un passo dal dirglielo in faccia».

«Saresti stata nel torto, e poco educata».

«Lui non ha il becco di un quattrino e tu sei ricca. Non puoi aver perso la testa al punto da non renderti conto che vuole sposarti per i soldi».

Jane non si scompose, anzi osservava l'agitazione della cognata con distacco.

«Io non credo, sai» rispose. «Secondo me mi vuole molto bene».

«Sei vecchia, Jane».

«Ho la tua stessa età, Marion».

«Io non mi sono mai lasciata andare. Non li dimostro,

i miei anni, nessuno me ne darebbe più di quaranta. Ma nemmeno io mi sognerei di sposare un ragazzo di vent'anni più giovane ».

« Ventisette » la corresse Jane.

« Sei davvero capace di credere che un giovanotto si possa innamorare di una donna che potrebbe essere sua madre? ».

« Ho vissuto in campagna per tanti anni, chissà quante cose dell'animo umano ignoro. Dicono che c'è un certo Freud, un austriaco, mi sembra... ».

Ma Mrs Tower la interruppe in maniera decisamente screanzata.

« Non essere ridicola, Jane. È così indecoroso, così inelegante. Ho sempre pensato che fossi una donna ragionevole. Eri davvero l'ultima persona da cui mi sarei aspettata una cosa simile, innamorarsi di un ragazzino ».

« Ma io non sono innamorata di lui. Gliel'ho anche detto. Naturalmente mi piace molto, altrimenti non ci penserei neanche a sposarlo. Ma mi è parso giusto mettere in chiaro quello che provo per lui ».

Mrs Tower boccheggiò. Le andò il sangue alla testa e le mancò il fiato. Non aveva il ventaglio ma afferrò un giornale e si fece vigorosamente aria con quello.

« Se non lo ami, perché lo vuoi sposare? ».

« Sono vedova da tanti anni e ho avuto una vita così tranquilla. Mi è venuta voglia di cambiare ».

« Se ti vuoi sposare tanto per sposarti, perché non scegli un uomo della tua età? ».

« Nessun uomo della mia età me l'ha chiesto cinque volte. Anzi, a dire il vero, nessun uomo della mia età me l'ha mai chiesto neanche una volta ».

Le venne da ridere, e per Mrs Tower fu la goccia che fece traboccare il vaso.

« Almeno non ridere, Jane, non te lo permetto. Devi essere fuori di te. È orribile ».

Era troppo per Mrs Tower, che scoppiò in lacrime. Sapeva bene che alla sua età piangere è fatale; gli occhi sarebbero rimasti gonfi per un giorno intero, rendendola inguardabile. Ma non riuscì a controllarsi. Jane, invece, si mantenne perfettamente calma. Osservava Marion dietro le lenti spesse e lisciava il vestito di seta nera con fare riflessivo.

«Finirai per soffrire in modo terribile» singhiozzò Mrs Tower, tamponandosi gli occhi con cura, nella speranza che il mascara non sbavasse.

«Io non credo proprio, sai» rispose Jane col suo tono soave, monocorde, che dava sempre l'impressione che dietro le sue parole si celasse un sorrisino. «Ne abbiamo discusso a fondo. Io so di essere una persona con cui è facile vivere. Credo che saprò rendere felice Gilbert e metterlo a suo agio. Non ha mai avuto nessuno che si prendesse cura di lui. Ci sposiamo solo dopo aver considerato la questione molto seriamente. E abbiamo deciso che qualora in futuro uno di noi volesse ritrovare la sua libertà, l'altro non gli sarà d'ostacolo».

Mrs Tower si era ripresa abbastanza per fare un'osservazione pungente.

«Quanto ti ha convinta a intestargli?».

«Volevo intestargli mille sterline l'anno, ma lui non ha voluto saperne. Anzi, quando gliel'ho proposto si è perfino offeso. Dice che è perfettamente in grado di guadagnarsi quello che gli serve».

«È più astuto di quanto pensassi» disse acida Mrs Tower.

Jane fece una breve pausa e guardò la cognata con occhi gentili ma determinati.

«Vedi, cara, per te è diverso» le disse. «Tu non ti sei mai realmente comportata da vedova, dico bene?».

Mrs Tower la fissò, arrossendo leggermente. Si sentì perfino un po' in imbarazzo. Ma Jane era troppo sprovveduta per aver voluto insinuare qualcosa. Mrs Tower si riprese con dignità.

«Sono così sconvolta che devo andare a dormire» disse. «Riprenderemo la nostra conversazione domani».

«Non è il caso, cara. Domattina Gilbert e io andiamo a ritirare la licenza».

Mrs Tower allargò le braccia, esasperata; ma non trovò altro da aggiungere.

Le nozze si celebrarono all'ufficio di stato civile. Mrs Tower e io fummo i testimoni. Gilbert, con un elegantissimo completo blu, aveva l'aria assurdamente giovane e palesemente nervosa. Ma è un momento delicato per qualsiasi uomo. Jane invece mantenne la sua ammirevole compostezza; si sarebbe detto che si sposasse con la frequenza di una dama del *grand monde*. Solo un leggero colorito sulle guance suggeriva che sotto la calma vibrasse una lieve eccitazione. Ma è un momento elettrizzante per qualsiasi donna. Indossava un abito di velluto grigio-argento nel cui taglio riconobbi la mano del sarto di Liverpool (evidentemente era una vedova che sapeva farsi valere), ma aveva ceduto alla festosità del momento concedendosi un ampio cappello a tesa larga, decorato da piume di struzzo azzurre. Gli occhiali dalla montatura d'oro rendevano il tutto oltremodo grottesco. Quando la cerimonia ebbe fine, l'ufficiale di stato civile (un po' sconcertato, mi parve, dalla differenza di età della coppia) strinse la mano a Jane e si congratulò in maniera prettamente formale; lo sposo, arrossendo un poco, baciò la sposa. E la baciò anche la rassegnata ma implacabile Mrs Tower; quindi Jane si voltò verso di me: era evidentemente appropriato che la baciassi a mia volta, e così feci. Confesso che all'uscita sentii un lieve imbarazzo sotto lo sguardo dei perdigiorno che stanno cinicamente a guardare le coppie di sposi, e fu con grande sollievo che salii sulla vettura di Mrs Tower. Ci recammo a Victoria Station, poiché la felice coppietta sarebbe partita per Parigi con il treno delle due, e Jane aveva insistito perché il banchetto nuziale si tenesse al ristorante della stazione. Diceva che la innervosiva non essere al binario per tempo. Mrs Tower, che partecipava solo per uno spiccato senso del dovere familiare, fece ben poco per garantire la riuscita del ricevimento; non toccò cibo (e non la posso biasimare, poiché era pessimo; ad ogni modo non sopporto lo champagne a pranzo) e la sua conversazione fu molto forzata. Jane invece fece onore all'intero menu con diligenza.

« Sono dell'opinione che prima di mettersi in viaggio sia meglio mangiare come si deve » disse.

Li accompagnammo al treno, poi tornai a casa con Mrs Tower.

« Quanto tempo gli dai? » mi domandò. « Sei mesi? ».

« Speriamo che vada tutto per il meglio » risposi.

« Non essere ridicolo. Non esiste nessun "meglio". Non penserai mica che la sposi per qualche ragione che non siano i suoi soldi? È ovvio che non può durare. Spero solo che si ritrovi a soffrire meno di quanto meriterebbe ».

Risi. Quelle parole caritatevoli furono pronunciate con un tono che non lasciava dubbi sul loro reale significato.

« Be', se non durerà avrai almeno la consolazione di poterle dire: "Te l'avevo detto" ».

« Giuro che non farei mai nulla di simile ».

« Allora avrai la consolazione di congratularti con te stessa per l'autocontrollo che ti permetterà di non dire: "Te l'avevo detto" ».

« È vecchia e sciatta e spenta ».

« Sei proprio certa che sia spenta? » le chiesi. « È vero che non parla molto, ma quando lo fa colpisce nel segno ».

« In tutta la mia vita non l'ho mai sentita fare una battuta ».

Quando Gilbert e Jane tornarono dalla luna di miele ero di nuovo in Oriente; stavolta ci rimasi per due anni. Mrs Tower non si spendeva molto nei rapporti epistolari; ogni tanto le mandavo una cartolina, ma non ricevetti mai risposta. Però, una settimana dopo il mio ritorno a Londra, la incontrai; ero a cena da amici e mi trovai seduto accanto a lei. Era un grande ricevimento; credo fossimo in ventiquattro, proprio come i merli nella torta della canzoncina. Ero arrivato un po' in ritardo e sulle prime, nella confusione della folla, non riuscii a distinguere chi ci fosse; ma una volta seduto vidi che molti dei commensali avevano volti noti grazie alle loro foto sulle riviste illustrate. La padrona di casa aveva un debole per le cosiddette celebrità, e in quell'occasione aveva superato se stessa. Dopo che Mrs Tower ed io avemmo esaurito le frasi di circostanza che vanno scambiate tra persone che non si vedono da un paio d'anni, le chiesi di Jane.

«Sta benissimo» disse Mrs Tower, un tantino asciutta.

«Come è proseguito il matrimonio?».

Mrs Tower tardò un istante a rispondere e prese una mandorla salata dal piatto che le stava davanti.

«Sembra riuscito».

«Allora ti eri sbagliata?».

«Avevo detto che non sarebbe durato e dico tuttora che non durerà. È contronatura».

«Lei è felice?».

«Lo sono entrambi».

«Immagino che non vi frequentiate assiduamente».

«All'inizio sì. Ma ora...» Mrs Tower storse lievemente le labbra «Jane non ha più tanto tempo da dedicarmi».

«In che senso?».

«Be', se vuoi saperlo stasera è qui».

«Qui?».

Ero esterrefatto. Tornai a guardare i commensali. La padrona di casa era una signora gentile e ospitale, ma non riuscivo a capacitarmi che invitasse a una cena di quel genere l'attempata, dimessa moglie di un ignoto architetto. Mrs Tower mi vide perplesso e fu abbastanza sagace da intuire cosa mi passasse per la testa. Accennò un sorrisino.

«Alla sinistra del padrone di casa».

Mi voltai. Guarda caso, l'aspetto strabiliante della donna lì seduta aveva subito attratto la mia attenzione: mi era parso di scorgere un barlume di familiarità nei suoi occhi, ma io ero sicuro di non averla mai vista. Non era più giovanissima: i suoi capelli grigio-argento erano tagliati corti e modellati attorno alla testa in graziose onde. Non tentava di apparire giovane, e in quel contesto spiccava per non avere né rossetto né cipria né belletto. Il suo viso, non particolarmente bello, era rosso e sfiorito, ma non dovendo nulla all'artificio possedeva una naturalezza molto gradevole. Il colorito contrastava stranamente con il candore delle spalle. Erano magnifiche; ne sarebbe andata fiera una trentenne. Ma l'elemento più straordinario era l'abito; di rado ne avevo visto uno tanto audace. Era giallo e nero, molto scollato e corto, come andava di moda allora; faceva quasi l'effetto di un costume da carnevale, eppure a lei stava benissimo. Addosso a chiunque altro sarebbe stato sconveniente, ma su di lei aveva l'ineluttabile semplicità di madre natura. E a coronare l'immagine di un'eccentricità non affettata e di un'eleganza non ostentata, attaccato a un ampio nastro nero portava un monocolo.

«Non mi verrai a dire che *quella* è tua cognata?» dissi in un soffio.

«Quella è Jane Napier» rispose gelida Mrs Tower.

La donna stava parlando, e il padrone di casa pendeva dalle sue labbra. Alla sua sinistra un uomo dai capelli bianchi un po' stempiato, con una faccia vispa e intelligente, tendeva l'orecchio con accesa curiosità, mentre la coppia che le sedeva di fronte aveva smesso di parlare per poterla sentire. Quando Jane finì il suo racconto scattarono tutti all'indietro con fragorose risate. Dall'altra parte della tavola un uomo si rivolse a Mrs Tower: lo riconobbi, era un famoso statista.

«Sua cognata ha raccontato una nuova facezia» disse.

Mrs Tower sorrise.

«È unica, vero?».

«Fammi bere una bella sorsata di champagne, poi sarò tutt'orecchi: mi devi raccontare l'intera storia per filo e per segno» dissi.

Da quel che ho potuto capire le cose erano andate

così. All'inizio della luna di miele, Gilbert aveva portato Jane negli atelier di vari sarti parigini lasciando che si scegliesse un buon numero di *mises* secondo il suo gusto; ma l'aveva anche convinta a farsi confezionare uno o due «abitini» su suo disegno. Risultò che Gilbert ci sapeva fare. Le aveva quindi preso una *femme de chambre* molto in gamba; Jane non ne aveva mai avuta una. Le sue cose se le rammendava da sé e quando voleva mettersi «in ghingheri» chiamava la domestica. Gli abiti disegnati da Gilbert erano molto diversi da tutto quello che era solita indossare, ma lui aveva badato bene a procedere con cautela e, siccome ci teneva tanto, Jane aveva acconsentito (seppure con qualche timore) a prediligerli. Chiaramente non poteva indossarli sopra alle voluminose sottane che portava di solito, e così, superato il primo, arduo momento, si era decisa a farne a meno.

«E pensa tu,» disse Mrs Tower storcendo il naso «ormai indossa soltanto leggerissime calze di seta. Non so come faccia a non prendersi un accidente alla sua età».

Gilbert e la *femme de chambre* le avevano insegnato a portare quegli indumenti, e inaspettatamente lei aveva imparato piuttosto in fretta. La *femme de chambre* era estasiata dalle braccia e dalle spalle di Madame. Sarebbe stato uno scandalo non mettere in mostra qualcosa di così incantevole.

«Aspetta e vedrai, Alphonsine» diceva Gilbert. «La prossima collezione che disegnerò per Madame tirerà fuori il meglio di lei».

Gli occhiali rimanevano orrendi; nessuno può stare davvero bene con degli occhiali cerchiati d'oro. Gilbert aveva tentato con la montatura di tartaruga, ma poi aveva scosso la testa.

«Andrebbero bene per una ragazzina» aveva detto. «Sei troppo vecchia per portare gli occhiali, Jane». Poi aveva avuto una rivelazione improvvisa. «Perbacco, ho trovato. Il monocolo!».

«Ma no, Gilbert, non potrei mai».

L'aveva guardato e la sua eccitazione, l'eccitazione

dell'artista, le aveva strappato un sorriso. Era così dolce con lei che avrebbe fatto qualsiasi cosa pur di compiacerlo.

«Va bene, farò un tentativo» aveva detto infine.

Erano andati da un ottico, avevano scelto il monocolo della dimensione adatta, e quando lei se l'era portato allegramente all'occhio Gilbert aveva applaudito dall'entusiasmo. E proprio lì, sotto il naso del commesso incredulo, l'aveva baciata su entrambe le guance.

«Sei stupenda» aveva esclamato.

Quindi avevano proseguito alla volta dell'Italia, dove avevano trascoro mesi felici studiando l'architettura rinascimentale e barocca. Jane non solo aveva fatto l'abitudine al suo nuovo aspetto, ma aveva anche scoperto che le piaceva. Sulle prime provava un po' di imbarazzo quando entrava nella sala da pranzo di un albergo e la gente si voltava a guardarla; nessuno le aveva mai fatto caso prima di allora. Ma era una sensazione tutt'altro che spiacevole. Le signore la avvicinavano per chiederle dove avesse acquistato il suo abito.

«Le piace?» diceva Jane con modestia. «Me l'ha disegnato mio marito».

«Vorrei tanto copiarlo, se non ha niente in contrario».

Jane aveva vissuto per anni una vita tanto tranquilla, ma i naturali istinti femminili non erano sopiti. Aveva la risposta pronta.

«Sono desolata, ma mio marito è fatto a modo suo, e non tollera che si copino le mie cose. Vuole che io sia unica».

E quando lo diceva, si aspettava che la gente si mettesse a ridere; invece no, le rispondevano:

«Oh, certo, capisco benissimo. Lei *è* unica».

Ma vedeva che cercavano di fissarsi nella memoria quel che aveva indosso, cosa che, per qualche motivo, le dava sui nervi. Per una volta che si metteva qualcosa di originale, diceva tra sé e sé, non vedeva perché tutti gli altri dovessero vestirsi come lei.

« Gilbert, » aveva detto allora, con un tono che per lei era piuttosto perentorio « la prossima volta che mi disegni degli abiti, vorrei che fossero impossibili da copiare ».

« Il solo modo sarebbe disegnare vestiti che soltanto tu puoi indossare ».

« E non puoi? ».

« Certo, se però tu fai una cosa per me ».

« Che cosa? ».

« Tagliarti i capelli ».

Credo che allora, per la prima volta, Jane si sia ribellata. Aveva capelli lunghi e folti, e da ragazza ne andava molto fiera; tagliarli sarebbe stato un gesto decisamente drastico. Voleva dire fare terra bruciata. Nel suo caso, non era stato il primo passo a costarle tanto, bensì l'ultimo; ma aveva deciso di compierlo lo stesso (« So bene che Marion mi giudicherà una perfetta cretina, e non potrò *mai più* tornare a Liverpool » disse), e quando sulla via di casa erano passati da Parigi, Gilbert l'aveva condotta (lei si sentiva male, il cuore le batteva all'impazzata) dal più bravo parrucchiere del mondo. Era uscita dal salone con una vivace, irriverente, sbarazzina acconciatura a piccole onde grigie. Pigmalione aveva terminato il suo fantastico capolavoro: Galatea stava per prendere vita.

« Va bene, » dissi « ma questo non spiega come mai stasera Jane sia qui in mezzo a una folla di duchesse, ministri e chi più ne ha più ne metta; né cosa ci faccia seduta tra il padrone di casa e un ammiraglio della flotta reale ».

« Jane ha una grande vena comica » disse Mrs Tower. « Non hai visto come ridevano un attimo fa per quello che ha detto? ».

Ormai non rimaneva più alcun dubbio riguardo al livore di Mrs Tower.

« Quando Jane mi scrisse che erano tornati dalla luna di miele, pensai fosse mio dovere invitarli a cena. Non ne avevo una gran voglia, ma andava fatto. Sapevo che la cena sarebbe stata mortifera e preferivo non sacrificare le persone che contano davvero; d'altro canto non volevo che Jane mi reputasse priva di buone amicizie. Sai che non invito mai più di otto persone, ma in questo caso pensai che sarebbe stato meglio invitarne dodici. Ero troppo indaffarata per vedere Jane prima della cena. Si fece aspettare un po' – trovata brillante di Gilbert –, poi fece il suo ingresso. Rimasi di sale: al suo confronto tutte le altre donne sembravano antiquate e provinciali. Mi fece sentire come una vecchia baldracca troppo bistrata».

Mrs Tower bevve un sorso di champagne.

«Come vorrei saperti descrivere il suo abito! Su qualunque altra donna sarebbe stato assurdo; su di lei era perfetto. E il monocolo! In trentacinque anni che la conosco, non l'avevo mai vista una volta senza quegli occhiali».

«Ma lo sapevi che ha una bella figura».

«E come potevo saperlo? L'ho sempre vista con indosso i vestiti che hai visto anche tu. L'avresti detto, *tu*, che ha una bella figura? Ad ogni modo, sembrava conscia dell'effetto che suscitava, ma senza badarci troppo. Pensai alla mia cena e tirai un sospiro di sollievo. Anche se Jane fosse stata un po' pesante, almeno avrebbe compensato con l'aspetto. Era seduta all'altro capo del tavolo, e udii non poche risate. Mi compiacqui della cortesia degli altri commensali; ma immagina il mio stupore quando dopo cena almeno tre signori vennero a dirmi che mia cognata era unica, e a chiedermi se ritenevo che avrebbe concesso loro di farle visita. Non mi raccapezzavo più. Ventiquattr'ore dopo, la nostra ospite di stasera mi chiamò dicendo che aveva saputo che mia cognata era a Londra e che era unica: potevo invitarla a pranzo per fargliela conoscere? Quella donna ha un fiuto infallibile: un mese dopo tutta Londra parlava di Jane. E io stasera non sono qui perché conosco la padrona di casa da vent'anni e l'ho invitata a cena un centinaio di volte, ma perché sono la cognata di Jane».

Povera Mrs Tower. Era una situazione davvero imbarazzante, e anche se pensavo che un po' se la meritava, mi sentii mosso a compassione.

«Cosa non fa la gente per chi la fa ridere» le dissi per consolarla.

«A me non ha mai fatto ridere».

Ancora una volta dal fondo del tavolo si levò un coro di risate, segno che Jane ne aveva detta un'altra delle sue.

«Vuoi dire che sei la sola persona che non la trova spiritosa?» sorrisi.

«Perché, tu sei forse rimasto colpito dal suo senso dell'umorismo?».

«Devo proprio ammettere di no».

«Dice le stesse cose da trentacinque anni. Quando ridono tutti, rido anch'io per non fare brutte figure, ma non mi diverto affatto».

«Come la regina Vittoria» dissi.

Era una battuta sciocca e Mrs Tower, giustamente, mi bacchettò. Provai a cambiare argomento.

«E Gilbert c'è?» chiesi, guardandomi intorno.

«È stato invitato, perché lei non va da nessuna parte senza di lui; ma stasera aveva una cena all'Istituto di architettura o come si chiama».

«Muoio dalla curiosità di scambiarci quattro chiacchiere».

«Vai a parlarle dopo cena. Ti inviterà ai suoi martedì».

«I suoi martedì?».

«Riceve ogni martedì sera. Se vai lì, incontri tutti. Sono i più bei ricevimenti di tutta Londra. In un anno è riuscita a fare quel che a me non è riuscito in venti».

«Ma ha del miracoloso. Come è possibile?».

Mrs Tower si strinse nelle spalle belle ma grassocce.

«Spero che me lo saprai dire tu».

Dopo cena cercai di raggiungere il divano dove sedeva Jane, ma fui trattenuto; solo più tardi la padrona di casa venne da me e mi disse:

«Le devo presentare l'ospite d'onore del mio ricevimento. Conosce Jane Napier? È unica. Molto più divertente delle commedie che scrive lei».

Fui condotto fino al divano. L'ammiraglio era ancora al suo fianco. Non accennò a spostarsi e Jane, stringendomi la mano, me lo presentò.

«Conosci Sir Reginald Frobisher?».

E iniziammo a chiacchierare. Era la stessa Jane che avevo conosciuto io, semplice, schietta e alla mano, ma il suo aspetto straordinario aggiungeva un sapore particolare a tutto quel che diceva. Di colpo mi trovai piegato in due dalle risate. Un suo commento pertinente, ragionevole, ma per nulla salottiero fu reso assolutamente irresistibile dal suo tono e dall'occhiata placida che mi lanciò attraverso il monocolo. Mi sentii allegro e spensierato. Quando ci salutammo mi disse:

«Se non hai di meglio da fare, vieni a trovarci martedì. Gilbert sarebbe così felice di vederti».

«Quando avrà trascorso un mese a Londra, capirà che è impossibile avere di meglio da fare» disse l'ammiraglio.

Così il martedì, ma sul tardi, andai a casa di Jane. Devo confessare che la compagnia mi lasciò a bocca aperta: c'era un'impressionante schiera di scrittori, pittori, politici, attori, gran dame e grandi bellezze. Aveva ragione Mrs Tower, era un ricevimento eccezionale. Non vedevo niente di simile a Londra da quando era stata venduta Stafford House. Non c'erano intrattenimenti particolari; il rinfresco era curato ma senza sfarzo. Jane, in quel suo modo pacato, sembrava divertirsi; non mi diede l'impressione di farsi in quattro per i suoi ospiti, ma questi sembravano tutti a loro agio e contenti di essere lì, e il piacevole ricevimento non terminò prima delle due del mattino. Dopo quell'occasione la vidi spesso. Non solo passavo sovente da casa sua, ma la incontravo a pranzo o a cena. Mi diletto di umorismo e volevo scoprire in cosa consistesse quel suo dono particolare. Era impossibile raccontare quel che aveva detto poiché il suo humour, come certi vini, perdeva nel trasporto. Jane non aveva alcun talento per gli aforismi, tanto meno per la conversazione brillante. Le cose che diceva erano prive di malizia, non faceva mai commenti mordaci. C'è chi pensa che il segreto di una battuta stia nella salacità; lei non diceva mai nulla che potesse imporporare una gota vittoriana. Credo che il suo humour fosse inconsapevole, certo non premeditato. Volava come una farfalla di fiore in fiore, obbedendo solo al proprio capriccio e senza un metodo o un fine. L'effetto comico dipendeva dal suo modo di parlare e dalle sue sembianze. La sua sottigliezza si nutriva dell'aspetto stravagante che Gilbert le aveva cucito addosso, ma l'aspetto non era tutto. Ormai Jane era sulla bocca di tutti e la gente rideva a ogni sua parola. Nessuno si chiedeva più perché Gilbert avesse sposato una donna tanto più vecchia di lui; lo vedevano tutti che in quel caso l'età era irrilevante. Lo reputavano un giovanotto dalla fortuna sfacciata. L'ammiraglio mi citò Shakespeare: «L'età non la può avvizzire, né l'abitudine guastare la sua infinita varietà». Il successo di Jane rendeva felice suo marito. Ora che lo conoscevo meglio mi piaceva. Di certo non lo si poteva accusare di essere un furfante o un cacciatore di dote. Non solo andava immensamente fiero di Jane, ma nutriva per lei un affetto genuino. La trattava con un riguardo commovente. Era davvero una persona affettuosa e altruista.

«Allora, cosa ne pensi di Jane ora?» mi disse Gilbert una volta, con una fanciullesca aria di trionfo.

«Mi è difficile dire chi di voi due sia più meraviglioso, se lei o tu».

«Oh, io non conto niente».

«Non credere che sia così sciocco da non essermi accorto che sei tu, e tu soltanto, ad aver fatto di Jane quello che è».

«Il mio solo merito è stato di aver visto quel che già c'era in lei quando non era evidente» rispose.

«Come tu abbia cambiato il suo aspetto mi è chiaro, ma come diavolo hai fatto a tirarle fuori una vena comica?».

«Lei mi ha sempre fatto morire dal ridere. È sempre stata spiritosissima».

«Eri l'unico a pensarlo».

Mrs Tower, dando prova di grande magnanimità, riconobbe di essersi sbagliata sul conto di Gilbert e gli si affezionò. Ma malgrado le apparenze, non cambiò mai idea riguardo alla brevità del matrimonio. Non potevo fare a meno di prenderla in giro.

«Ma se non si è mai vista una coppia più affiatata» le dicevo.

«Gilbert ha compiuto ventisette anni. I tempi sono maturi, presto si farà avanti una bella ragazza. L'hai notata, l'altra sera, la deliziosa nipotina di Sir Reginald? Ho avuto l'impressione che Jane li stesse tenendo d'occhio e la cosa mi ha fatto riflettere».

«Sono sicuro che non vi sia ragazzina sulla faccia della terra di cui Jane debba temere la concorrenza».

«Aspetta e vedrai» disse Mrs Tower.

«Gli avevi dato sei mesi».

«Bene, ora gli do tre anni».

Quando si ha di fronte qualcuno che è così sicuro delle proprie opinioni, sorge spontaneo il desiderio di vederlo smentito; Mrs Tower era davvero troppo presuntuosa. Purtroppo, però, quel che lei aveva sempre e fiduciosamente predetto alla coppia male assortita finì per accadere. Ma le parche ci confezionano di rado quel che vogliamo nel modo in cui lo vogliamo, e sebbene Mrs Tower potesse vantarsi di aver avuto ragione, credo che in fondo avrebbe preferito sbagliarsi. Perché le cose non si svolsero proprio come se le era figurate.

Un giorno mi chiamò per dirmi di andare urgentemente da lei, e per fortuna lo feci. Quando entrai lei si alzò dalla sedia e mi venne incontro con la rapidità furtiva del leopardo che ha fiutato la preda. Vidi subito che era fuori di sé.

«Jane e Gilbert si sono separati» disse.

«No, davvero? Avevi ragione tu, allora».

Mrs Tower mi diede un'occhiata che non seppi decifrare.

«Povera Jane» mormorai.

«Povera Jane!» ripeté lei, in un tono talmente derisorio da lasciarmi interdetto.

Non le fu facile raccontarmi esattamente quel che era successo.

Gilbert era stato lì poco prima; subito dopo, Marion si era precipitata al telefono per convocarmi. Appena l'aveva visto entrare, pallido e stravolto, aveva capito che doveva essere accaduto qualcosa di grave. Aveva intuito quel che stava per dirle prima ancora che lui aprisse bocca.

«Marion, Jane mi ha lasciato».

Lei aveva sorriso e gli aveva preso la mano.

«Ero certa che ti saresti comportato da gentiluomo. Sarebbe terribile per lei se girasse la voce che sei stato tu a lasciarla».

«Sono venuto da te perché so di poter contare sulla tua comprensione».

«Ma certo, non ti biasimo affatto, Gilbert» disse Mrs Tower, gentilissima. «Doveva capitare, prima o poi».

Lui sospirò.

«Hai ragione. Non potevo sperare di tenermela per sempre. È troppo favolosa, e io sono un tipo insignificante».

Mrs Tower gli carezzò la testa. Si stava davvero comportando in maniera esemplare.

«E cosa accadrà adesso?».

«Be', chiederà il divorzio».

«Jane ha sempre ripetuto che non ti avrebbe posto nessun ostacolo se tu ti fossi voluto sposare con una ragazza della tua età».

«Non penserai che voglia sposarmi con un'altra, dopo essere stato il marito di Jane?» rispose Gilbert.

Mrs Tower era attonita.

«Ma... sei tu che hai lasciato Jane, vero?».

«Io? È l'ultima cosa che farei al mondo!».

«E allora perché vuole divorziare?».

«Per sposare Sir Reginald Frobisher non appena la sentenza sarà definitiva».

Mrs Tower lanciò un vero e proprio urlo. Poi si sentì mancare e dovette ricorrere ai sali.

«Con tutto quello che hai fatto per lei?».

«Io per lei non ho fatto niente».

«Vuoi dire che ti lascerai trattare in questo modo?».

«Prima di sposarci ci siamo promessi che, qualora uno dei due avesse voluto riprendersi la sua libertà, l'altro non l'avrebbe ostacolato».

«Ma quell'accordo era pensato per te, perché hai ventisette anni meno di lei».

«Sia come sia, non è a me che ora torna utile» rispose Gilbert amaramente.

Mrs Tower protestò, argomentò, ragionò; ma Gilbert insisteva che a Jane non si poteva imporre nulla, e che lui doveva fare quello che gli chiedeva. Lasciò Mrs Tower affranta. Lei si riprese un po' raccontandomi la loro conversazione con dovizia di dettagli; le faceva piacere che fossi sorpreso anch'io, e se non mi indignavo contro Jane era dovuto secondo lei alla criminosa mancanza di morale tipicamente maschile. Era ancora fuori dai gangheri quando si spalancò la porta e il maggiordomo fece entrare proprio Jane. Era vestita di nero e di bianco, come senz'altro si addiceva alla sua posizione un pochino ambigua, ma il vestito era così originale e fantastico, il cappello così strepitoso, che io rimasi letteralmente senza fiato. Lei era pacata e composta come suo solito. Si diresse verso Mrs Tower per darle un bacio, ma Mrs Tower si ritrasse glaciale.

«È passato Gilbert» disse.

«Sì, lo so» sorrise Jane. «Gli ho detto io di venire a trovarti. Stasera parto per Parigi e vorrei che tu ti prendessi cura di lui mentre sono via. Ho paura che sulle prime si sentirà parecchio solo e sarebbe un sollievo se tu potessi tenerlo un po' d'occhio».

Mrs Tower giunse le mani.

«Gilbert mi ha appena detto una cosa alla quale ancora non riesco a credere. Che vuoi divorziare per sposare Reginald Frobisher».

«Ma come, non ti ricordi che mi avevi consigliato di sposare un uomo della mia età? L'ammiraglio ha cinquantatré anni».

«Ma Jane, tu devi tutto a Gilbert» disse Mrs Tower. «Senza di lui non esisteresti. Senza di lui che disegna i tuoi vestiti non sarai più niente».

«Oh, ha promesso di continuare a disegnarmeli» rispose Jane soave.

«Non si può desiderare un marito migliore: non ha avuto che premure per te».

«Lo so, è stato un tesoro».

«Come puoi essere così spietata?».

«Ma io non l'ho mai amato» rispose Jane. «E gliel'ho sempre detto. Inizio a sentire il bisogno di avere accanto un uomo della mia età. Credo di essere stata sposata a sufficienza con Gilbert. Coi giovani non si può intavolare una vera conversazione». Fece una breve pausa e ci guardò con un bel sorriso. «Ma non voglio certo perdere i contatti con lui. Mi sono messa d'accordo con Reginald: l'ammiraglio ha una nipote che sarebbe proprio perfetta per lui. Una volta che ci saremo sposati, li inviteremo a Malta – sapete, l'ammiraglio è stato nominato capo del comando nel Mediterraneo –, e non mi stupirei se quei due si innamorassero».

Mrs Tower sospirò.

«E ti sei accordata con l'ammiraglio perché, qualora uno di voi rivoglia la sua libertà, l'altro non lo ostacoli?».

«Gliel'ho proposto» rispose Jane senza batter ciglio. «Ma lui dice di sapere il fatto suo, e che non si vorrà mai sposare con nessun'altra. E se qualcun altro vorrà sposare me – be', dice che sulla sua ammiraglia ha otto cannoni ed è disposto a discuterne a distanza ravvicinata». Ci lanciò una tale occhiata da dietro il monocolo che, pur temendo l'ira di Mrs Tower, non riuscii a trattenere le risa. «Ho l'impressione che l'ammiraglio sia un uomo alquanto passionale» concluse.

Mrs Tower mi guardò con disapprovazione.

« Non ti ho mai trovata spiritosa, Jane » disse poi. « E non ho mai capito perché la gente rida per le cose che dici ».

« Anch'io non mi sono mai sentita spiritosa, Marion » sorrise Jane, mostrando i denti brillanti e regolari. « Sono lieta di lasciare Londra prima che troppa gente inizi a pensarla come te ».

« Vorrei tanto che mi dicessi il segreto del tuo favoloso successo » le domandai.

Mi guardò con quell'espressione schietta che conoscevo così bene.

« Sai, quando sposai Gilbert e mi stabilii a Londra e la gente prese a ridere per le cose che dicevo, fui la prima a sorprendermi. Erano le stesse cose che ripetevo da trent'anni e nessuno ci aveva mai trovato niente di divertente. Dapprima pensai che fosse per via dei miei abiti, dei capelli corti o del monocolo. Poi mi resi conto che tutti ridevano perché ero sincera: la cosa è così insolita che la gente la trova comica. Un giorno o l'altro qualcuno scoprirà il segreto, e quando tutti diranno la verità non ci sarà più nulla di spassoso ».

« E come mai sono io la sola che non ci trova niente da ridere? » chiese Mrs Tower.

Jane esitò un attimo, come se stesse onestamente cercando una spiegazione esaustiva.

« Forse perché la verità non la sai proprio riconoscere, Marion cara » rispose con quel suo tono placido.

Così fu lei ad avere l'ultima parola, ed ebbi la netta impressione che Jane l'avrebbe avuta sempre. Era davvero unica.

LA COPPIA FELICE

Non sono sicuro che Landon mi fosse simpatico. Eravamo soci dello stesso club e ci capitava spesso di pranzare insieme. Faceva il giudice all'Old Bailey, e grazie a lui potevo avere i posti migliori quando desideravo seguire un processo particolarmente interessante. Era una figura solenne sul suo scranno, con la grande parrucca col codino, la stola d'ermellino e la toga rossa; e il lungo volto cereo, le labbra sottili e gli occhi di un celeste chiarissimo gli davano un che di terrificante. Era giusto, ma impietoso; a volte ascoltavo con disagio l'invettiva che lanciava a chi era condannato a una lunga reclusione. Ma il suo caustico senso dell'umorismo e la disponibilità a parlare delle varie cause lo rendevano una compagnia gradevole; valeva la pena di sopportare la leggera inquietudine che mi incuteva la sua presenza. Una volta gli chiesi se non provava mai un'ombra di turbamento dopo aver mandato qualcuno sulla forca. Egli sorrise gustando il suo porto.

« Per nulla. Il condannato ha avuto un processo equo; io l'ho condotto con la massima obiettività, e la giuria l'ha ritenuto colpevole. Condannandolo a morte gli infliggo una punizione che si è abbondantemente meritato; e a processo concluso mi dimentico completamente del caso. Il sentimentalismo è una cosa sciocca ».

Sapevo che discutere con me gli piaceva, ma pensavo mi reputasse un semplice conoscente; rimasi perciò assai sorpreso quando mi annunciò con un telegramma che stava trascorrendo le vacanze in Costa Azzurra, e che sulla via dell'Italia si sarebbe volentieri fermato a passare due o tre giorni da me. Gli scrissi che ne sarei stato lietissimo, ma fu con un filo d'ansia che andai a prenderlo alla stazione.

Il giorno del suo arrivo invitai per cena una vicina nonché mia cara amica, Miss Gray, perché mi desse man forte. Era una donna matura ma di grande fascino, e sapevo che nulla al mondo poteva scoraggiare la sua vivace conversazione. Feci preparare un'ottima cena, e non avendo del porto da offrire proposi al giudice una buona bottiglia di Montrachet e una, ancora migliore, di Mouton Rothschild. Le apprezzò entrambe; mi fece molto piacere, perché quando gli avevo offerto un cocktail aveva rifiutato con sdegno.

« Non riuscirò mai a capire » aveva detto « come delle persone civili possano assecondare un'abitudine che non è solo barbara, ma anche ripugnante ».

Va detto che neanche il suo sguardo disgustato e insofferente riuscì a dissuadere Miss Gray o me dal gustarci un paio di martini.

La cena fu piacevolissima. Il buon vino e il vivace cicaleccio di Miss Gray resero Landon affabile come non l'avevo mai visto. Era palese che, malgrado l'apparenza austera, apprezzava la compagnia femminile; e Miss Gray, con un abito che le donava molto, i bei capelli con qualche spolveratina di grigio qua e là, i lineamenti delicati e gli occhi scintillanti, era ancora attraente. Dopo cena il giudice, molcito pure da alcuni bicchierini di brandy invecchiato, si lasciò andare, e per un paio d'ore ci avvinse con i processi famosi che aveva celebrato. Così quando Miss Gray ci invitò a pranzo da lei il giorno seguente, non mi sorprese che Landon accettasse con entusiasmo prima ancora che io potessi rispondere.

«Proprio una donna in gamba» disse quando rimanemmo soli. «Deve essere stata molto bella in gioventù. Non è niente male neanche adesso. Come mai non è sposata?».

«Lei dice che nessuno gliel'ha mai chiesto».

«Sciocchezze! Le donne si devono maritare. Ce ne sono in giro abbastanza di femmine che blaterano della loro indipendenza. Le trovo insopportabili».

Miss Gray viveva in un villino sul mare a Saint-Jean, a circa tre chilometri dalla mia casa di Cap Ferrat. Arrivammo all'una e ci accomodammo in salotto.

«Ho una sorpresa per te» mi disse Miss Gray mentre mi stringeva la mano. «Vengono anche i Craig».

«Hai finalmente rotto il ghiaccio».

«Be', mi sembrava assurdo vivere a un passo gli uni dagli altri, fare il bagno ogni giorno sulla stessa spiaggia, e non scambiarsi mai mezza parola. Quindi ho deciso di fare il primo passo: mi hanno promesso che oggi pranzeranno con noi. Ci tenevo a farteli conoscere per sapere cosa pensi di loro». Si rivolse a Landon. «Spero non le dispiaccia».

Egli fu impeccabile.

«Miss Gray, sarò lietissimo di fare la conoscenza dei suoi amici» disse.

«Non sono miei amici. Li vedo tutti i giorni, ma prima di ieri non ci siamo mai parlati. Avranno la fortuna di conoscere uno scrittore e un celebre giudice».

Erano tre settimane che Miss Gray mi parlava dei Craig; avevano affittato il villino accanto al suo, e sulle prime questo le aveva dato qualche pensiero: teneva alla sua solitudine e detestava la seccatura dei convenevoli. Ma aveva capito molto presto che neanche i Craig erano ansiosi di fare la sua conoscenza. Anche se in quel posto così piccolo si incrociavano due o tre volte al giorno, i Craig si comportavano immancabilmente come se non l'avessero mai vista. Miss Gray diceva di apprezzare molto il loro tatto, ma io avevo l'impressione che fosse, se non proprio offesa, almeno un po' sconcertata da quel disinteresse. Ero certo che avrebbe preso lei l'iniziativa. Una volta ci eravamo imbattuti nei Craig mentre eravamo a passeggio e avevo potuto dar loro un'occhiata. Il marito era un uomo aitante, con uno schietto viso rubicondo, baffi grigi e folti capelli brizzolati. Aveva un bel portamento e un modo di fare spiccio e vivace; faceva pensare a un finanziere che si sia messo in pensione con un bel gruzzolo. La moglie era alta e mascolina, coi lineamenti duri, i capelli chiari dalla pettinatura troppo elaborata, il naso grande, la bocca grande, la pelle sciupata. Non era soltanto scialba, aveva un che di truce. Si vestiva con abiti ariosi e molto giovanili che facevano un effetto strano su di lei, anche perché aveva senz'altro passato i quaranta; Miss Gray mi aveva informato che erano di ottima fattura e molto cari. Trovavo lui ordinario e lei sgradevole, e avevo detto a Miss Gray che era una fortuna che se ne volessero stare per conto loro.

«Non so, mi fanno tenerezza» aveva risposto lei.

«E perché mai?».

«Forse perché si amano. E adorano il loro piccino».

Avevano infatti un figlio di circa un anno; ciò aveva portato Miss Gray a concludere che fossero sposati da poco. Le piaceva guardarli quando erano con lui. Ogni mattina una bambinaia lo portava a spasso nel passeggino; ma, prima, mamma e papà trascorrevano un estatico quarto d'ora a insegnargli a camminare. Si mettevano a poca distanza e lo incitavano a zampettare dall'uno all'altra; e ogni volta che cadeva lo prendevano in braccio baciandolo appassionatamente. E quando finalmente lo sistemavano nell'elegante passeggino si chinavano a vezzeggiarlo, poi lo guardavano finché spariva dalla loro vista come se non sopportassero di separarsene.

Miss Gray li vedeva spesso camminare a braccetto per il giardino senza parlare; sembravano così felici di stare insieme da non averne bisogno; e le scaldava il cuore osservare l'affetto con cui quella donna spigolosa e arcigna guardava il bel marito. Era un piacere vederla scrollare via un invisibile granello di polvere dalla sua giacca, e Miss Gray era certa che gli bucasse a bella posta le calze per avere poi il piacere di rammendargliele. E sembrava proprio che Mr Craig la ricambiasse in pieno. Le lanciava tenere occhiate, rispondeva ai suoi sorrisi carezzandole la guancia. Dato che non erano più giovani, quella mutua dedizione era particolarmente toccante.

Io ignoravo perché Miss Gray non si fosse mai sposata; come il giudice, ero sicuro che di opportunità ne avesse avute parecchie. Quando parlava dei Craig mi chiedevo se la vista di una simile beatitudine coniugale non le suscitasse un lieve rimpianto. La felicità assoluta è una condizione rara a questo mondo, ma quella coppia sembrava goderne, e poteva ben darsi che lo strano interesse di Miss Gray fosse dovuto all'insopprimibile dubbio di essersi persa qualcosa con la sua scelta di rimanere sola.

Non conoscendo i loro nomi, li aveva battezzati Edwin e Angelina. Si era inventata la loro storia. Un giorno me l'aveva raccontata, e quando l'avevo canzonata si era indispettita. Da quel che ricordo era così: si erano innamorati anni addietro – diciamo venti, quando Angelina aveva tutta la grazia e la freschezza della gioventù e Edwin era un baldo giovane che si apprestava a intraprendere con gioia il viaggio della vita. E siccome gli dèi, che a quanto si dice vedono di buon occhio i giovani innamorati, non si perdono in dettagli pratici, non avevano il becco di un quattrino. Non si potevano sposare, ma erano pieni di coraggio, speranza e fiducia. Edwin si era deciso a partire per il Sudamerica, o la Malesia, o dove vi pare, per fare fortuna e poter sposare la ragazza che lo attendeva paziente. Gli ci sarebbero voluti due o tre anni, cinque al massimo; e cosa sono, quando hai vent'anni e l'intera vita davanti a te? Nel frattempo Angelina avrebbe continuato a vivere con la madre vedova.

Ma non tutto era andato secondo i piani. Fare fortuna si era rivelato più difficile del previsto; a dire il vero, già non morire di fame comportava qualche difficoltà, ed erano stati solo l'amore di Angelina e le sue dolci lettere a dare a Edwin la forza di continuare a battersi. Alla fine dei cinque anni non era messo molto meglio di quando era partito. Angelina sarebbe stata lieta di raggiungerlo e condividere con lui quella vita di stenti, ma non poteva lasciare la povera madre costretta a letto; quindi non restava loro che pazientare. E così erano passati gli anni; i capelli di Edwin si erano ingrigiti, Angelina si era fatta dura e tirata. Il suo era il fardello peggiore, perché non poteva fare altro che attendere. Lo specchio crudele le mostrava come le sue grazie sfiorissero a una a una; e infine aveva scoperto che la gioventù, con una piroetta e una risata di scherno, l'aveva lasciata per sempre. La sua dolcezza si era fatta amara a forza di accudire la lamentosa invalida; le sue vedute si erano ristrette per via della piccola società provinciale in cui viveva. I suoi amici si sposavano e avevano figli, ma lei rimaneva prigioniera del dovere.

Si domandava se Edwin l'amasse ancora. Se sarebbe mai tornato. Spesso perdeva la speranza. Erano trascorsi dieci anni, poi quindici, poi venti. Un giorno Edwin aveva scritto che i suoi affari erano sistemati: aveva fatto abbastanza soldi per permettere loro di vivere agiatamente, e se lei era ancora disposta a sposarlo si sarebbe messo subito in viaggio. Per un misericordioso intervento divino, la madre di Angelina aveva scelto proprio quel momento per abbandonare un mondo in cui era divenuta solo un terribile peso. Ma ritrovandolo dopo la lunga separazione, Angelina aveva scoperto con sgomento che Edwin era giovane come una volta. Sì, i capelli erano grigi, ma come gli donavano! Era sempre stato prestante, ma ora era un bellissimo uomo nel fiore degli anni. Si sentiva una povera vecchia. Ed era consapevole di avere vedute ristrette, provinciali, rispetto a quelle di lui che era stato così a lungo in paesi lontani. Egli era allegro e disinvolto come prima, mentre il morale di lei era in pezzi. Le asprezze della vita le avevano guastato l'anima. L'idea di legare a sé un uomo così brillante e vivace per via di una promessa vecchia di vent'anni le pareva mostruosa, e gli aveva proposto di scioglierla. Edwin si era fatto cinereo.

« Non mi vuoi più bene? » aveva esclamato affranto.

E Angelina aveva compreso all'istante – che gioia, che sollievo! – che ai suoi occhi era rimasta quella di un tempo. Edwin aveva sempre pensato a lei così com'era allora, e il suo ritratto era come stampato nel suo cuore; adesso che si trovava di fronte la donna reale, continuava a vedere la ragazza di diciott'anni.

Dunque si erano sposati.

« Non credo a una sola parola di questa storia » avevo detto a Miss Gray dopo che era arrivata al lieto fine.

« Be', ripensaci » mi aveva risposto. « Io sono convinta che sia vera, e non ho dubbi che quei due invecchieranno insieme felici e contenti ». Poi aveva aggiunto un commento che mi era parso sagace: « Diciamo pure che il loro amore si fonda su un'illusione; ma che importanza ha, se per loro ha tutta la parvenza della realtà? ».

Intanto, mentre vi raccontavo questa idilliaca storiella, la padrona di casa, Landon e io aspettavamo l'arrivo dei Craig.

« Ha mai fatto caso che i vicini di casa arrivano sempre in ritardo? » chiese Miss Gray al giudice.

« No, non ci ho mai fatto caso » rispose lui acido. « Io sono sempre puntuale, e dagli altri mi aspetto altrettanto ».

« Immagino sia inutile offrirle un cocktail ».

« Perfettamente inutile, grazie ».

« Ma ho dello sherry che, a quanto mi dicono, non dovrebbe essere affatto male ».

Il giudice le prese la bottiglia di mano e lesse l'etichetta. Le sue labbra sottili accennarono un sorriso.

« Ecco un liquore civile, Miss Gray. Col suo permesso, mi servirò da solo. Non ho ancora incontrato una donna capace di servire un bicchiere di vino come si deve.

Sono le donne che vanno tenute per la vita; le bottiglie si prendono per il collo».

Mentre il giudice sorseggiava lo sherry d'annata con visibile appagamento, Miss Gray guardò fuori dalla finestra.

«Ecco perché i Craig sono in ritardo; stavano aspettando che tornasse il bambino».

Seguii il suo sguardo e vidi la bambinaia e il passeggino oltrepassare la casa di Miss Gray e fermarsi davanti a quella dei Craig. Mr Craig prese il figlio e lo alzò in aria. Il bimbo emetteva gridolini di gioia cercando di tirargli i baffi. Mrs Craig li osservava sorridente, e il sorriso rendeva quei tratti duri quasi piacevoli. La finestra era aperta e udimmo le sue parole.

«Su, caro, andiamo» disse. «Siamo in ritardo».

Egli ripose il bimbo nel passeggino; quindi vennero alla porta e suonarono il campanello. La domestica li fece entrare. Strinsero la mano alla padrona di casa e lei, siccome le stavo accanto, mi presentò per primo. Poi si voltò verso il giudice.

«E questo è Sir Edward Landon. Mr e Mrs Craig».

Ci si sarebbe aspettati che il giudice facesse un passo e tendesse loro la mano; invece rimase immobile. Sistemò il monocolo, quel monocolo che in tribunale gli avevo visto usare più di una volta con effetto devastante, e squadrò i nuovi venuti.

«Perbacco, che osso duro» pensai.

Landon lasciò cascare il monocolo.

«Salve» disse. «Mi sbaglio, o noi ci conosciamo?».

A quella domanda mi voltai a guardare i Craig. Stavano fianco a fianco come per proteggersi a vicenda, senza fiatare. Mrs Craig sembrava atterrita. Il viso rubicondo del marito fu attraversato da una vampa purpurea, mentre gli occhi parevano schizzargli dalle orbite. Ma durò un solo attimo.

«Non credo proprio» rispose Mr Craig con voce sonora e profonda. «Naturalmente la conosco di fama, Sir Edward».

«Che scherzi fa, a volte, la memoria» commentò lui.
Nel frattempo Miss Gray si era data da fare con lo shaker e offrì due cocktail agli ospiti. Non si era accorta di nulla. Io non avevo idea di cosa ci fosse sotto; non ero nemmeno certo che ci fosse sotto qualcosa. Tutto era stato così rapido che potevo anche aver frainteso l'imbarazzo momentaneo dei due nell'incontrare una persona famosa. Cercai di metterli a loro agio. Chiesi loro come trovavano la Costa Azzurra e se si erano sistemati bene nella nuova casa. Miss Gray si unì a noi e chiacchierammo di banalità, come si fa quando si parla fra sconosciuti. Erano affabili e cordiali. Mrs Craig raccontò di come si godevano i bagni in mare e lamentò la difficoltà di trovare del pesce nei paraggi. Notai che il giudice non prendeva parte alla conversazione, ma guardava fisso in terra come dimentico della compagnia.
Ci fu annunciato che il pranzo era servito. Eravamo solo in cinque e il tavolo era piccolo e rotondo, quindi la conversazione doveva per forza essere comune. Devo dire che fu portata avanti principalmente da Miss Gray e da me. Il giudice era silenzioso, ma gli capitava spesso, da creatura umorale qual era, e non ci feci molto caso. Vidi che mangiò l'omelette con appetito e poi ne prese una seconda porzione. I Craig mi parvero piuttosto timidi, ma la cosa non mi sorprese, e quando fu servito il secondo già parlavano in modo più sciolto. Non mi colpirono come persone particolarmente divertenti; pareva che poco li interessasse al di fuori del loro bambino, delle bizze delle due domestiche italiane e di un'occasionale puntatina a Montecarlo; a mio parere Miss Gray aveva commesso un errore nel voler fare la loro conoscenza. Ma all'improvviso accadde qualcosa: Mr Craig si alzò di scatto dalla sedia, poi crollò lungo disteso sul pavimento. Balzammo in piedi. Mrs Craig si gettò sul marito e gli prese la testa tra le mani.
«Non è niente, George» gli diceva con voce strozzata. «Non è niente!».
«Gli lasci la testa» le consigliai. «È soltanto svenuto».

Gli sentii il polso, ma era impercettibile. Avevo detto che era svenuto, ma poteva anche trattarsi di un infarto. Pesante e pletorico com'era, sembrava proprio il tipo predisposto. Miss Gray inumidì un tovagliolo e gli tamponò la fronte. Mrs Craig sembrava sconvolta. Poi mi accorsi che Landon non si era mosso dalla sedia.

«Se è svenuto, non lo aiutate di certo accalcandovi attorno» commentò acido.

Mrs Craig gli lanciò un'occhiata carica d'odio.

«Chiamo il dottore» fece Miss Gray.

«No, non credo sia necessario» dissi. «Sta rinvenendo».

Il polso stava tornando, e dopo un paio di minuti Mr Craig aprì gli occhi. Quando comprese cos'era accaduto emise un rantolo e cercò di alzarsi.

«Non si muova» dissi. «Rimanga disteso ancora un po'».

Gli diedi un bicchiere di brandy e le guance ripresero colore.

«Adesso mi sento bene» disse.

«La portiamo nell'altra stanza, dove potrà stendersi sul divano».

«Preferirei andare a casa, sono solo due passi».

Si mise in piedi.

«Sì, torniamo a casa» gli fece eco Mrs Craig. Poi si rivolse a Miss Gray: «Mi rincresce molto; non gli è mai successa una cosa simile».

Erano decisi ad andarsene, e anch'io ero convinto che fosse la cosa migliore.

«Lo metta a letto e badi che ci rimanga, vedrà che domani sarà come nuovo».

Mrs Craig gli prese un braccio e io l'altro; Miss Gray ci aprì la porta e lui, sebbene un po' malfermo, riuscì a camminare. Arrivati a casa loro mi offrii di entrare per aiutare a spogliarlo, ma non vollero saperne. Ritornai da Miss Gray e trovai il dessert in tavola.

«Perché mai sarà svenuto?» stava dicendo Miss Gray.

«Le finestre sono tutte aperte, e oggi non fa neanche tanto caldo».

«Chissà» disse il giudice.

Lessi un leggero compiacimento su quel volto pallido e sottile. Quel pomeriggio il giudice e io intendevamo giocare a golf, quindi dopo aver bevuto il caffè prendemmo la macchina e ci avviammo verso casa mia.

«Come ha fatto la conoscenza di quei due individui la nostra Miss Gray?» mi domandò Landon. «Non mi sembrano persone del suo livello».

«Sa come sono le donne. Miss Gray è molto gelosa della propria privacy, e quando loro sono arrivati nella casa accanto era decisissima a non averci niente a che fare. Quando però ha scoperto che neppure loro volevano aver a che fare con lei, non si è data pace finché non è riuscita a conoscerli».

Gli raccontai la storia che si era inventata sui vicini, e lui mi ascoltò senza batter ciglio.

«Temo proprio che alla sua amica piacciano le svenevolezze» disse quando terminai il racconto. «Gliel'ho già detto, le donne si devono maritare. Non lo troverebbe il tempo per queste fanfaluche, con una mezza dozzina di monelli da accudire».

«Lei cosa sa dei Craig?» gli chiesi.

Mi freddò con un'occhiata.

«Io? Perché dovrei sapere qualcosa? Mi sono parse due persone qualunque».

Vorrei poter descrivere la perentorietà del suo sguardo glaciale e della sua voce aspra; capii che non intendeva andare avanti con la conversazione e il viaggio proseguì in silenzio.

Landon aveva passato da un pezzo i sessanta ed era uno di quei giocatori di golf che non fa mai tiri lunghi ma non esce mai dal fairway, né sbaglia mai un putt; così, sebbene mi avesse concesso un handicap, mi sconfisse nettamente. Dopo cena lo portai a Montecarlo, dove chiuse la serata vincendo qualche migliaio di franchi alla roulette. Questa successione di eventi lo mise di ottimo umore.

«Una giornata piacevolissima» mi disse, giunta l'ora di andare a dormire. «Mi sono proprio divertito».

Il mattino seguente lavorai e non ci incontrammo fino a pranzo. Appena finimmo di mangiare squillò il telefono. Quando tornai al tavolo il mio ospite si stava servendo una seconda tazza di caffè.

«Era Miss Gray» dissi.

«Ah, sì? E cosa voleva?».

«I Craig hanno tagliato la corda. Sono scomparsi. Le domestiche vivono al villaggio, e quando sono arrivate stamattina hanno trovato la casa deserta. Se la sono svignata – i Craig, la bambinaia e il bambino – e si sono portati via i bagagli. Sul tavolo hanno lasciato i soldi per pagare le domestiche, i fornitori e l'affitto per la stagione».

Il giudice non disse nulla. Sfilò un sigaro dalla scatola, lo esaminò con cura e infine lo accese con studiata lentezza.

«E adesso sputi il rospo» gli dissi.

«Caro amico, ritiene proprio necessario ricorrere a certe espressioni americaneggianti? Forse l'inglese non le basta?».

«Ah, è americaneggiante? Be', esprime perfettamente quel che intendevo dire. Non penserà che sia così ottuso da non essermi accorto che lei e i Craig vi eravate già visti? E se si sono dileguati nel nulla come proiezioni della fantasia mi sembra ragionevole concludere che vi siate conosciuti in circostanze non del tutto gradevoli».

Il giudice emise una risatina sommessa e i suoi freddi occhi celesti scintillarono.

«Era un ottimo brandy quello che mi ha offerto l'altra sera» disse. «Bere alcolici dopo pranzo sarebbe contro i miei princìpi, ma chi è schiavo dei princìpi è uno stolto, e per una volta credo proprio che ne gusterò un bicchierino».

Feci portare il brandy e osservai il giudice che si serviva generosamente. Bevve un sorso con palese soddisfazione.

«Ricorda l'omicidio Wingford?» mi chiese poi.

«No».

«Forse a quel tempo lei non era in Inghilterra. Peccato, avrebbe potuto assistere al processo. Le sarebbe piaciuto. Suscitò enorme scalpore; i giornali non parlavano d'altro.

«Miss Wingford era una ricca zitella già un po' in là con gli anni che viveva in campagna con una dama di compagnia. Godeva di ottima salute per la sua età, e quando all'improvviso morì i suoi amici ne furono alquanto sorpresi. Il suo medico, un certo Brandon, firmò il certificato e le fu data degna sepoltura. Quando venne aperto il testamento, risultò che aveva lasciato tutti i suoi averi, qualcosa tra le sessanta e le settantamila sterline, alla dama di compagnia. I parenti erano molto risentiti, ma non c'era nulla che potessero fare: il testamento era stato autenticato dal notaio, con il suo assistente e il dottor Brandon come testimoni.

«Ma Miss Wingford aveva una domestica che era al suo servizio da oltre trent'anni e aveva la certezza di essere menzionata nel testamento. Sosteneva che Miss Wingford le aveva sempre promesso che le avrebbe lasciato di che sostentarsi, e quando scoprì che del suo nome non c'era traccia andò su tutte le furie. Ai tre nipoti venuti per il funerale disse di essere sicura che Miss Wingford era stata avvelenata, e che se non fossero andati loro alla polizia ci sarebbe andata lei. I nipoti andarono invece dal dottor Brandon, il quale si fece una bella risata. Disse che Miss Wingford aveva il cuore debole, motivo per cui la curava da anni. Se n'era andata come si era sempre aspettato che accadesse, tranquilla, nel sonno; e consigliò loro di non far caso alle ciarle della domestica. Costei detestava la dama di compagnia, una certa Miss Starling, e ne era gelosa. Il dottor Brandon era molto stimato; era stato il medico di Miss Wingford per anni, e le due nipoti, che andavano spesso a trovarla, lo conoscevano bene. A lui dal testamento non tornava in tasca niente, e non sembrava esserci motivo per dubitare delle sue parole, quindi i familiari si rassegnarono a far buon viso a cattivo gioco e tornarono a Londra.

«Ma la domestica continuò a protestare; protestò tanto che la polizia – alquanto controvoglia, devo ammettere – fu costretta a darle ascolto, e venne dato l'ordine di riesumare la salma. Dall'autopsia risultò che Miss Wingford era deceduta per aver ingerito una dose eccessiva di Veronal. E venne fuori che il Veronal le era stato somministrato da Miss Starling, la quale fu messa agli arresti. Giunse allora un investigatore di Scotland Yard che scoprì elementi inattesi, cioè che giravano parecchie dicerie sul conto di Miss Starling e del dottor Brandon. Erano stati visti spesso in luoghi dove non avrebbero avuto alcun motivo di trovarsi se non per stare insieme, e al villaggio era opinione comune che aspettassero solo la morte di Miss Wingford per sposarsi. Ciò gettò una luce affatto diversa sul caso. Per farla breve, la polizia raccolse prove sufficienti per arrestare il medico e incriminare lui e Miss Starling dell'omicidio».

Il giudice bevve un altro sorso di brandy.

«Il processo fu affidato a me. La tesi dell'accusa era che gli imputati, follemente innamorati, avessero tolto di mezzo la povera vecchia per potersi sposare grazie alla fortuna ereditata da Miss Starling. Miss Wingford beveva sempre una tazza di cioccolata prima di andare a dormire, e l'avvocato dell'accusa riteneva che Miss Starling vi avesse sciolto le pastiglie letali. Gli imputati decisero di difendersi da sé e fecero una magra figura. Mentirono spudoratamente. Sebbene ci fossero testimoni che li avevano visti camminare abbracciati di sera, sebbene la domestica di Brandon affermasse di averli visti mentre si baciavano in casa del dottore, loro giuravano di essere soltanto amici. E, stranamente, le analisi mediche provarono che Miss Starling era *virgo intacta.*

«Brandon ammise di aver prescritto a Miss Wingford una boccetta di Veronal per l'insonnia, ma le aveva proibito di prendere più di una pastiglia alla volta, e comunque solo se strettamente necessario. La difesa intendeva dimostrare che l'anziana aveva ingerito le pastiglie per errore, oppure per suicidarsi. Ipotesi che facevano acqua da tutte le parti. Miss Wingford era un'arzilla vecchietta che si godeva la vita; il decesso era avvenuto due giorni prima dell'arrivo di un'amica che si sarebbe trattenuta da lei una settimana. Con la domestica non si era mai lamentata dell'insonnia – anzi, quest'ultima era convinta che Miss Wingford dormisse come un ghiro. Era impensabile che avesse ingerito una dose letale di pastiglie per sbaglio. Personalmente non avevo alcun dubbio: si trattava di un intrigo ordito dalla dama di compagnia insieme al dottore. Il movente era ovvio. Riassunsi le testimonianze, spero in modo equanime; ma era mio dovere esporre i fatti alla giuria, e a mio modo di vedere quei fatti erano schiaccianti. I giurati uscirono per deliberare. Forse lei non lo sa, ma stando lì seduti sullo scranno si percepiscono nitidamente gli umori del pubblico, tanto che bisogna stare attenti a non farsi influenzare. Ebbene, mai mi è capitato di sentire in maniera così netta che non un'anima in tutta l'aula avrebbe assolto i due imputati. Ero sicuro che la giuria li avrebbe ritenuti colpevoli. Ma i giurati sono imprevedibili: rimasero in camera di consiglio per tre ore e appena rientrarono compresi all'istante di essermi sbagliato. Nei casi di omicidio, se i giurati stanno per pronunciare il verdetto di colpevolezza non guardano mai in faccia l'imputato; guardano altrove. Notai che invece tre o quattro di loro lanciavano occhiate al banco degli imputati. Pronunciarono il verdetto: non colpevoli. I veri nomi di Mr e Mrs Craig sono dottor Brandon e signora, e, come è vero Iddio, insieme hanno commesso un omicidio efferato e crudele per il quale non meritavano niente di meno che la forca».

«Cosa crede che abbia portato la giuria a ritenerli innocenti?».

«Me lo sono chiesto anch'io; e sa qual è l'unica spiegazione che ho trovato? L'esistenza della prova indiscutibile che non erano mai stati amanti. Se ci pensa, è uno degli aspetti più bizzarri dell'intero caso. Quella donna era pronta a uccidere per sposare l'uomo che amava, ma non ad avere una relazione illecita con lui».

«La natura umana è davvero curiosa, non trova?».

«Curiosa davvero» disse Landon versandosi un altro bicchiere di brandy.

UN FILO DI PERLE

«Che fortuna, mi hanno messo vicino a te!» esclamò Laura quando ci spostammo in sala da pranzo.

«La fortuna è tutta mia» risposi educatamente.

«Vedremo... Aspettavo l'occasione per parlarti. C'è una storia che ti devo raccontare».

Ecco, ci mancava.

«Preferirei che parlassi di te, piuttosto» risposi. «O di me, se vuoi».

«Sì, ma questa devo proprio raccontartela. Penso che potrebbe tornarti utile».

«Be', se è indispensabile... Ma prima diamo un'occhiata al menu».

«Ma come, non ti interessa?» disse lei, un po' delusa. «Pensavo ti avrebbe fatto piacere».

«Poteva andarmi peggio: pensa se tu avessi scritto una commedia e me la volessi leggere».

«È una vicenda capitata a degli amici. È verissima».

«Non è una credenziale. Una storia vera è sempre meno vera di una inventata».

«Che cosa vuol dire?».

«Niente, in fondo» ammisi. «Ma mi pareva che suonasse bene».

«Insomma, mi lasci andare avanti?».
«Sono tutt'orecchi. Rinuncio alla zuppa, fa ingrassare».
Laura mi lanciò un'occhiata un po' mesta, poi guardò il menu e sospirò.
«Be', allora mi adeguo. Sa il cielo se non dovrei stare attenta alla linea».
«Ma c'è una zuppa più paradisiaca di quella in cui si mette la panna acida a cucchiaiate?».
«Il borsch» sospirò lei. «L'unica zuppa che mi piace davvero».
«Suvvia, non pensarci più. Raccontami la tua storia e ci scorderemo del cibo fino a quando arriverà il pesce».
«Bene, si è svolta proprio sotto i miei occhi. Ero a cena dai Livingstone. Li conosci i Livingstone?».
«No, non mi pare».
«Be', se tu glielo chiedessi potrebbero confermare ogni parola di quello che ti dirò. Una sera avevano chiamato a tavola anche la loro governante, perché all'ultimo momento un'invitata aveva dato forfait – sai com'è priva di riguardi la gente – e saremmo stati in tredici a cena. La governante, una certa Miss Robinson, era una ragazza in gamba, giovane, direi – venti o ventun anni –, e piuttosto carina. Personalmente non assumerei mai una governante giovane e carina; non si sa mai come va a finire».
«Per il meglio, si spera».
Laura non fece caso alla mia osservazione.
«C'è il rischio che pensi più ai giovanotti che alle sue mansioni e poi, quando finalmente ha capito come vuoi che vengano fatte le cose, ecco che si fidanza. Ma Miss Robinson aveva ottime referenze, e devo ammettere che era una ragazza davvero ammodo. Mi sembra addirittura che fosse figlia di un ecclesiastico.
«A cena c'era un ospite di cui suppongo tu non abbia mai sentito parlare, ma che a modo suo è una celebrità. È il conte Borselli, e sulle pietre preziose la sa più lunga

di chiunque altro al mondo. Era seduto accanto a Mary Lyngate, che va tutta fiera delle sue perle, e lei conversando gli chiese cosa pensasse della collana che portava. Il conte rispose che era molto carina. Lei si indispettì e gli disse che era stata valutata attorno alle ottomila sterline.

« "Infatti" confermò lui.

« Miss Robinson gli sedeva di fronte. Quella sera era particolarmente graziosa. Riconobbi il vestito che indossava, era un vestito smesso di Sophie Livingstone; ma se non sapevi che era la governante, non l'avresti mai sospettato.

« "Una bella collana è quella al collo della ragazza" disse Borselli.

« "Oh, ma quella è la governante" esclamò Mary Lyngate.

« "Sarà anche la governante," rispose il conte "ma indossa uno dei più bei fili di perle che io abbia mai visto in vita mia, almeno di quelle dimensioni. Varrà sulle cinquantamila sterline".

« "Impossibile".

« "Le do la mia parola".

« Mary Lyngate si rivolse a Miss Robinson con la sua vocetta stridula.

« "Miss Robinson, lo sa cosa dice il conte Borselli? Dice che le perle che ha al collo valgono cinquantamila sterline".

« A tavola c'era appena stata una pausa nella conversazione, e così udimmo tutti. Ci voltammo verso Miss Robinson, la quale arrossì un poco e rise.

« "Be', devo aver fatto un ottimo affare, allora," disse "perché le ho pagate quindici scellini".

« "Un ottimo affare davvero!".

« Ridemmo tutti. Era chiaramente un'assurdità. Chi non ha sentito di quelle mogli che spacciano per falso al marito un filo di perle che invece è autentico e molto, molto caro? È una storia vecchia come il cucco ».

« Grazie davvero » dissi, pensando a un certo raccontino che avevo scritto.

« Era ridicolo immaginare che una governante continuasse a fare la governante dopo aver ricevuto un filo di perle del valore di cinquantamila sterline. Ovviamente il conte aveva preso un abbaglio. Poi accadde qualcosa di straordinario: la *longa manus* del fato ci mise lo zampino ».

« Bella immagine » commentai. « Conosci quegli utilissimi dizionari dei modi di dire? ».

« Se potessi evitare di interrompermi proprio quando sto per arrivare al punto saliente... ».

Ma fui costretto a farlo di nuovo, poiché giusto in quell'istante, accanto al mio gomito sinistro, spuntò un bel salmoncino alla griglia.

« Ah, che cena celestiale » dissi.

« Il salmone fa ingrassare? » chiese Laura.

« Eccome » risposi servendomi generosamente.

« Frottole ».

« Vai avanti » la pregai. « La *longa manus* del fato stava facendo qualcosa... ».

« Dunque, proprio in quel momento il maggiordomo si avvicinò a Miss Robinson e le sussurrò qualcosa all'orecchio. Lei mi parve impallidire lievemente. Un terribile errore, non usare il belletto; non sai mai che scherzi ti farà la natura. Certo aveva l'aria sbigottita. Si protese in avanti.

« "Mrs Livingstone, Dawson dice che nell'atrio ci sono due uomini che insistono per parlare subito con me".

« "Be', è meglio che tu vada a vedere cosa vogliono" disse Sophie Livingstone.

« Miss Robinson si alzò e lasciò la stanza. Lo stesso pensiero attraversò la mente di tutti i commensali, ma fui io la prima a esprimerlo.

« "Spero non siano venuti ad arrestarla" dissi a Sophie. "Sarebbe davvero terribile per te, mia cara".

« "Borselli, è proprio certo che la collana fosse vera?" domandò Sophie.

« “Assolutamente”.

« “Ma se fosse rubata non avrebbe avuto il coraggio di indossarla stasera” dissi.

« Sophie Livingstone si fece pallida come la morte sotto lo strato di trucco, e intuii che si stava chiedendo se non mancasse qualcosa dal suo scrigno dei gioielli. Io indossavo soltanto una catenella di diamanti, ma istintivamente portai la mano al collo per sentire se c'era ancora.

« “Non diciamo sciocchezze” intervenne Mr Livingstone. “Come diavolo avrebbe fatto Miss Robinson a entrare in possesso di un filo di perle tanto prezioso?”.

« “Forse è la ricettatrice” dissi.

« “Ma aveva delle ottime referenze!” esclamò Sophie.

« “Sì, le hanno sempre” commentai io ».

Non potei fare a meno di interrompere Laura ancora una volta.

« Non eri molto bendisposta, mi pare » osservai.

« Non avevo proprio niente contro Miss Robinson, anzi, c'erano tutte le ragioni per ritenerla una bravissima ragazza, ma sarebbe stato divertente scoprire che era una ladra matricolata al servizio di un'organizzazione internazionale ».

« Come in un film. Purtroppo, però, succede solo nei film ».

« Insomma, attendemmo tutti col fiato sospeso. Dall'atrio non giungeva alcun suono. Mi aspettavo dei rumori di lotta, o almeno un urlo soffocato. Quel silenzio mi parve alquanto sinistro. Poi si aprì la porta ed entrò Miss Robinson. Notai subito che non aveva più la collana, ed era pallida ed eccitata. Tornò a tavola e con un sorriso sbatté... ».

« Contro che cosa? ».

« Ma no, sbatté sul tavolo un filo di perle.

« “Ecco la mia collana” disse.

« Il conte Borselli si sporse in avanti.

« “Ma queste sono finte!” esclamò.

« “Appunto” disse lei ridendo.

« "Non è la stessa collana che aveva indosso poco fa" fece lui.

« Lei scosse il capo e sorrise con aria misteriosa. Eravamo tutti sulle spine. Dubito che Sophie Livingstone apprezzasse che la sua governante fosse al centro dell'attenzione in quel modo, e avvertii un pizzico di acredine quando le chiese di spiegarsi meglio. Allora Miss Robinson raccontò che nell'atrio aveva trovato due signori che affermavano di venire per conto dei magazzini Jarrot: era lì che aveva acquistato la sua collana per quindici scellini, come ci aveva detto. Poi l'aveva dovuta riportare perché il fermaglio non chiudeva bene, ed era tornata a ritirarla quel pomeriggio. Secondo i due signori era avvenuto uno scambio: qualcun altro aveva portato una collana di perle vere per sostituire il filo e il commesso si era sbagliato. Non so davvero come si possa essere così stupidi da portare una collana di valore da Jarrot: non sono abituati a trattare quel tipo di gioielli e non sanno distinguere le perle vere da quelle finte. Ma sai come possono essere sciocche certe donne. Comunque, la collana era finita nelle mani di Miss Robinson, e valeva cinquantamila sterline. Ovviamente lei l'aveva resa – non aveva altra scelta, suppongo, anche se dev'essere stato uno strazio –, e loro le avevano restituito la sua. Ma poi avevano aggiunto che, anche se non erano tenuti – sai come possono essere stupidi e pomposi gli uomini quando vogliono mostrarsi efficienti –, avevano avuto ordine di darle, come indennizzo o come si dice, un buono di trecento sterline. La signorina ce lo fece vedere. Era felice come una pasqua ».

« Be', un bel colpo di fortuna, no? » dissi.

« Così sembrava. E invece è finita male ».

« Ah sì? E come mai? ».

« Dunque, quando giunse il momento di prendere le ferie Miss Robinson annunciò a Sophie Livingstone che aveva deciso di trascorrere un mese a Deauville a sperperare le trecento sterline fino all'ultimo centesimo. Chiaramente Sophie cercò di dissuaderla e la pregò di depositare il denaro su un libretto di risparmio, ma lei non volle sentire ragioni. Disse che un'occasione come quella non le sarebbe capitata mai più, e intendeva vivere almeno quattro settimane come una duchessa. Sophie non aveva modo di impedirglielo e finì per lasciarla fare. Le vendette un bel po' di abiti che non voleva più; li aveva portati per tutta la stagione e non li poteva più vedere; diceva di averglieli regalati, ma ne dubito – le avrà fatto un buon prezzo, semmai –, e la signorina partì sola soletta per Deauville. E lì indovina cos'è successo?».

«Non ne ho la più pallida idea» risposi. «Mi auguro che se la sia spassata un mondo».

«Ecco. Una settimana prima di rientrare dai Livingstone scrisse a Sophie dicendole che aveva cambiato programma: si era trovata un altro impiego, e sperava davvero che Mrs Livingstone la potesse perdonare se non tornava da loro. Figurati come si infuriò la povera Sophie. In realtà Miss Robinson aveva pescato un ricco argentino e se n'era andata a Parigi con lui. Ed è tuttora là. Una volta l'ho vista con i miei occhi, da Florence, coi braccialetti fino al gomito e dieci giri di perle al collo. Be', io ovviamente ho fatto finta di niente. Si dice che adesso abbia una casa nel Bois de Boulogne e so per certo che possiede una Rolls. Dopo pochi mesi aveva piantato l'argentino ma presto si era trovata un greco; non so con chi stia al momento, ma la morale della storia è che è di gran lunga la cocotte più in vista di tutta Parigi».

«Be', non mi sembra che sia finita così male» dissi io.

«Non capisco cosa intendi dire» rispose Laura. «Ma insomma, non credi che potresti scriverci una storia?».

«Purtroppo ne ho già scritta una su una collana di perle. Non posso scrivere sempre di collane di perle».

«Quasi quasi la scrivo io. Modificando il finale, beninteso».

«Ah, e come la faresti finire?».

«Allora, nella mia storia la signorina sarebbe fidanzata con un impiegato di banca che in guerra se l'è vista brutta; lui avrebbe una gamba sola, mettiamo, o mezza faccia sparata via; e sarebbero tremendamente poveri, avrebbero investito tutti i loro risparmi in una casupola in periferia, e non potrebbero sposarsi prima di aver pagato l'ultima rata del mutuo. Ma un giorno lei porta a casa le trecento sterline; quasi non ci credono, sono pazzi di gioia, lui piange sulla sua spalla. Piange come un bimbo. Quindi acquistano la casupola in periferia e si sposano, la vecchia madre di lui va a vivere con loro, ogni giorno l'impiegato va in banca e lei, se fa attenzione a non rimanere incinta, durante il giorno può ancora lavorare come governante. Lui è spesso malato – con quelle brutte ferite, si capisce – e la signorina se ne prende cura, e tutto è dolce e delizioso e patetico».

«Mi sembra una storia un po' noiosa» commentai io.

«Sì, ma almeno è edificante» disse Laura.

PRIMA DELLA FESTA

Mrs Skinner amava arrivare puntuale. Era già vestita, di seta nera come si addiceva alla sua età e al lutto che portava per il genero, e si stava mettendo la toque. Era un po' esitante, poiché le piume di egretta che l'adornavano rischiavano di attirare le rimostranze di qualche amica che avrebbe incontrato alla festa. Era indubbiamente crudele uccidere quei bellissimi uccelli bianchi, e per di più nella stagione dell'accoppiamento, solo per le piume; tuttavia eccole lì, così graziose, così chic, e sarebbe stato davvero sciocco non metterle, senza contare che suo genero ci sarebbe rimasto molto male. Gliele aveva portate addirittura dal Borneo, convinto di farla felice. A quel tempo Kathleen aveva criticato aspramente suo cognato, cosa di cui doveva essersi pentita dopo quanto era successo, ma del resto Harold non le era mai piaciuto. Mrs Skinner, in piedi davanti alla toeletta, si mise la toque, che dopotutto era l'unico bel cappello che aveva, e ci infisse uno spillone con la capocchia di giaietto. Se qualcuno avesse menzionato le egrette, aveva pronta la risposta:

«Lo so, lo so, è terribile,» avrebbe detto «e mai mi

sarei sognata di comprarle, ma me le portò il mio povero genero buonanima l'ultima volta che venne in congedo».

Avrebbe così spiegato sia perché le aveva sia perché le indossava. Erano stati tutti tanto cari con loro. Mrs Skinner prese un fazzoletto pulito da un cassetto e lo spruzzò con l'acqua di Colonia. Non usava mai profumi, li aveva sempre reputati un po' sconvenienti, ma l'acqua di Colonia era talmente tonificante... Ormai era quasi pronta e guardò fuori dalla finestra che si trovava dietro lo specchio. Certo al canonico Heywood era toccata una giornata ideale per la sua festa in giardino: faceva caldo, il cielo era azzurro, gli alberi non avevano ancora perso il verde fresco della primavera. Mrs Skinner sorrise vedendo la nipotina che rastrellava l'aiuola tutta sua nel prato sul retro. Le rincresceva che Joan fosse così pallida, era stato un errore tenerla tanto a lungo ai tropici; ed era così seria per la sua età, mai che la si vedesse correre in giro. Stava assorta in giochi tranquilli di sua invenzione, oppure bagnava i fiori. Mrs Skinner si diede un'aggiustatina al vestito, prese i guanti e scese al piano di sotto.

Kathleen sedeva alla scrivania accanto alla finestra, intenta a stilare liste; era stata nominata segretaria onoraria del Ladies' Golf Club, e quando c'erano le gare era assai indaffarata.

«Già pronta? Ti sei messa quello, alla fine» disse Mrs Skinner.

A pranzo avevano discusso dell'abito di Kathleen, se era più adatto quello di chiffon nero o quello bianco e nero. Kathleen preferiva quest'ultimo, abbastanza elegante ma non proprio adeguato al lutto, e a sentire Millicent andava benissimo.

«Non stiamo mica andando a un funerale» aveva detto. «Harold è morto otto mesi fa».

Parole che a Mrs Skinner erano parse un po' indelicate. Da quando era tornata dal Borneo Millicent era strana.

«Non vorrai già smettere le gramaglie, cara?» le aveva chiesto.

Millicent aveva dato una risposta vaga.

«Nessuno porta più il lutto come una volta». Aveva fatto una breve pausa e poi ripreso a parlare, ma Mrs Skinner aveva notato qualcosa di insolito nella sua voce. Anche a Kathleen non doveva essere sfuggito, poiché aveva lanciato alla sorella un'occhiata curiosa. «Sono certa che Harold non avrebbe preteso che mi vestissi a lutto in eterno».

«Mi sono preparata in anticipo perché volevo parlare di una cosa con Millicent» disse Kathleen, rispondendo all'osservazione della madre.

«Sì?».

Kathleen non aggiunse altro. Mise da parte la lista e, aggrottando le sopracciglia, lesse per la seconda volta la lettera di protesta di una socia: il comitato, diceva, aveva ingiustamente abbassato il suo handicap da ventiquattro a diciotto. Essere la segretaria onoraria di un golf club femminile richiedeva tatto considerevole. Sua madre iniziò a infilarsi i guanti nuovi. Le tende chiuse mantenevano la stanza fresca e in penombra. Mrs Skinner osservò il grande bucerotide di legno variopinto che Harold le aveva affidato; a lei sembrava un po' bizzarro, quasi barbarico, ma lui ci teneva moltissimo. Aveva un qualche significato religioso e il canonico Heywood ne era rimasto molto colpito. Sulla parete, dietro il divano, c'erano delle armi malesi, chissà come si chiamavano, e qua e là sui tavolini erano sparsi gli oggetti d'argento e di ottone che Harold era solito spedirle. Lei gli voleva bene, e istintivamente cercò la sua foto sul pianoforte, accanto a quelle delle due figlie, della nipote, di sua sorella e del figlio della sorella.

«Ma Kathleen, dov'è finita la foto di Harold?» chiese.

Kathleen si girò. La foto non c'era più.

«Qualcuno l'ha presa» disse Kathleen.

Stupita e perplessa, si alzò e si avvicinò al pianoforte.

Le fotografie erano state spostate di modo che non se ne notasse l'assenza.

«Forse Millicent se l'è voluta portare di sopra» disse Mrs Skinner.

«Me ne sarei accorta. E poi Millicent ha già parecchie foto di Harold in camera sua. Le tiene sotto chiave».

A Mrs Skinner era parso strano che in camera della figlia non ci fosse neppure una foto di Harold. Aveva anche sollevato l'argomento, ma Millicent non aveva risposto. Da quando era tornata dal Borneo era stranamente silenziosa, e non aveva incoraggiato la compassione che Mrs Skinner era tanto disposta a offrirle. Sembrava non desiderasse parlare della sua terribile perdita. Le persone reagiscono al dolore in modi molto diversi; suo marito diceva che la cosa migliore era lasciarla in pace. Pensare a lui la riportò all'idea della festa imminente.

«Papà era indeciso se mettersi il cilindro o no» disse Mrs Skinner. «Gli ho detto che è meglio di sì, non si sa mai».

L'evento si prospettava abbastanza importante. Ci sarebbe stato il gelato, vaniglia e fragola, preso da Boddy, il confettiere, ma gli Heywood avrebbero fatto il caffè freddo in casa. Ci sarebbero stati tutti. Era una festa in onore del vescovo di Hong Kong, che era ospite del canonico. I due erano amici dai tempi degli studi; il vescovo avrebbe tenuto un discorso sulle missioni cinesi. Mrs Skinner, la cui figlia aveva vissuto per otto anni in Oriente perché il genero era ministro residente di un distretto del Borneo, era tutta elettrizzata. Per lei l'evento era molto più significativo che per tanti altri, che non avevano alcun rapporto con le colonie e quel tipo di cose.

«Che ne sa dell'Inghilterra chi solo l'Inghilterra conosce?»[1] era solito declamare Mr Skinner.

Il quale entrò nella stanza proprio in quel momento. Era avvocato, come suo padre prima di lui, e aveva lo

1. *«And what should they know of England who only England know?»*. Verso di Rudyard Kipling, dal poema *The English Flag* [*N.d.T.*].

studio in Lincoln's Inn Fields. Ogni mattina andava a Londra e faceva ritorno la sera. Gli era possibile accompagnare la moglie e le figlie alla festa del canonico solo perché quest'ultimo aveva avuto l'accortezza di scegliere un sabato. Mr Skinner stava molto bene con la giacca con le code e i pantaloni spinati. Non si era messo in ghingheri, ma era elegantissimo. Aveva l'aria di un rispettabile uomo di legge, cosa che infatti era; il suo studio non accettava mai un caso che non fosse più che limpido, e se un cliente si presentava con un problema vagamente equivoco, Mr Skinner si accigliava:

«Temo che questo genere di casi esuli dal nostro campo» diceva. «Le consiglio di rivolgersi altrove».

Prendeva il suo taccuino e ci scriveva un nome e un indirizzo; poi strappava la pagina e la porgeva al cliente.

«Se fossi in lei, consulterei loro. Se fa il mio nome, sono certo che faranno il possibile per aiutarla».

Mr Skinner era ben rasato e completamente calvo. Le sue labbra pallide erano sottili e serrate, ma gli occhi azzurri avevano un che di timido. Le guance erano incolori e il viso molto rugoso.

«Ti sei messo i pantaloni nuovi, alla fine» osservò Mrs Skinner.

«Ho pensato che fosse l'occasione giusta» rispose. «Mi stavo chiedendo se mettere un fiore all'occhiello».

«Meglio di no, papà» intervenne Kathleen. «È proprio di cattivo gusto».

«Ma lo metteranno in tanti» disse Mrs Skinner.

«Solo gli impiegati e quel genere di persone» disse Kathleen. «Capirai, gli Heywood hanno dovuto invitare un po' tutti. E in ogni caso, noi siamo in lutto».

«Mi chiedo se dopo il discorso ci sarà la questua» disse Mr Skinner.

«Non credo» ribatté Mrs Skinner.

«Sarebbe di cattivo gusto» fece eco Kathleen.

«Be', non si sa mai» disse Mr Skinner. «Se è il caso darò qualcosa io per tutti noi. Mi chiedevo se possono bastare dieci scellini o se è meglio dare una sterlina».

«Come minimo dovresti dare una sterlina, papà» disse Kathleen.

«Deciderò al momento. Non voglio dare meno degli altri, ma non vedo perché dovrei dare più del necessario».

Kathleen ripose le sue carte nel cassetto della scrivania e si alzò. Guardò l'ora.

«È pronta Millicent?» chiese Mrs Skinner.

«Abbiamo ancora parecchio tempo. L'invito è per le quattro, e non dovremmo arrivare molto prima delle quattro e mezza. Ho detto a Davis di preparare l'automobile per le quattro e un quarto».

In genere era Kathleen a guidare la macchina, ma per le grandi occasioni Davis, il giardiniere, metteva la divisa e si improvvisava chauffeur. Si faceva una miglior figura all'arrivo, e poi Kathleen non ci teneva particolarmente a guidare con il vestito nuovo. Vedendo la madre che infilava a una a una le dita nei guanti si ricordò che doveva mettersi i suoi. Li odorò per accertarsi che non fosse rimasta traccia dei prodotti di pulizia. Giusto un sentore. Non se ne sarebbe accorto nessuno.

Infine si aprì la porta ed entrò Millicent. Era in gramaglie. Mrs Skinner proprio non riusciva a farci l'abitudine, ma sapeva bene che doveva portarle per un anno. Era un vero peccato che non le stessero bene; a certe donne donavano. Lei una volta si era provata il cappello di Millicent, col nastro bianco e il lungo velo, e si era piaciuta molto. Ovviamente sperava che Alfred le sopravvivesse, ma in caso contrario non avrebbe mai smesso il lutto. Anche la regina Vittoria aveva fatto così. Per Millicent era diverso, lei era molto più giovane; aveva solo trentasei anni. Che tristezza rimanere vedova a trentasei anni. E le probabilità che si risposasse erano scarse. Kathleen, poi, rischiava di non sposarsi affatto; ne aveva ormai trentacinque. L'ultima volta che Millicent e Harold erano venuti a trovarla aveva proposto loro di portarsela via; Harold sembrava bendisposto, ma Millicent aveva detto che non era il caso. Mrs Skinner non capiva perché. Sarebbe stata un'occasione per Kathleen; non che volessero liberarsi di lei, per carità, ma una ragazza deve pur sposarsi, e pareva proprio che tutti gli uomini che conoscevano in patria fossero già sposati. Millicent aveva detto che laggiù il clima era ostile. Bisognava ammettere che lei non aveva una bella cera. Nessuno avrebbe detto che una volta era la più carina delle due. Con gli anni Kathleen si era snellita; ora c'era chi diceva che era troppo magra, ma con i capelli più corti e le gote tutte rosse perché giocava a golf con qualsiasi tempo, Mrs Skinner la trovava piuttosto carina. Non si poteva dire lo stesso della povera Millicent; non le rimaneva nulla della grazia di un tempo. Alta non era mai stata, e ora che aveva preso dei chili aveva l'aria tracagnotta. Era davvero grassa; Mrs Skinner immaginava che il calore tropicale le impedisse di tenersi in esercizio. Aveva la pelle opaca e giallognola; perfino gli occhi azzurri, la cosa più bella che aveva, erano slavati.

«Deve veramente fare qualcosa per quel collo» rifletté Mrs Skinner. «Ha un'orribile pappagorgia».

Ne aveva parlato un paio di volte col marito. Lui aveva commentato che gli anni passavano anche per Millicent; il che era vero, ma non le sembrava una buona ragione per lasciarsi andare. Mrs Skinner aveva deciso di parlarne seriamente con la figlia, ma doveva rispettare il suo dolore; avrebbe atteso che fosse trascorso l'anno. Non le dispiaceva avere un motivo per ritardare una conversazione che la innervosiva già solo a pensarci. Perché non c'erano dubbi, Millicent era cambiata. Aveva qualcosa di torvo nel viso che metteva a disagio sua madre. A Mrs Skinner piaceva esprimere ad alta voce le cose che le passavano per la testa, ma quando lo faceva (tanto per dire qualcosa, no?) Millicent aveva la sgradevole abitudine di lasciarle cadere nel vuoto, così che neanche sapeva se l'aveva udita. Talvolta Mrs Skinner trovava la cosa tanto irritante che, per non reagire piccata, doveva pensare al povero Harold morto da soli otto mesi.

La luce che filtrava dalle tende rischiarava il viso gonfio della vedova che avanzava in silenzio. Kathleen, spalle alla finestra, osservava la sorella.

«Millicent, devo dirti una cosa» esordì. «Stamattina ho giocato a golf con Gladys Heywood».

«L'hai battuta?» chiese Millicent.

Gladys era l'unica figlia ancora nubile del canonico Heywood.

«Mi ha detto una cosa che ti riguarda e che credo dovresti sapere».

Lo sguardo di Millicent passò dalla sorella alla bambina che innaffiava i fiori in giardino.

«Mamma, hai detto ad Annie di preparare il tè per Joan in cucina?» disse.

«Sì, lo berrà quando lo prendono i domestici».

Kathleen guardò la sorella con freddezza.

«Il vescovo ha trascorso qualche giorno a Singapore durante il viaggio per venire qui» proseguì. «Gli piace molto viaggiare. È stato nel Borneo, e conosce tanta gente che conosci anche tu».

«Gli farà piacere vederti, cara» fece Mrs Skinner. «Conosceva il povero Harold?».

«Sì, si erano incrociati a Kuala Solor» disse Kathleen. «Se lo ricorda molto bene. Era così turbato quando ha saputo della sua morte».

Millicent si sedette e prese a infilarsi i guanti neri. A Mrs Skinner parve strano che ascoltasse quelle osservazioni senza proferir parola.

«Ah, Millicent,» disse «la foto di Harold è scomparsa. L'hai presa tu?».

«Sì, l'ho messa via».

«Ma immaginavo ti facesse piacere averla in salotto».

E una volta di più, Millicent non rispose. Un'abitudine davvero esasperante.

Kathleen si girò lievemente in modo da guardare la sorella in faccia.

«Millicent, perché ci hai detto che Harold è morto di febbre?».

La vedova non si scompose; fissò Kathleen dritta negli occhi, ma la sua pelle opaca avvampò. Non disse nulla.

« Che cosa stai dicendo, Kathleen? » domandò Mr Skinner, sorpreso.

« Il vescovo sostiene che Harold si è suicidato ».

Mrs Skinner diede un grido, ma il marito fece un gesto di disapprovazione con la mano.

« Millicent, è vero? ».

« Sì ».

« Ma perché non ce l'hai detto? ».

Millicent smise di infilarsi il guanto e passò oziosamente il dito su un oggetto di ottone del Brunei che stava sul tavolino lì accanto. Anche quello un regalo di Harold.

« Ho deciso di far credere a Joan che suo padre fosse morto di febbre. Preferivo che non lo sapesse ».

« Ci hai messi in una posizione seccante » disse Kathleen accigliandosi un poco. « Gladys Heywood mi ha accusato di nasconderle la verità. Ho dovuto faticare per convincerla che non ne sapevo proprio nulla. Ha anche detto che suo padre era molto contrariato. Visto che ci conosciamo da tanto tempo, che vi ha sposati lui, e che siamo sempre stati in ottimi rapporti, avrebbe sperato che gli dimostrassimo un po' più di fiducia. E ad ogni modo, se proprio non volevamo dirgli la verità, a che pro raccontargli una bugia? ».

« Non posso dargli torto » commentò amaramente Mr Skinner.

« Chiaro, io ho detto a Gladys che non è colpa nostra. Noi ci siamo limitati a riferire quel che ci hai detto tu ».

« Spero che la cosa non ti abbia guastato la voglia di giocare » disse Millicent.

« Millicent, cara, questa osservazione è davvero inopportuna » esclamò il padre.

Si alzò dalla poltrona e per la forza dell'abitudine andò a mettersi di fronte al camino spento, dando loro le spalle.

«Erano affari miei,» disse Millicent «e se ho deciso di tenerli per me, non vedo cosa ci sia di male».

«Pare proprio che di tua madre non ti importi nulla, se non l'hai detto neanche a lei» fece Mrs Skinner.

Millicent scrollò le spalle.

«Dovevi saperlo che prima o poi sarebbe saltato fuori» disse Kathleen.

«E perché? Non immaginavo che due vecchi parroci pettegoli non avessero nient'altro di cui parlare».

«Quando il vescovo ha raccontato di essere stato nel Borneo, è più che naturale che gli Heywood gli abbiano domandato se conosceva te e Harold».

«Non è questo il punto» intervenne Mr Skinner. «A mio modo di vedere avresti dovuto dirci la verità, e insieme avremmo potuto decidere cosa sarebbe stato meglio fare. Come avvocato, posso garantirti che nascondere le cose serve solo a peggiorarle».

«Povero Harold» gemette Mrs Skinner mentre le lacrime iniziavano a scorrerle sulle guance vizze. «Ma è atroce... Lui che è sempre stato un ottimo genero. Cosa l'avrà indotto a compiere un gesto tanto atroce?».

«Il clima».

«È meglio che ci racconti come si sono svolti i fatti, Millicent» disse il padre.

«Può raccontarvelo Kathleen».

Kathleen esitò. Quel che aveva da raccontare era effettivamente piuttosto atroce. Era tremendo che cose simili dovessero accadere a una famiglia come la loro.

«Il vescovo dice che si è tagliato la gola».

Mrs Skinner sussultò e istintivamente corse dalla figlia. La voleva stringere fra le braccia.

«Povera piccina mia» singhiozzò.

Ma Millicent si ritrasse.

«Ti prego, mamma, non assillarmi. Davvero, non sopporto che mi si mettano le mani addosso».

«Ma insomma, Millicent» borbottò il padre accigliandosi.

A suo modo di vedere, la figlia non si stava comportando bene.

Mrs Skinner estrasse il fazzoletto e si asciugò gli occhi con cura, poi con un sospiro, scrollando lievemente il capo, ritornò a sedersi. Kathleen giocherellava con la lunga catenella che aveva al collo.

« Mi sembra piuttosto assurdo scoprire i dettagli della morte di mio cognato da un'amica. Ci metti tutti in una posizione molto seccante. Il vescovo ci tiene tanto a vederti, Millicent; vuole farti le sue condoglianze ». Tacque, ma Millicent non disse nulla. « Pare che Millicent fosse fuori con Joan, e quando sono tornate hanno trovato il povero Harold morto nel letto ».

« Dev'essere stato un grave choc » disse Mr Skinner.

Mrs Skinner riprese a piangere, ma Kathleen le posò delicatamente una mano sulla spalla.

« Non piangere, mamma » le disse. « Ti si arrosseranno gli occhi, e cosa penserà la gente? ».

Rimasero tutti in silenzio mentre Mrs Skinner si asciugava gli occhi e riprendeva il controllo di sé. Le parve singolare avere indosso proprio in quel momento la toque con le piume regalatele dal povero Harold.

« C'è un'altra cosa che ti devo dire » riprese Kathleen.

Millicent tornò a guardare la sorella negli occhi, senza fretta ma in modo guardingo. Aveva l'aria di una persona che tenda l'orecchio in attesa di un suono.

« Non intendo ferirti, mia cara, » proseguì Kathleen « ma c'è un'altra cosa e credo sia meglio che tu la sappia. Il vescovo dice che Harold beveva ».

« Oh, cielo, che cosa terribile da dire! » gridò Mrs Skinner. « Te l'ha detto Gladys Heywood? E tu cos'hai risposto? ».

« Ho risposto che non era affatto vero ».

« Ecco cosa succede quando si tengono dei segreti » disse Mr Skinner irritato. « Sempre la stessa storia. Appena taci una cosa, ecco che saltano fuori un'infinità di dicerie che sono dieci volte peggio della verità ».

« A Singapore hanno detto al vescovo che Harold si è

ucciso durante un attacco di *delirium tremens.* Io penso che, per il bene di tutti noi, tu debba smentire questa maldicenza, Millicent».

«È orribile dire una cosa simile di un morto» disse Mrs Skinner. «E causerà tanto dolore a Joan quando sarà grande».

«Ma su cosa si fonda questa storia, Millicent?» chiese il padre. «Harold è sempre stato astemio».

«Qui» disse la vedova.

«Beveva davvero?».

«Come una spugna».

La risposta fu così inaspettata e pronunciata in tono così sardonico, che tutti e tre rimasero di sasso.

«Millicent, come puoi parlare in questi termini del tuo povero marito?» esclamò la madre, giungendo le mani accuratamente inguantate. «Io non ti capisco più. Da quando sei tornata sei talmente strana... Mai e poi mai avrei immaginato che una delle mie figlie potesse reagire in questo modo alla morte del marito».

«Non darti pensiero per questo, cara» disse Mr Skinner. «Ne potremo discutere in seguito».

Si diresse verso la finestra e guardò il piccolo giardino assolato, poi ritornò al centro della stanza. Estrasse il pince-nez dalla tasca e, sebbene non avesse alcuna intenzione di metterselo, lo pulì col fazzoletto. Millicent lo osservava con uno sguardo tra l'ironico e il cinico. Mr Skinner era indispettito. Aveva svolto il lavoro settimanale e fino al lunedì mattina era un uomo libero. Malgrado avesse detto alla moglie che la festa era una gran scocciatura e che avrebbe preferito rimanere tranquillo in giardino a bere il tè, in realtà l'aveva attesa con impazienza. Delle missioni cinesi non gli importava granché, ma sarebbe stato interessante incontrare il vescovo. E guarda cosa va a capitargli! Non era il tipo di cose in cui voleva finire immischiato; è oltremodo spiacevole che tutt'a un tratto ti vengano a dire che tuo genero è un ubriacone e un suicida. Millicent si stava lisciando i polsini bianchi con aria pensierosa. Quell'indifferenza lo irritava; ma invece che a lei, si rivolse alla figlia minore.

« Perché non ti metti a sedere, Kathleen? Non mancano certo le sedie in questa stanza ».

Kathleen ne tirò una a sé e si sedette senza una parola. Mr Skinner si parò davanti a Millicent e la affrontò direttamente.

« Posso capire perché ci hai detto che Harold è morto di febbre. Ma credo che sia stato un errore, perché quel tipo di cose prima o poi viene a galla. Non so fino a che punto quello che il vescovo ha raccontato agli Heywood corrisponda alla verità ma, a mio modo di vedere, faresti meglio a dirci tutto nel modo più circostanziato possibile, e poi vediamo. Non possiamo sperare che la notizia non si diffonda ulteriormente, ora che lo sanno il canonico e Gladys. La gente mormora. E in ogni caso, essere a conoscenza di come si sono svolti i fatti ci semplificherà le cose ».

Mrs Skinner e Kathleen trovavano che avesse esposto la questione in maniera eccellente. Attendevano la risposta di Millicent. Lei aveva ascoltato il padre con sguardo inespressivo; la momentanea vampata era svanita e il viso era tornato esangue e giallognolo come al solito.

« Non credo che la verità vi piacerebbe molto, se ve la raccontassi » disse.

« Sai che puoi contare sulla nostra assoluta solidarietà e comprensione » disse Kathleen in tono grave.

Millicent le lanciò un'occhiata e sulle sue labbra passò l'ombra di un sorriso. Li guardò tutti e tre, spostando lentamente lo sguardo dall'uno all'altro. Mrs Skinner ebbe la sgradevole impressione che li osservasse come fossero manichini nell'atelier di un sarto. Sembrava vivesse in un mondo diverso, senza più alcun nesso con loro.

« Sapete, quando ho sposato Harold io non lo amavo » disse in tono assorto.

Mrs Skinner stava per lanciare un'esclamazione ma

fu bloccata da un rapido gesto del marito, quasi impercettibile ma, dopo tanti anni di vita matrimoniale, perfettamente eloquente. Millicent proseguì. Parlava piano, con voce pacata e monotona.

«Avevo ventisette anni e sembrava non ci fosse nessun altro che volesse sposarmi. Lui ne aveva quarantaquattro, ma aveva un'ottima posizione, vero? Difficilmente mi sarebbe capitata un'occasione migliore».

A Mrs Skinner venne di nuovo da piangere, ma poi si ricordò della festa.

«Ora capisco perché hai fatto sparire la sua foto» disse addolorata.

«Mamma, non adesso» esclamò Kathleen.

Era stata scattata durante il fidanzamento, ed era una gran bella foto. Mrs Skinner aveva sempre trovato Harold un uomo molto gradevole. Era di costituzione robusta, alto, forse un po' in carne, ma con un bel portamento, una presenza maestosa. Aveva una calvizie incipiente già allora, ma del resto al giorno d'oggi gli uomini perdono i capelli molto presto; lui dava la colpa ai caschi coloniali. Aveva dei baffetti scuri e il volto bruciato dal sole. La cosa più bella erano senz'altro gli occhi: grandi occhi bruni come quelli di Joan. Discutere con lui era sempre interessante. Kathleen lo trovava pomposo, ma Mrs Skinner non era d'accordo: a lei non dispiaceva che un uomo dettasse le regole. E quando si rese conto, e se ne rese conto presto, che aveva un debole per Millicent, le piacque ancora di più. Era pieno di attenzioni per Mrs Skinner, e lei lo ascoltava come se le interessasse davvero quel che aveva da raccontare sul suo distretto o sulla selvaggina che aveva cacciato. Kathleen sosteneva che fosse presuntuoso, ma Mrs Skinner apparteneva a una generazione che accettava senza discutere l'alta opinione che gli uomini hanno di sé. Millicent comprese presto come si stavano mettendo le cose; non disse niente, ma sua madre era certa che se Harold avesse chiesto la sua mano lei avrebbe accettato.

Harold era ospite di certe persone che avevano trascorso trent'anni nel Borneo, e ne parlavano benissimo. Non c'era motivo di credere che una donna non potesse viverci comodamente; certo, i bambini dovevano tornare in patria a sette anni, ma Mrs Skinner reputava prematuro preoccuparsene. Invitava Harold a cena, e gli diceva che all'ora del tè erano sempre in casa. Lui non aveva mai impegni, e quando la visita ai vecchi amici stava per terminare Mrs Skinner gli disse che lei e la sua famiglia sarebbero stati felici di averlo ospite per un paio di settimane. Verso la fine di quel soggiorno Harold e Millicent si fidanzarono. Le nozze furono piacevolissime; in luna di miele andarono a Venezia, poi si misero in viaggio per l'Oriente. Millicent scriveva a casa da ogni porto. Sembrava felice.

«Furono tutti molto gentili con me, a Kuala Solor» proseguì Millicent. Kuala Solor era la città principale dello Stato di Sembulu. «Alloggiammo presso il ministro residente e tutti ci invitarono a cena. Un paio di volte qualcuno invitò Harold a bere qualcosa, ma lui rifiutò; adesso che era sposato, disse, aveva voltato pagina. Non capivo perché gli altri ridessero. Mrs Gray, la moglie del ministro residente, mi confidò che erano tutti molto felici che Harold si fosse sposato; diceva che per uno scapolo la solitudine degli avamposti poteva essere tremenda. Quando lasciammo Kuala Solor fui sorpresa da come Mrs Gray si congedò da me: sembrava che stesse solennemente affidando Harold alle mie cure».

I suoi la ascoltavano in silenzio. Kathleen non staccò mai gli occhi dal viso impassibile della sorella; Mr Skinner invece fissava dritto davanti a sé le armi malesi, i *kriss* e i *parang* appesi alla parete dietro il divano dove sedeva la moglie.

«Solo quando tornai a Kuala Solor, un anno e mezzo dopo, scoprii il perché di quel comportamento così strano». Millicent emise un suono bizzarro, come l'eco di una risata sprezzante. «A quel punto sapevo parecchie cose che prima ignoravo. Harold era venuto in Inghilterra apposta per prendere moglie; non gli importava molto chi fosse. Te lo ricordi quanta pena ci siamo date per accalappiarlo, mamma? Potevamo risparmiarci la fatica».

«Non so a cosa tu ti riferisca, Millicent» esclamò Mrs Skinner non senza una certa asprezza; non gradiva esser considerata un'intrigante. «Avevo notato che gli piacevi».

Millicent scrollò le grasse spalle.

«Era un ubriacone cronico. Ogni sera si coricava con una bottiglia di whisky che vuotava prima del mattino. Il segretario capo gli aveva detto che se non smetteva di bere avrebbe dovuto dare le dimissioni. Gli aveva concesso un'ultima possibilità: poteva prendere un congedo immediato e andare in Inghilterra. Gli consigliò di sposarsi, così al ritorno qualcuno si sarebbe preso cura di lui. Harold mi ha sposata perché voleva una sorvegliante. A Kuala Solor si scommetteva su quanto a lungo sarei riuscita a farlo rimanere sobrio».

«Ma lui era innamorato» la interruppe Mrs Skinner. «Non hai idea di come mi parlava di te; e proprio nel periodo a cui ti riferisci, quando ti recasti a Kuala Solor per partorire, mi scrisse una lettera incantevole su di te».

Millicent guardò la madre e quel rossore intenso tornò a tingere la sua pelle giallognola. Le mani, che teneva in grembo, furono scosse da un leggero tremito. Ripensò a quei primi mesi da sposata: la lancia governativa li aveva portati alla bocca del fiume e avevano trascorso la notte nel bungalow che Harold definiva ridendo la loro villa al mare. Il giorno dopo avevano risalito la corrente a bordo di un *praho.* Stando ai romanzi che aveva letto, si aspettava che i fiumi del Borneo fossero bui e stranamente sinistri, ma il cielo limpido era chiazzato di nuvolette bianche, e il verde intenso delle mangrovie e delle palme Nipa lambite dalla corrente luccicava nel sole. Su entrambi i lati si estendeva la giungla impenetrabile, e in lontananza, una silhouette contro il cielo, si vedeva il profilo brullo di una montagna. L'aria del primo mattino era fresca e frizzante. Le era parso di inoltrarsi in una terra fertile e ospitale, e aveva provato una sconfinata sensazione di libertà. Osservavano le rive per scorgere le scimmie sedute sui rami aggrovigliati; una volta Harold le aveva indicato quello che pareva un tronco e aveva detto che era un coccodrillo. L'assistente ministro, in completo di tela e casco coloniale, li aspettava al molo di attracco, e una dozzina di soldatini tutti azzimati erano in riga per dar loro il benvenuto. Le fu presentato l'assistente; si chiamava Simpson.

«Accidenti, signore» disse a Harold. «Sono felice di rivederla. Da queste parti si soffre maledettamente di solitudine senza di lei».

Il bungalow del ministro residente, contornato da un giardino in cui spuntavano vivacissimi fiori di ogni sorta, sorgeva in cima a una collinetta. Era un tantino malandato e il mobilio era scarso, ma aveva stanze fresche e piuttosto ampie.

«Il *kampong* è laggiù» disse Harold.

Lei guardò dove lui indicava, e in quel mentre tra le palme da cocco si levò il rintocco di un gong. Millicent provò una strana stretta al cuore.

Anche se non aveva niente da fare, trascorreva le giornate senza annoiarsi. All'alba un boy portava il tè e loro rimanevano nella veranda a godersi l'aria profumata del mattino (Harold con un *sarong* e la canottiera, lei in vestaglia) finché veniva l'ora di vestirsi per la colazione. Poi Harold si recava in ufficio e lei per un'oretta o due studiava il malese. Dopo il pranzo lui tornava in ufficio e lei faceva un sonnellino. Nel pomeriggio, rinvigoriti da una bella tazza di tè, andavano a passeggio o giocavano a golf nel campo a nove buche creato da Harold in un tratto di terreno disboscato appena sotto il bungalow. La notte calava alle sei e Mr Simpson si presentava per bere qualcosa insieme a loro. Rimanevano a chiacchierare fino all'ora di cena, e talvolta Harold e Mr Simpson giocavano a scacchi. L'aria balsamica della sera era incantevole. Le lucciole tramutavano i cespugli a ridosso della veranda in tremuli falò di scintille fredde, e gli alberi in fiore profumavano l'aria delle fragranze più dolci. Dopo cena leggevano i giornali partiti da Londra sei settimane prima, e infine si coricavano. A Millicent piaceva essere una donna sposata, con una casa tutta sua, ed era soddisfatta dei domestici indigeni, silenziosi ma amichevoli, che si davano da fare nel bungalow con i loro allegri *sarong* e i piedi nudi. Essere la moglie del ministro residente le dava un gradevole senso di importanza. Era colpita da come Harold parlava la lingua indigena, dalla sua aria autorevole e dal suo contegno. Di tanto in tanto andava anche ad ascoltarlo in tribunale. La molteplicità dei suoi compiti e la competenza con cui li svolgeva la riempivano di rispetto. Mr Simpson le disse che nessuno capiva gli indigeni come li capiva Harold; possedeva proprio la combinazione di fermezza, tatto e spirito essenziali per trattare con quella razza timida, vendicativa e sospettosa. Millicent iniziò ad ammirare il marito.

Erano sposati da quasi un anno quando due naturalisti inglesi diretti verso l'entroterra si fermarono da loro per qualche giorno. Avevano con sé una pressante lettera di raccomandazione del governatore e Harold disse che voleva accoglierli con tutti gli onori. La loro visita fu un gradevole diversivo. Millicent invitò Mr Simpson a cena (lui viveva al forte e cenava con loro solo la domenica) e dopo mangiato gli uomini si misero a giocare a bridge. Millicent li lasciò soli e se ne andò a letto, ma facevano un tale baccano che per un bel po' non riuscì a prendere sonno. Non sapeva che ore fossero quando Harold arrivò in camera barcollando. Rimase zitta. Lui decise di darsi una sciacquata prima di coricarsi; la cabina da bagno si trovava proprio sotto la loro stanza, e lui scese le scale. Evidentemente scivolò, poiché ci fu un gran fracasso seguito da una sfilza di imprecazioni. Poi Harold vomitò violentemente, si lavò buttandosi addosso l'acqua dei secchi e, stavolta con grande attenzione, risalì le scale e si infilò a letto. Millicent finse di dormire. Era disgustata: Harold era ubriaco. Decise di parlargliene il mattino seguente. Cosa avrebbero pensato di lui i naturalisti? Ma la mattina dopo Harold era così impeccabile che Millicent non se la sentì di menzionare l'accaduto. Alle otto Harold, lei e i due ospiti si misero a tavola per la colazione. Harold lanciò un'occhiata a quel che c'era in tavola.

« Porridge » disse. « Millicent, mi sa che i tuoi ospiti riusciranno a reggere giusto un goccio di salsa Worcester, dubito che gradiranno molto altro. Per quel che mi riguarda, mi accontenterò di un whisky e soda ».

I naturalisti risero, ma con un certo imbarazzo.

« Suo marito è un fenomeno » disse uno di loro.

« Sarei venuto meno alle più elementari regole dell'ospitalità, se vi avessi mandati a letto sobri la notte del vostro arrivo » disse Harold, con quel suo modo di esprimersi sonoro e solenne.

Millicent, con un sorrisino acido, si sentì sollevata al pensiero che gli altri si fossero ubriacati quanto suo marito. La sera seguente restò con loro e si coricarono tutti a un'ora ragionevole. Ma fu contenta quando i forestieri si rimisero in viaggio; la vita riprese il suo placido corso. Qualche mese dopo Harold partì per un giro di ispezione del distretto e tornò con un grave attacco di malaria. Millicent vedeva per la prima volta gli effetti della malattia di cui tanto aveva sentito parlare, quindi non le parve strano che, passata la fase acuta, Harold rimanesse debole e tremulo. Ma il suo comportamento era singolare. Tornava dall'ufficio e rimaneva impalato a fissarla con occhi vitrei; oppure se ne stava in piedi in veranda, oscillando un poco ma sempre con grande compostezza, a fare interminabili arringhe sulla situazione politica inglese; e se perdeva il filo la guardava con malizia, la qual cosa stonava con la sua innata solennità, e le diceva:

« Come sfianca, questa maledetta malaria. Ah, donnina, donnina, che ne sai tu del fardello che grava sui costruttori dell'Impero? ».

Millicent notò che Mr Simpson aveva l'aria vieppiù

preoccupata, e un paio di volte, quando erano soli, egli parve sul punto di dirle qualcosa che all'ultimo momento la timidezza gli ricacciò in gola. Ma quella sensazione si fece sempre più netta e finì per innervosirla; così una sera che Harold, non sapeva perché, era rimasto in ufficio più a lungo del solito, affrontò la faccenda di petto.

«Allora cos'ha da dirmi, Mr Simpson?» esordì all'improvviso.

Lui arrossì e tentennò.

«Nulla. Cosa le fa pensare che io abbia qualcosa da dirle?».

Mr Simpson era un giovanotto tutto pelle e ossa di ventiquattro anni, con una folta capigliatura riccia che si ostinava a stirare. Aveva i polsi gonfi e graffiati per le punture di zanzara. Millicent lo fissò dritto negli occhi.

«Se è qualcosa che riguarda Harold, non crede che sarebbe corretto parlarmene con franchezza?».

Lui si fece di un rosso scarlatto e si agitò sulla sedia di vimini. Lei insisté ancora.

«Temo che mi giudicherà terribilmente insolente» disse infine Mr Simpson. «È davvero spregevole da parte mia parlare dietro le spalle del mio capo. La malaria è una cosa schifosa, e dopo un attacco ci si sente ridotti a uno straccio».

Esitò di nuovo. Gli angoli della bocca si incurvarono come se stesse per piangere. A Millicent parve poco più di un bambino.

«Sarò muta come una tomba» gli disse con un sorriso, cercando di nascondere la preoccupazione. «Su, me lo dica».

«Io reputo sia un vero peccato che suo marito tenga una bottiglia di whisky in ufficio. In questo modo finisce per berlo più spesso di quanto non farebbe altrimenti».

La voce di Mr Simpson era roca dall'agitazione. Millicent fu scossa da un improvviso brivido di freddo. Si controllò, perché non doveva spaventare il ragazzo se voleva cavargli tutto quel che sapeva. Lui non intendeva aggiungere altro. Lei gli fece pressione, si appellò al suo senso del dovere, e infine si mise a piangere. Allora Mr Simpson le disse che Harold si ubriacava ogni giorno da più o meno due settimane a quella parte; gli indigeni dicevano che ben presto sarebbe tornato nelle condizioni in cui era prima di sposarsi. Allora beveva davvero troppo, ma malgrado le insistenze di Millicent Mr Simpson non volle rivelare altri dettagli di quei tempi.

« Crede che in questo preciso momento stia bevendo? » gli chiese.

« Non saprei ».

Millicent si sentì avvampare di vergogna e di rabbia. Il forte, chiamato così perché vi si tenevano i fucili e le munizioni, fungeva anche da tribunale. Si trovava di fronte al bungalow del ministro, in un giardino separato. Il sole stava per tramontare e Millicent non ebbe bisogno del cappello. Raggiunse il forte. Trovò Harold seduto nell'ufficio sul retro della grande sala dove amministrava la giustizia. Davanti a lui c'era una bottiglia di whisky. In mano aveva una sigaretta. Parlava a tre o quattro malesi che lo ascoltavano con sorrisi ossequiosi ma allo stesso tempo sprezzanti. Era paonazzo.

Gli indigeni si dileguarono all'istante.

« Sono venuta a vedere cosa stavi facendo » gli disse.

Egli si alzò, poiché la trattava sempre con ricercata galanteria, e barcollò. Sentendosi un po' instabile, assunse un contegno esageratamente signorile.

« Ti prego, siediti, cara; siediti. Mi sono dovuto trattenere per l'ingente lavoro ».

Lei lo squadrò con sguardo furente.

« Sei ubriaco » disse.

Lui la fissava con gli occhi un po' gonfi; il suo faccione carnoso fu percorso da un'espressione arrogante.

« Non capisco proprio a cosa tu ti riferisca » disse.

Lei aveva cumulato una sfilza di accuse furibonde, ma a quel punto scoppiò in lacrime. Si lasciò cadere su una poltrona e nascose il viso tra le mani. Per un momento Harold rimase a guardarla, poi anche sulle sue guance iniziarono a scorrere le lacrime; le si avvicinò a braccia aperte, cadde pesantemente in ginocchio e singhiozzando la abbracciò.

«Perdonami, perdonami» diceva. «Ti prometto che non accadrà più. È colpa di quella maledetta malaria».

«È così umiliante» gemette lei.

Lui pianse come un bambino. C'era qualcosa di commovente nella mortificazione di quell'omone solenne. Millicent alzò lo sguardo. Gli occhi di lui, supplichevoli e contriti, cercarono i suoi.

«Mi dai la tua parola d'onore che non toccherai mai più un goccio di alcol?».

«Sì, sì, sì. Mi disgusta».

Fu allora che gli disse di essere incinta. La notizia lo riempì di gioia.

«Proprio quello che volevo! Ora sì che saprò rigare dritto».

Ritornarono al bungalow. Harold fece un bagno e si appisolò. Dopo cena ebbero una lunga e pacata discussione. Egli ammise che, prima di sposarsi, gli era capitato di bere più del dovuto; negli avamposti era facile cadere preda del vizio. Accolse tutte le richieste di Millicent. E nei mesi prima che lei si recasse a Kuala Solor per partorire fu un marito perfetto, tenero, attento, affettuoso e fiero di lei; irreprensibile. Poi andò a prenderla una lancia; sarebbe stata via sei settimane, ed egli le promise solennemente che durante la sua assenza non avrebbe toccato neanche un goccio di liquore. Le mise le mani sulle spalle.

«Mantengo sempre la parola data» disse in quel suo modo ampolloso. «Ma al di là di questo, mi credi davvero capace di crearti ulteriori difficoltà proprio mentre attraversi un momento tanto arduo?».

Nacque Joan. Millicent alloggiava dal ministro residente e sua moglie, Mrs Gray, un'affabile signora di mezza età, si prese cura di lei. Nelle lunghe ore che trascorrevano sole le due donne non potevano far molto altro che parlare, e gradualmente Millicent venne a sapere tutto quel che c'era da sapere sui trascorsi da alcolizzato del marito. Quel che le riusciva più difficile da accettare era che Harold avesse potuto mantenere il posto solo a condizione di trovarsi una moglie. Questo la riempiva di risentimento. E quando scoprì che ubriacone incallito era stato, si sentì a disagio. La spaventava l'orrido pensiero che durante la sua assenza lui non riuscisse a resistere alla tentazione. Tornò a casa con il bebè e una bambinaia. Trascorse una notte nel bungalow alla bocca del fiume e inviò un messaggero con una canoa per annunciare il loro arrivo. Mentre la lancia si avvicinava alla riva, Millicent scrutava il molo con ansia. Harold e Mr Simpson erano lì ad aspettarle. I soldatini azzimati erano in riga. E lei ebbe un tuffo al cuore, perché Harold oscillava leggermente, come un uomo che cerchi di tenere l'equilibrio su una nave scossa dai flutti, e capì che era ubriaco.

Non fu un ritorno molto gradevole. Nel frattempo Millicent si era quasi scordata della madre, del padre e della sorella che sedevano in silenzio ad ascoltarla. Soltanto ora tornò ad accorgersi della loro presenza. Ciò di cui parlava sembrava talmente lontano...

«Allora capii che lo odiavo» disse. «Avrei potuto ucciderlo».

«Oh, Millicent, non dire così» esclamò la madre. «Non dimenticare che il pover'uomo è morto».

Millicent guardò sua madre e per un istante un cupo cipiglio oscurò quel viso inespressivo. Mrs Skinner si mosse a disagio sul divano.

«Va' avanti» disse Kathleen.

«Quando scoprì che ormai sapevo tutto di lui, smise di farsi tanti problemi. Dopo tre settimane ebbe un altro attacco di *delirium tremens*».

«Perché non l'hai lasciato?» chiese Kathleen.

«A che pro? Tempo un paio di settimane e l'avrebbero licenziato. E chi avrebbe provveduto a me e Joan? Dovevo restare. E quando era sobrio non avevo di che lamentarmi. Non era innamorato, ma mi voleva bene; e io non l'avevo sposato perché lo amavo, ma perché volevo sposarmi. Feci tutto il possibile per tenerlo lontano dall'alcol; ottenni che Mr Gray bloccasse i rifornimenti di whisky da Kuala Solor, ma lui se lo procurava dai cinesi. Lo tenevo d'occhio come il gatto col topo. Ma era troppo astuto per me. Dopo poco tempo avemmo un'altra crisi. Lui trascurava i suoi compiti e io temevo che qualcuno si sarebbe lamentato. Eravamo a due giorni di viaggio da Kuala Solor, era quella la nostra salvezza, ma qualcosa trapelò poiché Mr Gray scrisse una lettera d'avvertimento confidenziale direttamente a me. La mostrai a Harold. Lui diede in escandescenze, ma vedevo che era spaventato, e per un paio di mesi riuscì a controllarsi. Poi riprese a bere. E le cose andarono avanti così finché si avvicinò il congedo.

«Prima di venire qui lo pregai, lo implorai di fare attenzione. Non volevo che scopriste con che uomo mi ero sposata. Per tutto il periodo che passammo in Inghilterra si comportò bene, e prima di reimbarcarci lo misi in guardia. Era molto legato a Joan, ne andava fiero, e lei gli era molto affezionata; ha sempre voluto più bene a lui che a me. Gli domandai se era sua intenzione che sua figlia crescesse considerandolo un alcolizzato, e scoprii di aver finalmente trovato un argomento che faceva presa. Quell'idea lo spaventò a morte. Gli dissi che non lo avrei consentito, e che se si fosse fatto vedere ubriaco da Joan anche una sola volta gliel'avrei portata via senza esitare un istante. Ebbene, a queste parole sbiancò. Quella sera mi inginocchiai e ringraziai il Signore: avevo finalmente trovato il modo di salvare mio marito.

«Mi disse che se lo aiutavo avrebbe fatto un nuovo tentativo. Decidemmo di affrontare il problema insieme, e lui ce la mise tutta. Quando sentiva che *doveva* bere, veniva da me. Sapete che aveva la tendenza a essere pomposo; con me invece era umile, era un bambino; dipendeva da me. Forse non mi amava quando mi ha sposata, ma senza dubbio mi amava ora, amava me e Joan. Io l'avevo odiato, per l'umiliazione, perché mi dava il voltastomaco quando da ubriaco tentava di darsi un tono e apparire importante; ma adesso nel mio cuore c'era un sentimento singolare. Non era amore, ma una strana, timida tenerezza. Harold era qualcosa di più di un semplice marito; era come un bimbo che avevo portato in grembo, accanto al cuore, per mesi lunghi e faticosi. Andava così fiero di me, e io, be', anch'io ero fiera di lui. I suoi discorsi interminabili non mi irritavano più, e trovavo divertenti e addirittura affascinanti quei suoi modi tanto solenni. Alla fine la spuntammo: non toccò un goccio di alcol per due anni interi. La smania gli era passata. Poteva perfino scherzarci su.

« A quel tempo Mr Simpson ci aveva lasciati e con noi c'era un altro giovane di nome Francis.

« "Sai, Francis, io sono un alcolista ravveduto" gli aveva detto Harold una volta. "Se non fosse stato per mia moglie, mi avrebbero cacciato da un pezzo. Ho la migliore moglie del mondo, Francis".

« Non potete immaginare che piacere mi fecero quelle parole. Sentii che era valsa la pena di sopportare tutto quello che avevo dovuto sopportare. Ero felice ».

Millicent tacque. Pensò all'ampio fiume giallo e torbido sulle cui rive aveva vissuto tanto a lungo. Le egrette, bianche e lucenti nel tremolio del crepuscolo, volavano a stormi sull'acqua; volavano basse e veloci, poi si disperdevano. Erano come una cascata di note nivee, dolci, pure e primaverili prodotte da dita invisibili; un arpeggio divino su un'arpa invisibile. Si libravano tra le rive verdi avvolte nelle ombre della sera come i pensieri felici di una mente appagata.

« Poi Joan si ammalò. Per tre settimane fummo preoccupatissimi. Il medico più vicino si trovava a Kuala Solor, e dovemmo accontentarci delle cure di uno speziale indigeno. Quando infine migliorò la portai nel bungalow alla bocca del fiume per farle respirare un po' di aria marittima. Ci rimanemmo una settimana. Da quando avevo partorito era la prima volta che mi separavo da Harold. Non lontano c'era un villaggio di pescatori su palafitte, ma altrimenti eravamo totalmente sole. Pensai molto a Harold, con tanta tenerezza, e mi resi conto di amarlo. Fui contentissima di scorgere il *praho* che ci avrebbe riportate a casa, perché non vedevo l'ora di dirglielo. Ero sicura che gli avrebbe fatto piacere sentirlo. Non so nemmeno dirvi quanto ero felice. Mentre risalivamo la corrente il vogatore mi disse che Mr Francis si era dovuto recare nell'entroterra per arrestare una donna che aveva ucciso il marito. Era via da un paio di giorni.

«Fui sorpresa di non vedere Harold sul molo ad aspettarci. In genere era molto puntiglioso in quelle occasioni; diceva sempre che i coniugi dovrebbero trattarsi con la stessa cortesia che usano agli estranei. Non riuscivo proprio a immaginare cosa potesse averlo trattenuto. Risalii la collina su cui si ergeva il bungalow; l'*ayah* mi seguiva portando Joan in braccio. Il bungalow sembrava insolitamente silenzioso. Pareva che non ci fossero in giro nemmeno i domestici; non mi raccapezzavo. Iniziai a pensare che Harold non fosse stato avvisato del nostro arrivo e dunque fosse uscito. Salii le scale. Joan aveva sete e l'*ayah* la accompagnò nelle stanze della servitù per darle da bere. Harold non era in salotto. Lo chiamai, ma non ottenni risposta. Mi dispiacque, avevo proprio sperato di trovarlo a casa. Andai in camera da letto. No, Harold non era uscito; era lì che dormiva. Trovai la cosa divertente, poiché lui ribadiva spesso che di pomeriggio non dormiva mai: la trovava un'abitudine inutile che i bianchi non avrebbero dovuto assecondare. Mi avvicinai piano piano al letto. Pensai di fargli un piccolo scherzo. Aprii la zanzariera. Giaceva sulla schiena con addosso solo il *sarong*; accanto a lui c'era una bottiglia di whisky vuota. Era ubriaco.

«Aveva ripreso a bere. Tutti gli sforzi che avevo fatto in quegli anni erano sprecati. Il sogno si infranse. Non c'era più speranza. Non ci vidi più dalla rabbia».

Il viso di Millicent tornò a tingersi di rosso cupo e le mani strinsero i braccioli della poltrona.

«Lo presi per le spalle e mi misi a scuoterlo con tutte

le mie forze. “Animale,” gli gridavo “animale che non sei altro!”. Ero così arrabbiata che non so cosa feci, non so cosa dissi. Continuai a scuoterlo. Non potete immaginarvi com’era ripugnante quell’omone grasso mezzo nudo; non si sbarbava da giorni e la faccia era gonfia e violacea. Aveva il respiro greve. Io urlavo ma lui non se ne accorgeva nemmeno. Cercai di tirarlo giù dal letto, ma era troppo pesante. Rimaneva lì immobile. “Apri gli occhi!” gridai. Lo scossi di nuovo. Lo odiavo. E lo odiavo ancora di più perché per una settimana lo avevo amato con tutto il mio cuore. Mi aveva tradita. Tradita. Gli volevo dire che bestia immonda era. Ma lui neanche sapeva che ero lì. “Te li faccio aprire io gli occhi!” urlai. L’avrei obbligato a guardarmi in faccia».

La vedova si passò la lingua sulle labbra secche. Aveva il respiro affannoso. Tacque.

«Se era in quelle condizioni, io l’avrei lasciato dormire» disse Kathleen.

«Sulla parete accanto al letto c’era un *parang*. Lo sapete che Harold aveva la passione degli oggetti curiosi».

«Cos’è un *parang*?» chiese Mrs Skinner.

«Cara, non essere sciocca» la riprese irritato il marito. «Ce n’è uno proprio sulla parete alle tue spalle».

E indicò il lungo pugnale malese che per qualche motivo stava inconsciamente fissando da un po’. Mrs Skinner si ritrasse nell’angolo del divano con un moto di spavento, come se le avessero detto che accanto a lei c’era un serpente velenoso.

«E dalla gola di Harold sgorgò il sangue. Un ampio squarcio rosso la passava da parte a parte».

«Millicent!» gridò Kathleen con uno scatto, gettandosi quasi verso la sorella. «In nome di Dio, che cosa stai dicendo?».

Mrs Skinner la fissava impietrita, gli occhi e la bocca spalancati.

«Il *parang* non era più sulla parete. Era sul letto. Allora Harold aprì gli occhi. Erano identici a quelli di Joan».

«Non capisco» disse Mr Skinner. «Come ha potuto suicidarsi se era nello stato che hai descritto?».

Kathleen afferrò la sorella per il braccio e la scosse con rabbia.

«Millicent, buon Dio, spiegati!».

Millicent si liberò dalla stretta.

«Il *parang* era sulla parete, ve l'ho detto. Non so cosa sia accaduto. C'era sangue dappertutto, e Harold ha aperto gli occhi. È morto quasi all'istante. Non ha detto nulla, ma ha emesso una specie di rantolo».

Mr Skinner ci mise un po' a ritrovare la parola.

«Sciagurata, questo è omicidio!».

Millicent, il viso chiazzato di rosso, gli lanciò uno sguardo così carico di odio sprezzante che lui si ritrasse. Mrs Skinner strillò:

«Millicent, non sei stata tu, vero?».

A quel punto Millicent fece una cosa che gelò il sangue nelle vene a tutti e tre. Scoppiò a ridere.

«Non saprei chi altro, allora» disse poi.

«Mio Dio» mormorò Mr Skinner.

Kathleen era dritta come un fuso, le mani premute contro il cuore, come se non ne tollerasse i battiti.

«E poi cos'è successo?» chiese.

«Urlai. Andai alla finestra e la spalancai. Chiamai l'*ayah*, che accorse con Joan. "Senza Joan!" mi sgolai. "Non lasciarla avvicinare!". Lei fece venire il cuoco e gliela affidò. Le intimai di muoversi. Quando arrivò le mostrai Harold. "Il *tuan* si è ucciso!" gridai. Lei lanciò un urlo e corse fuori.

«Nessuno osava avvicinarsi. Erano tutti fuori di sé dalla paura. Scrissi una lettera a Francis per raccontargli cos'era successo e dirgli di venire immediatamente».

«In che senso, gli hai scritto cos'era successo?».

«Gli scrissi che, al mio ritorno dalla bocca del fiume, avevo trovato Harold con la gola squarciata. Sapete, ai tropici la gente la devi seppellire in fretta. Mi procurai una bara cinese, e i soldati scavarono una fossa dietro il forte. Quando arrivò Francis, Harold era già sepolto da un paio di giorni. Era soltanto un ragazzo, potevo abbindolarlo come volevo. Gli dissi che avevo trovato Harold con il *parang* in pugno e non c'erano dubbi che si fosse tolto la vita in un attacco di *delirium tremens*. Gli mostrai la bottiglia vuota. I domestici confermarono che si era messo a bere pesantemente appena ero partita per il mare. A Kuala Solor raccontai la stessa storia. Furono tutti molto gentili con me, e il governo mi stanziò una pensione».

Per qualche istante nessuno fiatò. Infine Mr Skinner riuscì a riprendersi.

«Sono membro della professione forense. Un avvocato. Ho dei doveri. Il nostro studio è sempre stato tra i più rispettabili. Mi metti in una posizione terribile».

Brancolava cercando locuzioni che giocavano a nascondino nelle sue facoltà obnubilate. Millicent lo guardò sprezzante.

«Che cosa intendi fare?».

«È omicidio, ecco cos'è; credi forse che mi sia possibile conviverci?».

«Non dire sciocchezze, papà» disse Kathleen, brusca. «Non puoi denunciare tua figlia».

«In una posizione terribile, mi metti» ripeté lui.

Millicent scrollò le spalle.

«Siete voi che me l'avete fatto raccontare. Ma io ho dovuto portarmelo dentro abbastanza a lungo, questo fardello. Era ora che lo portaste anche voi».

In quel mentre la domestica aprì la porta.

«Davis è qui con la macchina, signore» disse.

Kathleen ebbe la presenza di spirito di rispondere qualcosa, e la domestica si ritirò.

«Sarà meglio metterci in strada» disse Millicent.

«Non posso andare alla festa in queste condizioni» esclamò Mrs Skinner colma di orrore. «Sono troppo sconvolta. Come potremo guardare in faccia gli Heywood? E il vescovo vorrà fare la tua conoscenza».

Millicent fece un gesto indifferente. Negli occhi aveva ancora quella sua espressione ironica.

«Mamma, dobbiamo andare» disse Kathleen. «Apparirebbe alquanto strano se ce ne rimanessimo a casa». Si rivolse a Millicent con ira. «Questa storia è proprio di cattivo gusto».

Mrs Skinner, inerme, guardò il marito. Lui la aiutò ad alzarsi dal divano.

«Temo proprio che dovremo andarci» le disse.

«E io con la mia toque con le piume di egretta che Harold mi diede con le sue mani!» gemette lei.

Il marito l'accompagnò fuori dal salotto. Li seguiva Kathleen, e qualche passo più indietro veniva Millicent.

«Ci si fa l'abitudine, sapete» disse loro quest'ultima in tono pacato. «All'inizio non riuscivo a togliermelo dalla testa, ma ora me ne dimentico anche per due o tre giorni di seguito. Non c'è niente da temere».

Nessuno rispose. Attraversarono l'atrio e uscirono dal portone. Le tre donne si sedettero sul sedile posteriore e Mr Skinner prese posto accanto all'autista. Era una vecchia automobile, senza avviamento automatico, e Davis dovette scendere a girare la manovella. Mr Skinner si voltò a guardare Millicent, stizzito.

«Non sarei mai dovuto venire a saperlo» disse. «Lo trovo oltremodo egoista da parte tua».

Davis tornò a sedersi e si avviarono verso la festa nel giardino del canonico.

IL SOGNO

Nell'agosto del 1917 i miei incarichi mi portarono a viaggiare da New York a Pietrogrado, e per ragioni di sicurezza mi fu consigliato di andarci via Vladivostok. Ci arrivai di mattina e trascorsi quella giornata vuota come meglio potei. Da quel che ricordo, il treno della Transiberiana sarebbe dovuto partire alle nove di sera, e così mi apprestai a cenare da solo al ristorante della stazione. Era gremito e dovetti condividere un tavolino con un uomo dall'aspetto bizzarro. Era russo, un tipo alto ma incredibilmente grosso; aveva una pancia tale che era costretto a sedere a una certa distanza dal tavolo. Le mani, piccole per la stazza, sparivano sotto rotoli di grasso. I capelli neri, fini e di una certa lunghezza, erano pettinati con un accurato riporto per celare la calvizie, e il faccione giallastro dall'enorme pappagorgia, molto ben rasato, dava la sensazione di un'indecente nudità. Il naso era piccolo e pareva uno strano bottoncino in mezzo a quell'ammasso di carne; e piccoli erano anche gli occhi neri e luccicanti. La bocca invece era larga, rossa e sensuale. Era un uomo piuttosto elegante, con un completo nero che però, senza essere logoro, aveva l'aria trasandata, come se non fosse mai stato stirato o spazzolato.

Il servizio era pessimo, e attirare l'attenzione di un cameriere era pressoché impossibile. Ben presto ci mettemmo a conversare. Il russo parlava bene l'inglese, con un accento marcato ma non fastidioso. Mi fece parecchie domande su di me e sui miei programmi, alle quali risposi mentendo con aria franca; il mio mestiere di allora mi imponeva cautela. Gli dissi che facevo il giornalista. Mi domandò se scrivevo anche narrativa, e quando gli risposi che nel tempo libero mi capitava di farlo si mise a parlare degli autori russi contemporanei. Diceva cose intelligenti. Era chiaro che si trattava di una persona colta.

Nel frattempo eravamo riusciti a convincere il cameriere a portarci un po' di zuppa di cavolo; il mio commensale trasse di tasca una bottiglietta di vodka e mi invitò a berla con lui. Non saprei se fosse così comunicativo per via della vodka o della naturale loquacità della sua razza, sta di fatto che, senza che io gli avessi chiesto nulla, prese a raccontarmi molte cose su di sé. A quanto pareva era nobile di nascita, avvocato di professione e radicale di vedute. Qualche guaio con le autorità l'aveva costretto a trascorrere parecchio tempo all'estero, ma ora stava tornando a casa. Si era dovuto trattenere a Vladivostok per lavoro, e sperava di ripartire per Mosca di lì a una settimana. Se fossi capitato da quelle parti sarebbe stato lietissimo di rivedermi.

«Lei è sposato?» mi chiese.

Non mi pareva che fossero affari suoi, ma gli risposi di sì.

Emise un lieve sospiro.

«Io sono vedovo» disse. «Mia moglie era svizzera, ginevrina. Una donna molto raffinata. Sapeva l'inglese, il tedesco e l'italiano. Il francese, ovviamente, era la sua lingua madre. Parlava il russo molto meglio di tanti stranieri, quasi senza accento».

Fermò un cameriere che passava con un vassoio pieno di piatti e immagino che gli chiedesse – poiché allora di russo sapevo solo poche parole – quanto ancora avremmo dovuto aspettare per la portata successiva. Il cameriere bofonchiò qualcosa di rassicurante e passò oltre. Il mio amico sospirò.

«Dopo la rivoluzione di febbraio, il servizio nei ristoranti è diventato abominevole».

Si accese la ventesima sigaretta mentre io, guardando l'ora, mi chiedevo se sarei riuscito a fare un pasto completo prima di mettermi in viaggio.

«Mia moglie era una donna notevolissima» seguitò. «Insegnava le lingue in una delle migliori scuole femminili, frequentata dalle figlie dei nobili di Pietrogrado. Per diversi anni andammo d'amore e d'accordo. Ma era una donna assai gelosa, e purtroppo mi amava alla follia».

Dovetti fare uno sforzo per restare serio: era uno degli uomini più brutti che avessi mai visto. Talvolta un uomo grasso, gioviale e rubicondo, può avere un certo fascino, ma quella obesità saturnina era repellente.

«Non posso fingere di esserle stato fedele. Non era più giovanissima quando ci sposammo, e siamo stati sposati dieci anni. Era piccola, magra, aveva una brutta carnagione e la lingua velenosa. Era furiosamente possessiva, e non sopportava l'idea che potessi essere attratto da qualcuno che non fosse lei: non era gelosa soltanto delle donne, ma anche dei miei amici, del gatto e dei miei libri. Una volta, mentre ero in viaggio, diede via un mio cappotto solo perché era quello che preferivo; ma ho un carattere impulsivo anch'io. Era faticosa, non posso negarlo, ma accettavo la sua indole belligerante come la volontà divina, e non mi sarebbe venuto in mente di ribellarmi come non mi sarei ribellato al maltempo o a un'infreddatura. Respingevo le sue accuse finché mi era possibile, e quando non era più possibile alzavo le spalle e mi accendevo una sigaretta.

«Le sue continue scenate non mi preoccupavano più di tanto. Facevo la mia vita. A volte mi domandavo se quel che provava per me fosse amore passionale o piuttosto odio passionale. Mi sembrava che amore e odio fossero stretti alleati.

«Avremmo potuto continuare così per sempre se non fosse accaduta una cosa assai curiosa. Una notte mia moglie si svegliò con un urlo lancinante. Sbigottito, le chiesi cosa fosse successo, e lei mi disse di aver avuto un terribile incubo: aveva sognato che cercavo di ucciderla. Abitavamo all'ultimo piano di una grande casa e la tromba delle scale era ampia. Aveva sognato che, arrivati sul pianerottolo, avevo cercato di spingerla oltre la balaustra. Sei piani ci separavano dal pavimento di pietra, e la caduta avrebbe significato morte sicura.

«Era molto scossa, e io feci del mio meglio per rincuorarla. Ma il mattino seguente, e poi per altri due o tre giorni, continuò a menzionare quella faccenda e, malgrado ne ridessi, capii che non riusciva a togliersela dalla mente. E anch'io non potevo evitare di pensarci, poiché quel sogno mi mostrava una cosa che non avevo mai sospettato prima di allora: mia moglie era convinta che io la odiassi, e che sarei stato felice di liberarmi di lei. Sapeva certamente di essere insopportabile, e doveva ritenermi capace di ucciderla. I pensieri umani sono imprevedibili; per la testa ci passano idee che non oseremmo mai confessare. A volte mi era capitato di sperare che fuggisse con un amante, altre volte che una morte rapida e indolore mi restituisse la libertà; ma mai e poi mai avevo considerato di sgravarmi intenzionalmente di quel fardello.

«Il sogno ci turbò profondamente. Terrorizzò mia moglie, che per un po' si fece meno acida e più tollerante. Io, invece, non riuscivo a rincasare senza guardare giù dalle scale e pensare a come sarebbe stato facile compiere il gesto che lei aveva sognato.

«La balaustra era pericolosamente bassa; una sola, rapida mossa e la cosa era fatta. Faticavo a scacciare quel pensiero dalla mente. Qualche mese dopo mia moglie mi svegliò di nuovo nel mezzo della notte. Io ero molto stanco e irritato, lei pallida e tremante. Aveva rifatto lo stesso sogno. Scoppiò a piangere e mi chiese se la odiavo. Io giurai su tutti i santi del calendario russo che l'amavo. Alla fine si riaddormentò, ma io non ci riuscivo. Rimasi lì, insonne. Continuavo a vederla mentre precipitava giù dalla tromba delle scale; sentivo il suo grido e il tonfo sordo sul pavimento di pietra. Ero scosso dai brividi».

Il russo fece una pausa; la sua fronte era imperlata di sudore. Aveva raccontato bene la storia, in modo scorrevole, e l'avevo ascoltato con attenzione. Nella bottiglia rimaneva ancora un po' di vodka; se la versò e la bevve d'un fiato.

«E come è morta sua moglie?» chiesi dopo un momento di silenzio.

Lui tirò fuori un fazzoletto lercio e si asciugò la fronte.

«Pensi che straordinaria coincidenza: una sera l'hanno trovata in fondo alle scale con il collo spezzato».

«Chi l'ha trovata?».

«Uno degli inquilini, rientrato poco dopo che era avvenuta la catastrofe».

«E lei dov'era?».

Non so descrivere lo sguardo di maliziosa astuzia che mi lanciò. I suoi occhietti neri scintillarono.

«Ero in visita da un amico. Rincasai solo un'ora più tardi».

In quel mentre il cameriere ci servì la carne, e il russo prese a rimpinzarsi con notevole appetito. Si ficcava in bocca enormi bocconi.

Ero esterrefatto. Mi aveva davvero raccontato, e in modo così poco velato, di aver ucciso sua moglie? Quell'uomo indolente e obeso non sembrava proprio un assassino; non potevo credere che avesse il coraggio necessario. O si era solo divertito a prendermi in giro?

Dopo pochi minuti dovetti andare a prendere il treno; mi congedai e non lo rividi mai più. Ma non sono mai riuscito a capire se fosse serio oppure no.

LA VIRTÙ

Non c'è niente di meglio di un buon Havana. Quando ero giovane e squattrinato e il sigaro lo fumavo solo se me lo offrivano, decisi che se mai me lo fossi potuto permettere ne avrei fumato uno dopo pranzo e uno dopo cena ogni santo giorno. È l'unico proposito giovanile che ho mantenuto, e l'unica ambizione che ho realizzato senza provare l'amarezza del disinganno. Mi piacciono i sigari leggeri ma aromatici, non così sottili da finire prima che mi sia accorto di averli accesi, né così grossi da diventare fastidiosi, rollati in modo da bruciare senza alcuno sforzo consapevole da parte mia, avvolti in una foglia che non lasci residui sulle labbra, e stagionati al punto giusto, tanto da mantenere il sapore proprio fino alla fine. Ma una volta aspirata l'ultima boccata, spento il mozzicone informe e osservata l'ultima nuvola azzurrina che si dissolve nell'aria circostante, le anime sensibili non possono non provare una certa malinconia al pensiero di tutto il lavoro, la cura e la fatica ormai vanificati, e l'impegno, le pene, la complicata organizzazione che ci sono voluti per procurarsi quella mezz'ora di piacere. Tanti uomini hanno sudato per anni sotto i soli tropicali, e tante navi hanno solcato i sette mari. Riflessioni che si fanno ancora più intense quando mangi una dozzina di ostriche (con una mezza bottiglia di vino bianco secco), e quasi intollerabili se hai di fronte una costoletta d'agnello. Perché quelli sono animali; e come non restare abbacinati al pensiero che da generazioni e generazioni e milioni e milioni di anni, cioè da quando la superficie terrestre può ospitare la vita, le creature esistono per finire su un letto di ghiaccio tritato o su una griglia d'argento? Forse una fantasia pigra non coglie la terribile solennità insita nel gesto di mangiare un'ostrica: in fondo l'evoluzione ci ha insegnato che nei secoli i bivalvi si sono mantenuti uguali a se stessi, in una guisa che certo non invita alla solidarietà. Il loro tronfio riserbo offende lo spirito dell'uomo, sempre desideroso di attenzione, e indispettisce la sua vanità. Ma proprio non so concepire come qualcuno possa posare gli occhi su una costoletta di agnello senza essere assalito da laceranti pensieri: qui l'uomo ci ha messo del suo, e la storia della nostra razza è strettamente legata al tenero boccone che sta lì sul piatto.

Talvolta anche il destino degli esseri umani può sembrare curioso. È strano osservare le persone qualunque – l'impiegato di banca, lo spazzino, la ballerina non più giovane in seconda fila – e pensare all'interminabile storia che hanno alle spalle, e alla lunga, lunghissima serie di eventi fortuiti con cui, partendo dal brodo primordiale, il corso delle cose li ha portati a trovarsi proprio qui e proprio ora. Dato che sono state necessarie tante mirabolanti vicissitudini al puro scopo di farli convergere, verrebbe da pensare che essi siano pregni di un significato straordinario; si direbbe che essi abbiano una qualche importanza per lo Spirito vitale, o chiunque sia che li ha creati. Ma poi basta un mero accidente perché il filo si spezzi. La vicenda iniziata insieme al mondo finisce bruscamente, e ha tutta l'aria di non significare nulla. La storia raccontata da un idiota. E non è strano che una sorte tanto drammatica sia scatenata da una causa così banale?

Un episodio qualsiasi, di nessun conto, ha conseguenze incalcolabili. Sembra proprio che la cieca sorte governi ogni cosa. Le nostre azioni più marginali possono influenzare profondamente le vite di persone a noi del tutto estranee: ciò che vi sto per raccontare non sarebbe mai accaduto se io un giorno non avessi attraversato la strada. La vita è oltremodo fantastica, e bisogna avere un senso dell'umorismo tutto speciale per trovarla divertente.

Una mattina di primavera passeggiavo in Bond Street, e siccome fino all'ora di pranzo non avevo impegni particolari pensai di fare un salto da Sotheby's, la casa d'aste, per vedere se c'era qualcosa di interessante. Le automobili erano ferme nel traffico e attraversai dove capitava. Arrivato dall'altra parte mi trovai davanti un tizio che avevo conosciuto nel Borneo. Usciva da un cappellaio.

« Salve, Morton » lo salutai. « Quando è tornato in Inghilterra? ».

« Una settimana fa ».

Era un ufficiale distrettuale. Il governatore mi aveva dato una lettera di raccomandazione per lui, e io gli avevo scritto che sarei stato una settimana dalle sue parti e avrei gradito risiedere in uno degli alloggi governativi. Morton venne a prendermi al porto e mi invitò a casa sua. Cercai di declinare l'invito. Non vedevo come avrei potuto passare una settimana a casa con un perfetto sconosciuto, non volevo che si accollasse le mie spese, e pensavo che sarei stato più libero per conto mio. Ma lui non volle sentire ragioni.

« Ho tantissimo spazio, » disse « e gli alloggi governativi sono pessimi. E poi sono sei mesi che non parlo con un bianco e ne ho fin sopra i capelli di farmi compagnia da solo ».

Ma quando mi ebbe convinto e la lancia ci depositò al suo bungalow e ci trovammo con un bicchiere in mano, Morton non aveva la più pallida idea di come intrattenermi. Fu preso da un'improvvisa timidezza e la sua conversazione, che fino ad allora era stata fluida e spontanea, si prosciugò. Feci del mio meglio per farlo sentire a suo agio (era il minimo che potessi fare, visto che ero suo ospite) e gli chiesi se aveva dei dischi nuovi. Accese il grammofono e il ritmo del ragtime parve rinfrancarlo.

Il bungalow si affacciava sul fiume e il salotto consisteva in una lunga veranda. Era arredato nel modo impersonale che caratterizza le abitazioni degli ufficiali governativi, trasferiti di qua e di là con poco preavviso a seconda delle necessità del servizio. Alle pareti, come decorazioni, erano appesi copricapi indigeni, corna di animali, cerbottane e armi. Sugli scaffali alcuni romanzi polizieschi e vecchie riviste. In un angolo c'era un piccolo pianoforte dai tasti ingialliti. Era tutto molto in disordine, ma comunque accogliente.

Purtroppo non ricordo bene l'aspetto di Morton. Era giovane – aveva ventotto anni, come scoprii in seguito – e il suo sorriso da ragazzino era davvero accattivante. Trascorsi una settimana gradevole in sua compagnia. Risalimmo il fiume e scalammo una montagna. Una volta pranzammo con due piantatori che vivevano a trenta chilometri da lì, e ogni sera andavamo al club. Gli unici suoi membri erano il gerente di una fabbrica di caucciù e i suoi assistenti, ma costoro non si parlavano, e solo perché Morton protestò che non lo si poteva piantare in asso quando aveva un ospite una volta riuscimmo a farci una partita a bridge. L'atmosfera era tesa. Di solito rincasavamo per cena, ascoltavamo i dischi e poi andavamo a dormire. In ufficio Morton aveva poco lavoro e ci si sarebbe aspettati che non sapesse cosa fare di tutto il tempo di cui disponeva, ma era un tipo energico ed entusiasta; si trattava del suo primo impiego ed era felice di essere indipendente. L'unico suo timore era di venir trasferito prima di aver terminato una strada che stava costruendo. Era la luce dei suoi occhi. Era stata un'idea sua e aveva convinto il governo a stanziargli i fondi; aveva ispezionato personalmente il terreno e disegnato il tracciato, risolvendo i problemi che erano sorti man mano senza l'aiuto di nessuno. Ogni mattina, prima di andare in ufficio, saltava su un vecchio furgone sgangherato e andava a controllare i progressi dei coolie. Non pensava ad altro, se la sognava di notte, quella strada. Calcolava che per finirla ci voleva ancora un anno e fino a quel momento non voleva prendere congedo. Non avrebbe lavorato con più trasporto se fosse stato un pittore o uno scultore intento a creare un'opera d'arte. Credo sia stata quella passione a incuriosirmi: mi piaceva il suo zelo, mi piaceva la sua ingenuità. E mi colpiva il suo desiderio di riuscire, che relegava in secondo piano la solitudine della sua esistenza, le promozioni e perfino l'idea di tornare a casa. Non ricordo quanto fosse lunga la strada, sui trenta chilometri, mi sembra, né ricordo quale fosse la sua utilità. E dubito che per Morton avesse importanza. La sua era la passione dell'artista, e il suo trionfo sarebbe stato quello dell'uomo sulla natura. Imparava cammin facendo. Doveva battersi con la giungla, con le piogge torrenziali che distruggevano il lavoro di intere settimane, con inconvenienti topografici; doveva occuparsi di reclutare e gestire la manodopera; non disponeva di fondi sufficienti. Era la sua immaginazione a permettergli di andare avanti. Le fatiche assumevano una qualità epica e le vicissitudini dell'impresa andavano a comporre una grande saga che si dispiegava in un'infinità di episodi.

Il suo unico rammarico era che le giornate fossero troppo corte. Aveva doveri amministrativi, era il giudice e l'esattore delle tasse, il padre e la madre (a ventotto anni) della gente del distretto; di tanto in tanto doveva partire per perlustrazioni che lo tenevano via a lungo. E se non era sul posto, i lavori non avanzavano. Gli sarebbe piaciuto rimanere lì ventiquattr'ore al giorno per spronare i riluttanti coolie a sforzi ancora maggiori. Per caso, poco prima del mio arrivo, un episodio lo aveva riempito di giubilo. Morton voleva affidare la costruzione di un certo tratto di strada a un cinese, ma il cinese gli aveva chiesto più di quanto lui potesse pagare. Malgrado le interminabili discussioni, non erano riusciti a trovare un accordo e Morton, col sangue che gli ribolliva nelle vene, aveva visto il suo lavoro arenarsi. Era disperato. Ma un giorno, andando in ufficio, era venuto a sapere che la notte prima c'era stata una rissa in una delle case da gioco cinesi. Un coolie era stato ferito gravemente e l'aggressore era agli arresti. E l'aggressore era proprio quel cinese. L'uomo era stato processato e, a fronte di prove schiaccianti, Morton l'aveva condannato a diciotto mesi di lavori forzati.

«Adesso dovrà costruire quella maledetta strada senza alcun compenso» mi disse con gli occhi scintillanti quando mi raccontò la storia.

Un mattino vedemmo il tizio al lavoro, con indosso il *sarong* del carcere e l'aria noncurante. Sapeva davvero fare buon viso a cattivo gioco.

«Gli ho detto che una volta finita la strada gli condonerò il resto della pena,» disse Morton «ed è felice come una pasqua. Ho fatto un buon affare, non trova?».

Congedandomi da Morton gli dissi di farsi vivo quando fosse tornato in Inghilterra; mi promise che avrebbe scritto appena sbarcato. Simili inviti si fanno sullo slancio del momento, e in tutta sincerità; però, quando si viene presi in parola, si è colti da un leggero sgomento. In patria la gente è molto diversa da com'è altrove: all'estero sono tutti cordiali e spontanei, hanno cose interessanti da raccontare. Sono di una cortesia infinita, e uno non vede l'ora di ricambiare l'ospitalità. Ma non sempre funziona. Una volta trasportate nel tuo ambiente le persone che erano così piacevoli diventano scialbe, timide e impacciate. Gli fai conoscere i tuoi amici e i tuoi amici si annoiano a morte; si sforzano di essere gentili, ma tirano un sospiro di sollievo non appena i nuovi venuti ripartono e la conversazione può riprendere in maniera normale. Chi risiede in un paese lontano se ne rende conto già all'inizio della carriera, forse in seguito a esperienze sgradevoli o umilianti: ho notato che raramente approfitta dell'invito fatto così cordialmente in qualche avamposto al limitare della giungla, e a suo tempo così cordialmente accettato. Ma nel caso di Morton era diverso: lui era giovane e scapolo. In genere, il problema affligge le mogli; le altre donne ne notano subito i vestiti ineleganti e l'aspetto provinciale, e le gelano con la loro indifferenza. Ma un uomo può giocare a bridge, a tennis, e danzare. Morton aveva un suo fascino. Non dubitavo che dopo un paio di giorni si sarebbe trovato assolutamente a suo agio.

« Perché non mi ha fatto sapere del suo ritorno? » gli chiesi.

« Ho pensato che le avrei arrecato soltanto disturbo » sorrise lui.

« Ma che sciocchezza! ».

Certo, scambiare due chiacchiere con lui sul marciapiede di Bond Street mi faceva un'impressione strana. L'avevo sempre e solo visto coi calzoncini kaki e una camicia da tennis, tranne la sera quando tornavamo dal club e per cena si metteva il *sarong* e una casacca. Non esiste abito da sera più comodo di quello. Adesso, con il completo di serge blu aveva l'aria un po' impacciata. Il colletto bianco faceva risaltare l'abbronzatura del viso.

« E la sua strada? » chiesi.

« Terminata. Ho temuto di dover posticipare il congedo: ci siamo imbattuti in un paio di intoppi proprio verso la fine, ma ho spronato ben bene i coolie e il giorno prima di partire sono andato col furgone fino in fondo e ritorno dritto filato ».

Risi. Il suo piacere era palpabile.

« E cos'ha fatto finora a Londra? ».

« Ho acquistato degli abiti ».

« Si diverte? ».

« Eccome. Sono un po' solo, sa, ma pazienza. Sono andato a teatro ogni sera. Avrebbero dovuto essere qui anche i Palmer – se li ricorda? Mi pare li abbia conosciuti a Sarawak – e l'idea era di andarci insieme, ma sono dovuti partire per la Scozia perché la madre di lei è malata ».

Quelle parole, pronunciate così schiettamente, mi colpirono dritto al cuore. La sua era la situazione tipica; faceva una gran pena. Per mesi, per lunghi mesi prima della partenza, queste persone programmavano il congedo, e quando sbarcavano dalla nave non stavano più nella pelle dall'entusiasmo. Londra. Negozi, teatri, ristoranti, locali notturni. Londra. Avrebbero trascorso i più bei giorni della loro vita. Londra. La città li inghiottiva. Una città estranea, inquieta, non ostile ma indifferente, e loro vi si perdevano. Non avevano amici. Con le persone che incontravano non avevano niente da spartire. Si sentivano più soli che nella giungla. Era un sollievo se a teatro si imbattevano in qualcuno conosciuto in Oriente (e che magari trovavano antipatico o noiosissimo) e potevano andare a cena per farsi qualche bella risata, raccontarsi a vicenda di quanto si divertivano, parlare degli amici comuni e alla fine confidare timidamente l'uno all'altro che non gli sarebbe dispiaciuto poi tanto tornare al lavoro quando il congedo fosse finito. Andavano a trovare i parenti ed erano contenti di vederli, certo, ma non era più come una volta: si sentivano un po' estraniati e, per dirla tutta, la vita della gente in Inghilterra era di una noia mortale. Era splendido tornare a casa, ma non ci potevano più vivere, e ogni tanto pensavano al loro bungalow affacciato sul fiume e alle perlustrazioni nel distretto; e che spasso era andarsene di tanto in tanto a Sandakan o Kuching o Singapore!

Siccome ricordavo quello che Morton sognava di fare in congedo, una volta finita la strada, sentii una stretta al cuore immaginandolo a cena da solo in un triste locale notturno dove non conosceva un'anima o in un ristorante di Soho, per poi andare a vedere uno spettacolo senza nessuno al suo fianco per condividere il divertimento, nessuno con cui bere qualcosa durante l'intervallo. Allo stesso tempo mi dissi che se anche avessi saputo dal suo arrivo non sarei riuscito a fare molto per lui, poiché non avevo avuto un momento libero in tutta la settimana. Quella sera avrei cenato con amici e saremmo andati a teatro, e l'indomani mi sarei messo in viaggio.

«Cosa fa stasera?» gli chiesi.

«Vado al Pavilion. È strapieno, tutto esaurito, ma proprio qui vicino ho trovato un tizio fantastico che mi ha fatto avere il biglietto di qualcuno che ha disdetto. Un posto si riesce spesso a trovarlo, sa, quando è impossibile trovarne due».

«Perché dopo non viene a cena con noi? Anch'io vado a teatro con degli amici e poi andiamo da Ciro's».

«Oh, con molto piacere».

Fissammo un appuntamento per le undici e lo lasciai perché avevo un altro impegno.

Temevo che i miei amici non lo avrebbero entusiasmato, perché erano due persone di mezza età, ma in quel periodo dell'anno non c'era nessun giovane che avrei potuto invitare all'ultimo momento. E nessuna delle ragazze che conoscevo mi sarebbe stata grata se le avessi chiesto di venire a cena per danzare con un timidone appena sbarcato dalla Malesia. Però sui Bishop potevo contare; avrebbero fatto del loro meglio, e del resto lui poteva essere contento di andare in un locale ad ascoltare dei bravi musicisti e a veder ballare delle belle donne, piuttosto che andare a letto alle undici perché non sapeva più dove sbattere la testa. Conoscevo Charlie Bishop da quando studiavamo medicina. A quei tempi era un ragazzo esile coi capelli rossicci e i tratti rozzi, occhi belli, scuri e scintillanti, ma con gli occhiali. Aveva il viso tondo, colorito e allegro. Gli piacevano molto le donne. Suppongo che ci sapesse fare, poiché senza essere né ricco né bello era riuscito a conquistare una ragguardevole serie di fanciulle che gratificavano i suoi mutevoli desideri. Era intelligente e borioso, polemico e irascibile. Aveva uno humour caustico. Ripensandoci, devo ammettere che era un giovane piuttosto sgradevole, ma mai noioso. Ora, a cinquantacinque anni, si era fatto corpulento e totalmente calvo, ma dietro gli occhiali dalla montatura d'oro gli occhi erano ancora luminosi e vivaci. Era sentenzioso e un po' arrogante, sempre polemico e sarcastico, ma divertente e di indole buona. Quando conosci qualcuno da molto tempo, le sue stramberie non ti danno più fastidio; le accetti come accetti i tuoi difetti fisici. Di professione era patologo, e di tanto in tanto mi arrivava un libricino che aveva pubblicato. Erano sempre pubblicazioni austere ed estremamente tecniche, corredate di truci fotografie di batteri. Non le leggevo. Quel che a volte mi capitava di sentire mi induceva a pensare che le teorie di Charlie non fossero solide; dubito che fosse molto popolare presso i colleghi, che dal canto suo reputava una manica di idioti incompetenti; comunque aveva un impiego che gli rendeva sette o ottocento sterline l'anno, e non gli importava un fico secco di cosa la gente pensasse di lui.

A Charlie Bishop volevo bene perché lo conoscevo da trent'anni, ma a Margery, sua moglie, volevo bene perché era proprio una donna simpatica. Ero rimasto estremamente sorpreso quando lui mi aveva detto che si sarebbe sposato: aveva ormai quarant'anni suonati, ed era così volubile nei suoi affetti che ero convinto che sarebbe rimasto scapolo. Le donne gli piacevano molto, ma non era un romantico, e le sue mire erano licenziose. Le sue opinioni sul gentil sesso, in quei tempi idealistici, venivano considerate volgari. Sapeva cosa voleva e non si faceva problemi a chiederlo; e se non c'era verso si rivolgeva altrove con una scrollata di spalle. Per farla breve, non cercava le donne per gratificare il proprio ideale, ma per fornicare. Era strano che, piccolo e bruttino com'era, ne trovasse tante disposte a soddisfare i suoi desideri. I suoi bisogni spirituali, invece, erano appagati dagli organismi unicellulari. Aveva sempre parlato chiaro, e quando mi disse che stava per sposare una giovane donna di nome Margery Hobson non esitai a chiedergli schiettamente il perché. Lui sorrise.

« Tre ragioni » rispose. « La prima è che se no non viene a letto con me. La seconda è che mi fa ridere a crepapelle. La terza è che non ha nessuno al mondo, neanche mezzo parente, e ha bisogno di qualcuno che si prenda cura di lei».

«La prima è una smargiassata,» commentai «e la seconda un paravento. Quella vera è la terza: cioè che ti tiene in pugno».

Gli occhi scintillarono dolcemente dietro i grandi occhiali.

«Per una volta potresti anche aver ragione».

«Non solo ti tiene in pugno, ma la cosa ti fa felice».

«Vieni a pranzo con noi domani e dalle un'occhiata. Ne vale la pena».

Charlie era membro di un club misto che a quel tempo frequentavo parecchio, e decidemmo di vederci lì. Margery mi parve una donna molto piacevole; allora non aveva ancora compiuto trent'anni. Era di buona famiglia e notai la cosa con piacere, ma anche con una certa sorpresa, poiché non mi era sfuggito che di regola Charlie era attratto da donne il cui lignaggio lasciava un po' a desiderare. Era graziosa, con bei capelli scuri e begli occhi, e un colorito e un aspetto sani. I suoi modi diretti e spontanei erano molto attraenti. Appariva onesta, semplice e fidata. Mi piacque subito. Era affabile e, sebbene non dicesse nulla di davvero brillante, sapeva capire ciò di cui parlavano gli altri; era rapida a cogliere una battuta e non era timida. Dava l'impressione di essere capace e intraprendente. Possedeva una lieta placidità che denotava un buon carattere e un'ottima digestione.

Lei e Charlie sembravano perfettamente felici insieme. Quando avevo conosciuto Margery mi ero chiesto perché mai dovesse sposare quell'omino irritabile, già un po' calvo e non più giovane, ma ben presto capii che era innamorata. Si prendevano affettuosamente in giro e ridevano molto; di quando in quando i loro sguardi si incrociavano con maggiore intensità e sembravano scambiarsi un piccolo messaggio segreto. Era toccante.

Una settimana dopo il nostro incontro si sposarono all'ufficio di stato civile. Il loro fu un ottimo matrimonio: se pensavo a com'erano stati divertenti quei sedici anni di vita in comune veniva da ridere anche a me. Era la coppia più affiatata che conoscessi. Soldi non ne avevano mai avuti tanti; non gli interessavano. Non erano ambiziosi; la loro vita era un eterno picnic. Vivevano in Panton Street, nel più piccolo appartamento che avessi mai visto: una stanzetta da letto, un salottino, e un bagno che fungeva anche da cucina. Ma non erano casalinghi; usavano l'appartamento solo per dormire e fare colazione, e mangiavano al ristorante. Era una casetta accogliente, anche se una terza persona che andasse da loro a bere un whisky e soda la rendeva affollata, e Margery, con l'aiuto di una donna di servizio, la teneva pulita quanto lo consentiva il disordine di Charlie. Ma era anche molto anonima. I Bishop avevano una piccola utilitaria e appena Charlie era in vacanza attraversavano la Manica e, con una valigia ciascuno per bagaglio, finivano dove li portava l'estro del momento. I guasti non li disturbavano, il maltempo era parte dello svago, una foratura una mera bazzecola e se si perdevano e dovevano dormire all'addiaccio lo trovavano spassoso.

Charlie continuava a essere irascibile e polemico, ma nulla turbava l'amabile calma di Margery. Le bastava una parola per placarlo. Lo faceva ancora ridere. Batteva a macchina le sue monografie su oscuri batteri e correggeva le bozze dei suoi articoli per le riviste scientifiche. Una volta le chiesi se litigassero mai.

« No, » mi rispose « pare che non abbiamo mai niente su cui litigare. Charlie ha il carattere di un angelo ».

« Ma figurati, » le dissi « è un tipo dispotico, prevaricatore e bisbetico. Lo è sempre stato ».

Lei lo guardò ridendo, e vidi che pensava che scherzassi.

« Lascialo farneticare » disse Charlie. « È un ignorante sprovveduto che si riempie la bocca di parole di cui nemmeno conosce il significato ».

Erano carini insieme, felici l'uno in compagnia dell'altra, e cercavano di separarsi il meno possibile. Dopo tutti quegli anni di matrimonio, ogni giorno all'ora di pranzo Charlie saltava in macchina e attraversava la città per mangiare al ristorante con Margery. La gente rideva di loro, bonariamente ma anche con un po' di malizia, perché quando venivano invitati a un fine settimana in campagna accettavano solo a condizione di avere un letto matrimoniale: dormivano insieme da tanti anni ormai che nessuno dei due riusciva più a dormire da solo. Spesso la cosa creava un po' di imbarazzo. In genere mogli e mariti non solo pretendevano due stanze separate, ma si indispettivano se gli si chiedeva di condividere anche soltanto il bagno. Le case moderne non sono adatte per le coppie affiatate, ma la cerchia di amici finì per accettare che per avere i Bishop bisognava dare loro una camera con il letto a due piazze. Ovviamente c'era chi trovava la cosa un tantino indecente, ed era pur sempre una complicazione, ma Charlie e Margery erano una compagnia piacevole e valeva la pena di andare incontro alla loro fisima. Lui era sempre molto vivace e, nel suo modo caustico, assai spiritoso, mentre lei era pacifica e tranquilla. Non era necessario intrattenerli: una lunga passeggiata da soli li rendeva felici.

Quando un uomo si sposa, prima o poi la moglie finisce per allontanarlo dalle sue vecchie amicizie; Margery invece le rafforzò. Rendendolo più tollerante l'aveva fatto diventare più piacevole. Non davano l'impressione di una coppia sposata ma, stranamente, di due scapoli incalliti che vivano insieme; e se Margery, come accadeva di regola, si trovava a essere l'unica donna in mezzo a cinque o sei chiacchieroni sboccati e ridanciani, non ostacolava il cameratismo ma, anzi, lo favoriva. Durante i miei soggiorni in Inghilterra facevo sempre in modo di vederli. In genere cenavano al club che ho menzionato prima, e se ero solo li raggiungevo lì.

Quando quella sera ci trovammo per uno spuntino

prima dello spettacolo, dissi loro che avevo invitato a cena Morton.

«Temo che lo troverete noiosetto» dissi. «Ma è davvero un caro ragazzo ed è stato così gentile con me quando mi trovavo nel Borneo».

«Ma perché non me l'hai detto prima?» esclamò Margery. «Avrei invitato anche una ragazza».

«Ma cosa se ne fa di una ragazza,» disse Charlie «se ci sei tu?».

«Dubito che per un giovanotto ballare con una signora della mia età sia un gran divertimento» disse Margery.

«Sciocchezze. Che importanza vuoi che abbia l'età?» replicò Charlie. Si rivolse a me. «Hai mai danzato con qualcuno che balla meglio di lei?».

Mi era capitato, ma anche lei ballava molto bene. Era leggiadra nei movimenti e aveva un buon senso del ritmo.

«Mai» dissi con slancio.

Quando arrivammo da Ciro's, Morton era già lì ad aspettarci. In abito da sera la sua abbronzatura sembrava al limite dell'ustione. Forse perché sapevo che quegli indumenti erano stati chiusi per quattro anni in una scatola di latta piena di naftalina, ma ebbi l'impressione che non si sentisse a suo agio. Preferiva senz'altro i calzoncini kaki. Charlie Bishop era un buon oratore, e amava il suono della propria voce. Morton era timido. Gli feci portare un cocktail e ordinai dello champagne. Mi pareva che avesse voglia di danzare, ma non sapevo se gli sarebbe venuto in mente di invitare Margery. Ero acutamente consapevole che tutti noi appartenevamo a un'altra generazione.

«È mio dovere informarla che Mrs Bishop è una splendida ballerina» dissi.

«Davvero?». Morton arrossì lievemente. «Mi concederebbe questo ballo?».

Lei si alzò e scesero in pista. Margery era particolarmente graziosa quella sera, per nulla ricercata; dubito che il suo semplice abito nero fosse costato più di sei ghinee, ma era molto elegante. Aveva due bellissime gambe, e a quei tempi si portavano ancora gonne molto corte. Immagino che avesse messo un po' di trucco, ma rispetto alle altre donne in sala appariva alquanto naturale. I capelli a caschetto le donavano; erano lucenti, e non ne aveva ancora neanche uno bianco. Non era bella, ma aveva un garbo, un'aria florida e sana che, se non ti davano l'illusione che lo fosse, almeno ti facevano sentire che la bellezza non aveva nessuna importanza. Quando tornò al tavolo le brillavano gli occhi e il viso era di un colorito acceso.

« Balla bene? » le chiese il marito.

« Divinamente ».

« Danzare con lei è molto facile » disse Morton.

Charlie riprese il suo discorso. Aveva un senso dell'umorismo sardonico, e sapeva interessarti perché era lui il primo a provare un grande interesse per quello che diceva. Ma si dilungava su questioni di cui Morton non sapeva nulla. Lui ascoltava educatamente, ma vedevo che era troppo eccitato dalla vivacità della scena, dalla musica, dallo champagne, per prestare davvero attenzione al suo interlocutore. Appena riprese la musica i suoi occhi cercarono quelli di Margery. Charlie colse lo sguardo e sorrise.

« Vai a ballare con lui, Margery. Mi fa bene alla linea guardarti ».

Tornarono in pista e per un momento Charlie la osservò con occhi affettuosi.

« Margery si sta divertendo un mondo. Adora ballare, e a me manca il fiato dopo un minuto. Un ragazzo a posto, quel Morton ».

Fu una bella serata; dopo aver salutato i Bishop, Morton e io ci incamminammo verso Piccadilly Circus e lui mi ringraziò di cuore. Si era divertito tantissimo. La mattina seguente mi misi in viaggio.

Mi rincresceva non aver potuto fare di più per Morton e sapevo che sarebbe ripartito prima del mio ritorno. Mi capitò di pensare a lui qualche volta, ma l'autunno successivo, al mio rientro, me ne ero completamente scordato. Dopo una settimana che ero a Londra passai dal club di cui era membro anche Charlie Bishop. Lo scorsi seduto con un paio di altre persone che conoscevo e mi diressi al loro tavolo; era la prima volta che li incontravo da quando ero tornato. Uno di loro, un certo Bill Marsh, la cui moglie, Janet, era una mia cara amica, mi invitò a bere qualcosa.

«Da dove salti fuori?» mi chiese Charlie. «È da un bel po' che non ti si vede».

Capii subito che era ubriaco, e la cosa mi stupì. A Charlie era sempre piaciuto bere, ma reggeva bene l'alcol e non passava mai la misura. Anni addietro, quando eravamo giovani, gli capitava di prendersi qualche sbornia, ma più che altro per mettersi in mostra, e a un uomo non si rinfacciano gli eccessi della gioventù. Comunque ricordavo fin troppo bene che da ubriaco non era mai stato gradevole: la sua aggressività naturale si esasperava, parlava troppo e troppo forte, tendeva a essere litigioso. Ora sputava sentenze, senza sentire ragioni e rifiutando di ascoltare le obiezioni alle sue sparate. Gli altri sapevano che era sbronzo, ed erano divisi tra l'irritazione per i suoi modi burberi e la tolleranza bonaria richiesta da quella condizione. Non era un bello spettacolo: un uomo di quell'età, calvo, grassoccio e occhialuto, da ubriaco fa ribrezzo. Di norma era piuttosto elegante, ma adesso era in disordine e coperto di cenere di tabacco. Charlie chiamò il cameriere e ordinò un altro whisky. Il cameriere lavorava lì da trent'anni.

«Ne ha già uno davanti a sé, signore».

«Si faccia gli affaracci suoi» rispose Charlie Bishop. «Mi porti subito un whisky doppio o mi lamenterò della sua insolenza col segretario».

«Bene, signore» disse il cameriere.

Charlie vuotò il bicchiere d'un fiato, ma le mani erano malcerte e si versò addosso un po' di liquore.

«Allora, Charlie caro, sarà meglio che andiamo a dormire» disse Bill Marsh. Si rivolse a me. «Charlie sta da noi, al momento».

Ero ancora più sorpreso. Ma capii che qualcosa non andava e preferii non dire niente.

«Sono pronto» disse Charlie. «Mi faccio solo il bicchiere della staffa prima di andare. Mi aiuta a dormire».

Mi parve che la cosa sarebbe andata ancora per le lunghe, così mi alzai e dissi che mi sarei ritirato.

«Senti,» disse Bill mentre salutavo «vuoi venire a cena da noi domani sera? Siamo solo io, Janet e Charlie».

«Certo, con molto piacere» risposi.

C'era decisamente sotto qualcosa.

I Marsh vivevano in una bella casa sul lato est di Regent's Park. La domestica che venne ad aprirmi mi fece accomodare nello studio del padrone di casa; lui era lì ad aspettarmi.

«Ho pensato che fosse meglio scambiare due parole prima di salire di sopra» mi disse dandomi la mano. «Lo sai che Margery ha lasciato Charlie?».

«No!».

«Lui l'ha presa molto male. Janet ha pensato che rimanere da solo in quell'appartamentino miserabile sarebbe stata una tortura, quindi l'abbiamo invitato qui per un po'. Abbiamo fatto tutto quel che abbiamo potuto. Beve come una spugna, e sono due settimane che non chiude occhio».

«Ma lei non l'avrà mica piantato sul serio?».

Non potevo crederci.

«Sì, invece. Ha perso la testa per un certo Morton».

«Morton? E chi è?».

Non mi passò nemmeno per la testa che potesse essere il mio amico del Borneo.

«Ma che diamine, gliel'hai presentato tu! Bravo, complimenti. Andiamo di sopra. Mi sembrava giusto avvertirti».

Aprì la porta e salimmo di sopra. Ero scombussolato.

«Aspetta ancora un momento...» dissi.

«Parlane con Janet. Lei sa tutto. Io non ci capisco niente. Margery non la sopporto più, e lui è ridotto da buttare via».

Mi fece strada ed entrammo in salotto. Janet Marsh si alzò e mi venne incontro. Charlie era seduto accanto alla finestra e leggeva il giornale; lo mise da parte quando andai a stringergli la mano. Era abbastanza sobrio e aveva ritrovato i soliti modi pimpanti, ma si vedeva che stava malissimo. Dopo un bicchiere di sherry ci mettemmo a tavola. Janet era una donna vivace: alta, bionda, avvenente, sempre attenta a mantenere viva la conversazione. Poi ci lasciò a bere un bicchiere di porto, a patto che non ci attardassimo più di dieci minuti. Bill, in genere piuttosto taciturno, si sforzava di chiacchierare e io stetti al gioco, anche se essere all'oscuro dell'accaduto non mi facilitava il compito. Comunque era palese che i Marsh volevano evitare che Charlie rimuginasse troppo, e feci del mio meglio per intrattenerlo. Anche lui sembrava voler recitare la sua parte: non aveva perso la voglia di pontificare, e fece delle osservazioni, dal punto di vista medico, su un omicidio che aveva scosso l'opinione pubblica. Parlava, ma senza vitalità. Era un guscio vuoto; si sentiva che, sebbene si sforzasse di conversare per rispetto dei suoi ospiti, i suoi pensieri erano altrove. Fu un sollievo quando si udirono dei colpi sul soffitto, segno che Janet iniziava a spazientirsi; in quell'occasione la presenza di una donna semplificò le cose. La raggiungemmo e giocammo a bridge. Quando mi apprestai a rincasare, Charlie disse che mi avrebbe accompagnato fino a Marylebone Road.

«Ma Charlie, è tardi, faresti bene ad andartene a letto» disse Janet.

«Dormirò meglio dopo una passeggiata» rispose lui.

Lei gli lanciò uno sguardo preoccupato; non si può impedire a un professore di patologia prossimo ai sessant'anni di andare a fare due passi, se gliene viene voglia. Allora Janet si rivolse con brio al marito.

«Direi che non farebbe male neanche a Bill».

Un'osservazione indelicata, a mio parere. Alle donne

capita spesso di essere un po' troppo invadenti. Charlie la guardò ombroso.

« Non c'è davvero alcun bisogno di scomodare Bill » disse in tono risoluto.

« E io non ho nessuna intenzione di uscire » ribatté Bill con un sorriso. « Casco dal sonno e me ne vado a letto ».

Mi chiedo se abbiamo lasciato Bill Marsh e sua moglie impegolati in un piccolo bisticcio.

« Sono stati gentilissimi con me » mi disse Charlie mentre camminavamo lungo la cancellata. « Non so cosa avrei fatto senza di loro. Sono due settimane che non dormo ».

Gli dissi che mi dispiaceva ma non chiesi il motivo, e per un po' proseguimmo in silenzio. Immaginavo che avesse voluto accompagnarmi per raccontarmi l'accaduto, ma sentivo che aveva ancora bisogno di tempo. Volevo esprimergli la mia solidarietà, ma temevo di dire qualcosa di inopportuno; non volevo sembrare smanioso di estorcergli confidenze. Non sapevo come dargli l'imbeccata, ed ero sicuro che non ne avesse bisogno. Non era certo tipo da menare il can per l'aia. Pensai che stesse scegliendo le parole. Arrivammo all'angolo.

« Lì alla chiesa troverai un taxi » disse. « Io continuo a camminare ancora un po'. Buona notte ».

Mi fece un cenno di saluto e proseguì. Ero interdetto. Non mi restò che cercarmi un taxi. L'indomani mattina il telefono mi tirò fuori dalla vasca da bagno; risposi con un asciugamano avvolto attorno al corpo bagnato. Era Janet.

« Allora, cosa ne pensi? » mi chiese. « Devi aver tenuto compagnia a Charlie fino a tardi, ieri. L'ho sentito rientrare alle tre ».

« Ci siamo separati in Marylebone Road » risposi. « Non mi ha detto assolutamente niente ».

« Davvero? ».

Qualcosa nella voce di Janet mi diede l'impressione che fosse pronta a intavolare una lunga chiacchierata; sospettai che avesse un telefono accanto al letto.

«Abbi pazienza» tagliai corto. «Sto facendo il bagno».

«Oh, hai un telefono in bagno?» replicò entusiasta, e credo con un po' di invidia.

«No». Ero sbrigativo e deciso. «E sto sgocciolando su tutta la moquette».

«Oh!». Nella sua voce percepii delusione e una traccia di dispetto. «Allora quando posso vederti? Riesci a essere qui per le dodici?».

Mi creava qualche problema, ma non avevo voglia di mettermi a discutere.

«Sì, a più tardi».

Riattaccai senza darle la possibilità di aggiungere altro: in paradiso, quando i beati usano il telefono, dicono quel che hanno da dire e non una parola di più.

Volevo bene a Janet, ma sapevo che niente la eccitava quanto le disgrazie dei suoi amici. Sempre dispostissima ad aiutarli, non voleva perdersi un briciolo della loro disperazione. Era l'amica per i tempi grami. I fatti degli altri erano il suo pane. Non potevi iniziare un rapporto amoroso senza ritrovartela accanto come confidente, né essere coinvolto in un caso di divorzio senza scoprire che in qualche modo c'entrava anche lei. Malgrado ciò era davvero una donna in gamba, quindi non riuscii a non ridere sotto i baffi quando a mezzogiorno entrai nel suo salotto e notai la bramosia repressa con cui mi accolse. Era afflitta per la catastrofe che si era abbattuta sui Bishop, ma la cosa la infervorava, e non stava più nella pelle all'idea di avere qualcuno di nuovo a cui raccontare tutto daccapo. Emanava lo stesso senso di competente impazienza di una madre che discuta con il medico il primo parto della figlia sposata. Janet era consapevole della gravità della faccenda e non si sarebbe mai permessa di trattarla con leggerezza, ma era risoluta a trarne il massimo della soddisfazione.

«Insomma, non puoi nemmeno immaginarti com'ero sconvolta quando Margery mi disse di voler lasciare Charlie» disse, con la parlantina di chi ha raccontato almeno una decina di volte la stessa storia con le stesse parole. « Erano la coppia più affiatata che abbia mai conosciuto. Un matrimonio perfetto. Andavano d'amore e d'accordo. Certo, Bill e io ci vogliamo bene, ma di tanto in tanto facciamo di quelle litigate... Sì, sì, a volte penso che potrei proprio ucciderlo ».

« Me ne infischio dei tuoi rapporti con Bill » la interruppi. « Dimmi dei Bishop. Sono qui per questo, no? ».

« Dovevo vederti. In fin dei conti, sei l'unico che può spiegare quel che è successo ».

« Ehi, non andrai mica avanti così? Prima che me lo dicesse Bill non sapevo niente ».

« Ah, sì, è stata un'idea mia. D'un tratto mi sono detta che forse non lo sapevi ancora, e che rischiavi di fare qualche gaffe ».

« Se cominciassi dal principio? ».

« Be', il principio sei tu. Sei tu che hai combinato il guaio, presentandole il giovanotto. Per questo morivo dalla voglia di vederti. Tu sai tutto di lui, io invece non l'ho mai visto. So solo quel che mi ha raccontato Margery ».

« A che ora pranzi? » le chiesi.

« All'una e mezza ».

« Anch'io. Vai avanti con la storia ».

Ma la mia domanda le diede un'idea.

« Facciamo così: tu disdici il tuo impegno e io disdico il mio. Possiamo fare uno spuntino qui. Di certo c'è qualcosa in casa. Così non avremmo nessuna fretta: non devo essere dal parrucchiere prima delle tre ».

« No, no e poi no! » esclamai. « È una pessima idea. Uscirò di qui all'una e venti al più tardi ».

« Allora non mi resta che raccontare tutto di corsa. Cosa ne pensi tu di Gerry? ».

« E chi è Gerry? ».

« Ma Gerry Morton! Si chiama Gerald ».

« E come facevo a saperlo? ».

« Sei stato suo ospite. Ci saranno ben state in giro delle lettere ».

« Certo, ma non le ho lette » risposi acido.

«Su, non fare lo stupido. Intendevo le buste. Allora, com'è?».

«E va bene. Un tipo alla Kipling, direi. Molto attaccato al suo lavoro. Entusiasta. Costruttore dell'Impero e quel tipo di cose».

«Ma non in quel senso» gridò Janet spazientita. «Voglio sapere com'è di aspetto!».

«Piuttosto ordinario, mi sembra. Certo, se lo incontrassi lo riconoscerei, ma non riesco a richiamare un'immagine nitida. È ben curato».

«Oh, Dio mio» disse Janet. «Ma sei un romanziere o che cosa? Di che colore ha gli occhi?».

«Non so».

«Devi saperlo. Non puoi passare una settimana con qualcuno e non sapere se ha gli occhi castani o celesti. È biondo o bruno?».

«Né l'uno né l'altro».

«Alto o basso?».

«Mah, statura media».

«Mi stai provocando?».

«No, è lui che non ha niente di speciale. Non è né bello né brutto. È un tipo perbene, ammodo».

«Margery dice che ha un sorriso incantevole e una bellissima figura».

«È più che probabile».

«Lui è pazzo di lei».

«E cosa te lo fa pensare?» le chiesi asciutto.

«Ho visto le sue lettere».

«Vuoi dire che lei te le ha fatte leggere?».

«Be', ma certo».

Per un uomo è sempre difficile digerire la mancanza di riservatezza che le donne dimostrano nelle loro faccende private. Non hanno alcun pudore; possono raccontarsi le cose più intime senza ombra di imbarazzo. La modestia è una virtù maschile e in teoria l'uomo ne è consapevole, ma ogni volta che si trova di fronte la mancanza di riserbo delle donne ne rimane ugualmente sconvolto. Mi chiesi come avrebbe reagito Morton se avesse saputo che le sue lettere, oltre che da Margery, venivano lette da Janet Marsh, e che, come se non bastasse, quest'ultima veniva tenuta costantemente aggiornata sugli sviluppi della sua infatuazione. A sentire Janet, per lui era stato amore a prima vista. La mattina dopo la nostra cenetta da Ciro's aveva telefonato a Margery per invitarla a prendere il tè in un posto dove si potesse ballare. Ascoltando Janet sapevo ovviamente che mi stava propinando la versione di Margery, che era quindi da prendere con le pinze. Trovai curioso che Janet fosse schierata dalla parte di Margery. Quando lei aveva lasciato Charlie, era stata Janet a invitarlo per qualche settimana in modo che non restasse solo come un cane nell'appartamento vuoto. Ed era molto generosa: pranzava con lui quasi ogni giorno, perché Charlie aveva l'abitudine di pranzare con Margery; lo accompagnava a passeggio a Regent's Park; la domenica obbligava Bill a giocare a golf con lui. Ascoltava con pazienza infinita la storia della sua infelicità e faceva tutto il possibile per consolarlo. Era davvero molto dispiaciuta per lui. Ma ciò nonostante era nettamente schierata dalla parte di Margery, e quando espressi la mia disapprovazione reagì con veemenza. L'intrallazzo la eccitava. Ne era stata testimone dall'inizio, quando Margery, sorridente, lusingata e un po' titubante, era venuta a raccontarle che frequentava un giovanotto; fino alla scena finale, quando Margery, esasperata e sconvolta, aveva annunciato di non reggere più la tensione, e dopo aver fatto i bagagli aveva lasciato l'appartamento.

«Be', ovvio, sulle prime non credetti alle mie orecchie» mi disse Janet. «Sai bene com'erano Charlie e Margery quando erano insieme: uniti fino al ridicolo. Quell'omettino di Charlie non mi è mai stato troppo simpatico, e non era certo un bel tipo, ma non si poteva non volergli bene per come trattava Margery. A volte la invidiavo perfino. Non avevano un soldo e vivevano un po' alla giornata, ma erano così felici... Ovviamente, non diedi grande importanza a quell'amicizia. Margery era divertita: “È chiaro che non prendo la cosa troppo sul serio,” mi aveva detto “ma alla mia età è spassoso uscire con un giovanotto. Erano anni che non ricevevo dei fiori. Gli ho dovuto dire di non mandarne più perché Charlie l'avrebbe giudicata una scemenza. Gerry non conosce un'anima a Londra, adora ballare e dice che io ballo divinamente. Per lui è triste andare sempre a teatro da solo e l'ho accompagnato a un paio di matinée. È commovente come mi ringrazia se accetto di andare”. “Devo dire” commentai “che sembra proprio un tesoro”. “Lo è” continuò lei. “Sapevo che mi avresti capita. Non mi biasimi, vero?”. “Ma certo che no, cara, dovresti conoscermi meglio di così. Se fossi nella tua situazione, farei la stessa cosa”».

Margery non nascondeva di frequentare Morton e il marito la canzonava bonariamente per il suo spasimante, ma lo reputava un giovanotto cortese e gradevole ed era contento che sua moglie avesse qualcuno con cui passare il tempo mentre lui lavorava. Non lo sfiorò mai l'idea di essere geloso. I tre cenarono insieme in diverse occasioni e andarono a teatro. Ma una volta Gerry Morton supplicò Margery di passare una sera da sola con lui; lei rispose che era fuori discussione, ma lui insisté, non le diede pace; e alla fine Margery chiese a Janet di invitare Charlie a cena per fare il quarto a bridge. Charlie non andava da nessuna parte senza la moglie, ma i Marsh erano vecchi amici, e Janet si impuntò. Si inventò una scusa per far apparire imprescindibile la sua presenza. L'indomani le due si videro: Margery aveva trascorso una serata meravigliosa. Avevano cenato da Maidenhead e avevano danzato ed erano rincasati in macchina nella tiepida notte estiva.

«Mi ha detto che è pazzo di me» le aveva confidato Margery.

«Ti ha baciata?».

«Ma certo! Janet, non essere sciocca, è così dolce, sai, e di indole tanto buona. Ma non credo neanche alla metà delle cose che mi dice». Margery ridacchiava.

«Mia cara, non finirai per innamorarti di lui?».

«Sono già innamorata».
«E la cosa non rischia di essere un po' inopportuna?».
«Oh, ma non durerà. Dopotutto lui quest'autunno torna nel Borneo».
«Be', non si può negare che sembri ringiovanita di colpo».
«Lo so, *mi sento* più giovane».
Ben presto Gerry e Margery presero a vedersi ogni giorno. Si incontravano di mattina e passeggiavano nel parco o andavano a vedere una mostra di pittura. Si separavano a mezzogiorno, Margery pranzava con il marito, dopodiché si ritrovavano e andavano in campagna o lungo il fiume con la macchina. Margery non lo disse a Charlie. Com'era naturale, pensava che non avrebbe capito.
«E come è possibile che tu non lo abbia mai visto?» chiesi a Janet.
«Era lei che non voleva. Vedi, siamo della stessa generazione, Margery e io. La posso capire».
«Certo».
«Comunque ho fatto tutto quel che potevo per aiutarla. Ogni volta che usciva con Gerry dicevamo che era con me».
Sono una persona a cui piace mettere i puntini sulle «i».
«Erano amanti?» le chiesi.
«Ma no, Margery non è proprio il tipo!».
«Come lo sai?».
«Me l'avrebbe detto».
«Già».
«Ovviamente gliel'ho chiesto, ma lei negava categoricamente, e sono sicura che mi dicesse la verità. Tra di loro non c'è mai stato nulla del genere».
«Sarà, ma mi sembra strano».
«È che Margery è buona come il pane».
Mi strinsi nelle spalle.
«Era fedele a Charlie. Non l'avrebbe tradito per nulla

al mondo. Non sopportava nemmeno l'idea di tenere un segreto. Pensa che appena capì di essersi innamorata di Gerry voleva andarlo a dire a Charlie: naturalmente la pregai di non farlo. Le dissi che non sarebbe servito a niente, l'avrebbe solo fatto soffrire. In fondo di lì a due mesi il ragazzo sarebbe ripartito, non sembrava proprio il caso di scatenare un putiferio per una cosa che non sarebbe mai potuta durare».

Ma l'imminente partenza di Gerry fece precipitare la situazione. I Bishop avevano deciso di intraprendere uno dei loro viaggi: avrebbero attraversato il Belgio, l'Olanda e il Nord della Germania in macchina. Charlie era tutto preso da guide e carte geografiche. Raccoglieva informazioni riguardo a strade e alberghi presso tutti gli amici. Pregustava la vacanza con l'eccitamento spumeggiante di un ragazzino. A Margery, ascoltandolo, si stringeva il cuore. Il viaggio sarebbe durato quattro settimane e in settembre Gerry sarebbe ripartito. Non sopportava l'idea di stare via tutto quel tempo, e pensare alla vacanza la innervosiva. La data si avvicinava e lei era sempre più tesa. Alla fine decise che le restava una cosa sola da fare.

«Charlie, io non vengo» lo interruppe all'improvviso mentre le stava raccontando di un ristorante che aveva appena scoperto. «Vorrei che trovassi qualcun altro».

Lui la guardò inebetito. Lei era turbata dalle proprie parole, le tremavano un poco le labbra.

«Perché, cosa succede?».

«Non succede niente. Non ne ho voglia. Voglio stare da sola per un po'».

«Non stai bene?».

La paura repentina nei suoi occhi, la sua sollecitudine la esasperarono.

«No. Non sono mai stata meglio. Sono innamorata».

«Tu? E di chi?».

«Di Gerry».

Charlie la fissò sbigottito; non credeva alle sue orecchie. Margery fraintese il suo sguardo.

« È inutile giudicarmi. Non posso farci niente. Tra qualche settimana lui parte, non sprecherò il poco tempo che ci rimane ».

Lui scoppiò in una fragorosa risata.

« Margery, perché diamine vuoi coprirti di ridicolo in questo modo? Potresti essere sua madre ».

Lei arrossì.

« Lui mi ama quanto io amo lui ».

« Te l'ha detto? ».

« Mille volte ».

« È una panzana, ecco cos'è ».

Gli venne da ridere. Il suo pancione era scosso dalle risa. Gli sembrava una barzelletta. Forse non trattò la moglie nel migliore dei modi: secondo Janet avrebbe dovuto mostrarsi tenero e compassionevole. *Avrebbe dovuto capire.* Vidi la scena che lei si era figurata, l'autocontrollo, lo strazio silenzioso, la rinuncia finale. Le donne hanno sempre un debole per i sacrifici altrui. Janet avrebbe approvato anche una sfuriata violenta, o che Charlie avesse rotto qualche pezzo di mobilio (che gli sarebbe poi toccato rimpiazzare), perfino che le avesse dato un pugno. Ma deriderla, quello sì era imperdonabile. Non le feci notare che per un professore cinquantacinquenne, basso e pingue, non è facilissimo improvvisarsi cavernicolo. Ad ogni modo il viaggio in Olanda fu cancellato e i Bishop rimasero a Londra tutto agosto. Non erano molto felici. Pranzavano e cenavano insieme perché erano abituati così da troppi anni, ma il resto del tempo Margery lo passava con Gerry. Quelle ore le facevano dimenticare tutto quello che le toccava sopportare – e di cose da sopportare ne aveva parecchie. Charlie aveva un senso dell'umorismo caustico e scurrile, e Gerry era diventato l'oggetto del suo scherno. Si rifiutava di prenderli sul serio. Era indispettito con Margery perché si comportava come una sciocca, ma sembra che il pensiero del tradimento non lo sfiorasse neppure. Ne chiesi ragione a Janet.

«Mai neanche l'ombra di un sospetto» mi disse. «La conosceva troppo bene, la sua Margery».

Passarono le settimane e infine Gerry si imbarcò. Partì da Tilbury e Margery lo accompagnò. Tornata a casa pianse per quarantott'ore filate. Charlie la osservava con crescente insofferenza; i suoi nervi venivano messi a dura prova.

«Ascolta, Margery,» le disse infine «ne ho avuta di pazienza, ma ora devi cercare di riprenderti. Non fa più nemmeno ridere».

«Ma perché non mi lasci in pace?» gridò lei. «Ho perso tutto quel mi faceva amare la vita».

«Non fare la stupida» disse Charlie.

Non so cos'altro disse, ma fu così avventato da dirle quel che pensava di Gerry, e in modo abbastanza virulento. Ne nacque la prima scenata del loro matrimonio. Margery era riuscita a sopportare il suo scherno sapendo che dopo un'ora o un giorno avrebbe rivisto Gerry, ma adesso che l'aveva perduto per sempre non riuscì più a trattenersi. Forse non seppe mai che cosa le uscì di bocca come risposta, ma lui, che irascibile lo era sempre stato, alla fine la picchiò. La cosa spaventò entrambi. Charlie afferrò un cappello e corse via. Per tutto quell'infelice periodo avevano diviso lo stesso letto, ma quando lui rientrò, nel mezzo della notte, la trovò rincantucciata sul divano in soggiorno.

«Non puoi dormire lì» le disse. «Non essere sciocca. Vieni a letto».

«No. Lasciami stare».

Litigarono per il resto della notte, ma la spuntò lei e da allora in poi rimase a dormire sul divano. Però in quell'appartamentino non potevano evitare il contatto fisico; e dopo tanti anni di totale intimità era istintivo trovarsi lì insieme. Charlie provò a farla ragionare. La trovava incredibilmente stupida e cercava incessantemente di mostrarle quanto fosse nel torto. Non riusciva a lasciarla in pace. Non la faceva dormire, disquisiva fino a tarda notte finché entrambi erano stremati. Pensava di poterla convincere che non era più innamorata. Un giorno, tornato dal lavoro, la trovò che piangeva amaramente. La vista delle lacrime lo sconvolse; le disse che l'amava e cercò di intenerirla con i ricordi degli anni felici passati insieme. Quel che era stato, era stato. Promise che non avrebbe mai più menzionato Gerry. Perché non lasciarsi quell'incubo alle spalle? Ma il pensiero di una riconciliazione, con tutto quello che avrebbe implicato, a Margery dava la nausea. Gli disse di avere un terribile mal di testa e gli chiese un sonnifero. Il mattino dopo finse di dormire a lungo, ma non appena lui fu uscito si alzò, fece la valigia e lasciò l'appartamento. Vendette un paio di ciondoli che aveva ricevuto in eredità per avere un po' di denaro, prese una stanza in una pensioncina e mantenne segreto l'indirizzo.

Fu quando comprese che l'aveva lasciato che Charlie ebbe il crollo. Non resse il trauma della sua fuga. Disse a Janet che la solitudine era insopportabile. Scrisse a Margery implorandola di tornare, e chiese a Janet di intercedere per lui; era pronto a prometterle qualsiasi cosa; si umiliò in tutti i modi. Margery fu inflessibile.

«Credi che cambierà mai idea?» chiesi a Janet.

«Lei dice di no».

A quel punto me ne andai, perché si era fatta la una e mezza e dovevo andare dall'altra parte della città.

Due o tre giorni dopo ricevetti un messaggio telefonico di Margery che chiedeva se potevamo vederci, possibilmente a casa mia. La invitai per il tè. Cercai di mostrarmi gentile; i suoi intrallazzi non erano affar mio, ma dentro di me la giudicavo davvero sciocca, e forse fui un po' freddo con lei. Non era mai stata bella, ma il passare degli anni era stato clemente: gli stessi begli occhi scuri, il viso sorprendentemente privo di rughe. Era vestita con gran semplicità e, se si era truccata, l'aveva fatto con tale maestria che non riuscivo a notarlo. E non aveva perso quel suo fascino fatto di perfetta naturalezza e humour garbato.

«Devo chiederti un piacere» esordì senza tergiversare.

«E cosa sarebbe?».

«Oggi Charlie lascia la casa dei Marsh e torna all'appartamento. Ho paura che i primi giorni saranno piuttosto duri; sarebbe davvero gentile da parte tua se lo invitassi a cena o lo portassi un po' fuori».

«Darò un'occhiata all'agenda».

«Mi dicono che beve molto. È un tale peccato. Perché non provi a parlargli?».

«Mi è parso di capire che ha avuto qualche noia in famiglia» le dissi, forse un po' acido.

Margery arrossì, lanciandomi un'occhiata afflitta, e trasalì come se le avessi dato uno schiaffo.

«Certo, tu lo conosci da molto più tempo di quanto non conosca me. È naturale che tu prenda le sue parti».

«Mia cara, a dirla tutta, se l'ho frequentato in questi anni è perché c'eri tu. Non mi è mai stato molto simpatico, ma trovavo te deliziosa».

Mi sorrise e il suo sorriso era dolcissimo. Sapeva che parlavo sul serio.

«Pensi che sia stata una buona moglie?».

«Perfetta».

«Charlie dava sui nervi a molta gente, ma io non l'ho mai trovato una persona difficile».

«Ti voleva molto bene».

«Lo so. Siamo stati benissimo insieme. Siamo stati felici per sedici anni». Tacque e abbassò lo sguardo. «Ho dovuto lasciarlo. Era impossibile continuare. Eravamo come cane e gatto, ormai, era orribile».

«Non vedo perché due persone debbano continuare a vivere insieme se non ne hanno più voglia».

«Difatti, e per noi era un supplizio. Abbiamo sempre vissuto nella più assoluta intimità. Non ci staccavamo l'uno dall'altra. Alla fine invece non sopportavo più nemmeno la sua vista».

«Immagino che fosse penoso per entrambi».

«Non è colpa mia se mi sono innamorata. Capisci, era un amore tutto diverso da quello che provavo per Charlie. Con lui c'era sempre qualcosa di materno da parte mia, di protettivo. Io ero quella ragionevole, lui quello intrattabile. Ma io sapevo sempre come trattarlo. Con Gerry è diverso». La voce si fece più dolce e il viso si trasfigurò, rapito. «Mi ha restituito la mia giovinezza. Per lui ero una ragazza, e potevo contare sul suo vigore e sentirmi protetta da lui».

«Mi è sembrato un tipo in gamba» dissi lentamente. «Immagino che farà strada. Era assai giovane per la posizione che occupava quando l'ho conosciuto. Adesso avrà ventinove anni, vero?».

Margery sorrise lievemente. Sapeva bene a cosa alludevo.

«Non gli ho mai nascosto quanti anni ho. Lui dice che non ha importanza».

Ero certo che dicesse il vero: non era il tipo di donna che menta sulla propria età. Anzi, doveva aver provato una specie di gioia sfrenata nel dirgli le cose come stavano.

«Quanti anni hai?» le chiesi.

«Quarantaquattro».

«E ora che cosa farai?».

«Ho scritto a Gerry che ho lasciato Charlie. Appena mi risponde, lo raggiungo».

Ero sbalordito.

«Guarda» dissi «che vive in una colonia molto primitiva. La tua posizione potrebbe risultare un po' imbarazzante».

«Mi ha fatto promettere che se dopo la sua partenza non fossi riuscita a tornare alla mia vita di sempre, l'avrei raggiunto».

«Sei sicura che sia il caso di attribuire tanta importanza alle frasi di un ragazzo innamorato?».

Quella bellissima espressione estatica tornò a infiammarle il viso.

«Sì, se il ragazzo è Gerry, sì».

Ero davvero scorato. Per un po' rimasi in silenzio. Poi le raccontai la storia della strada che Gerry Morton aveva costruito. Descrissi gli eventi in modo un po' teatrale.

«Perché me lo racconti?» mi chiese quando ebbi terminato.

«Mi sembrava una storiella mica male».

Lei scosse la testa e sorrise.

«No, volevi mostrarmi quanto è giovane, entusiasta e dedito al suo lavoro, tanto da non aver tempo da perdere con altre bazzecole. Ma io col suo lavoro non interferirei. Tu non lo conosci come lo conosco io: è incredibilmente romantico. Si considera un pioniere. Mi sono fatta un po' contagiare dal suo fervore, dall'idea di prendere parte alla costruzione di un nuovo paese. Una cosa meravigliosa, non ti sembra? La vita qui è così monotona e banale. Certo, si è molto soli laggiù; anche la compagnia di una signora di mezz'età può risultare gradita».

«Lo vuoi sposare?» chiesi.

«Mi metto nelle sue mani. Voglio fare solo quello che desidera lui».

Parlava in modo così diretto, e c'era qualcosa di così toccante in quel suo abbandono, che quando se ne andò non ero più in collera con lei. Certo, la consideravo ancora una stupida, ma se uno dovesse prendersela per la stupidità umana passerebbe la vita in uno stato di ira cronica. Ero convinto che tutto si sarebbe risolto per il meglio. Lei diceva che Gerry era romantico, e di certo lo era, ma in questo mondo prosaico i romantici se la cavano perché in fondo possiedono un astuto senso della realtà; i babbei sono quelli che prendono le loro fanfaluche per oro colato. Gli inglesi *sono* romantici; è per questo che gli altri popoli li considerano ipocriti, ma non lo sono. Partono davvero alla ricerca del Regno dei cieli, però il viaggio è arduo e conviene approfittare delle luccicanti opportunità in cui si incappa per la via. L'anima britannica, come le truppe di Wellington, avanza strisciando sulla pancia. Avevo il sospetto che Gerry avrebbe trascorso un brutto quarto d'ora una volta ricevuta la lettera di Margery. Non avevo troppo a cuore la faccenda, ma ero curioso di vedere come sarebbe riuscito a cavarsi d'impaccio. Pensavo che a Margery sarebbe toccata un'amara delusione; non le avrebbe fatto male, dopotutto, così sarebbe tornata dal marito e non avevo alcun dubbio che dopo quella batosta i due sarebbero vissuti pacifici e contenti fino alla fine dei loro giorni.

Le cose andarono diversamente. Non mi fu possibile incontrare Charlie Bishop in quei giorni, ma gli scrissi per invitarlo a cena la settimana successiva. Anche se con un po' di titubanza, gli proposi di andare a teatro; sapevo che beveva come una spugna, e quando era sbronzo diventava chiassoso. Speravo solo che non si comportasse in modo molesto in sala. Decidemmo di incontrarci al club e cenare alle sette, poiché la pièce iniziava alle otto e un quarto. Arrivai. Attesi. Lui non compariva. Telefonai a casa sua ma non rispose nessuno, quindi immaginai che fosse per strada. Non sopporto di perdere l'inizio di uno spettacolo, e lo aspettai impaziente nell'atrio del club, per poter salire a cenare non appena fosse arrivato. Per fare più in fretta avevo ordinato la cena. L'orologio segnò le sette e mezza, poi le otto meno un quarto; non mi parve più il caso di aspettarlo, quindi andai di sopra e mangiai da solo. Di Charlie neanche l'ombra. Feci chiamare i Marsh dalla sala da pranzo e quando Bill rispose vennero ad avvertirmi.

« Volevo chiederti se sai qualcosa di Charlie Bishop » gli dissi. « Dovevamo vederci a cena e poi andare a teatro, ma non si è visto ».

« È morto questo pomeriggio ».

« Cosa? ».

La mia esclamazione era così sbigottita che un paio di persone si voltarono a guardarmi; la sala era affollata e i camerieri correvano avanti e indietro. Il telefono si trovava sulla scrivania del cassiere: arrivò un sommelier che reggeva un vassoio con una bottiglia di bianco e due calici e gli passò un conto. Un cameriere robusto che accompagnava due clienti mi urtò.

«Da dove chiami?» domandò Bill.

Immagino che avesse udito il baccano. Quando gliel'ebbi detto mi chiese se appena finito di mangiare potevo passare a trovarli. Janet voleva parlarmi.

«Vengo subito» dissi.

Li trovai seduti in salotto. Bill leggeva il giornale, Janet giocava a solitario ma mi venne incontro non appena la domestica mi fece entrare. Aveva un'andatura sinuosa, felpata, come una pantera che avvicini la preda. Vidi subito che si trovava nel suo elemento. Mi diede la mano e voltò il viso per nascondere gli occhi colmi di lacrime. Parlava a voce bassa, tragica.

«Ho portato qui Margery e l'ho messa a letto. Il dottore le ha dato un sedativo. È sfinita. Non è terribile?». Emise un suono a metà tra il rantolo e il singhiozzo. «Io non lo so perché queste cose accadano sempre a me».

I Bishop non avevano mai avuto domestici, ma una donna andava da loro ogni mattina, puliva l'appartamento e lavava le stoviglie della colazione. Aveva la sua chiave. Quel mattino era arrivata alla solita ora e si era occupata del salotto. Da quando la moglie l'aveva lasciato Charlie aveva ritmi molto irregolari, e la donna non si era stupita di trovarlo ancora addormentato; ma il tempo passava e lui sarebbe dovuto andare al lavoro. Allora aveva bussato alla porta della stanza. Nessuna risposta. Le era parso di udire un gemito. Aveva aperto piano la porta. Charlie era a letto, steso sulla schiena, e respirava affannosamente. Aveva provato a chiamarlo, ma non si svegliava. In lui c'era qualcosa che la spaventava. Alla fine era corsa a chiamare il vicino, un giornalista, che era ancora a letto e aveva aperto la porta in pigiama.

«Mi scusi, signore,» gli aveva detto la donna «potrebbe venire con me e dare un'occhiata al mio padrone? Non credo si senta tanto bene».

Il giornalista aveva attraversato il pianerottolo ed era entrato da Charlie. Accanto al letto c'era un flacone di Veronal vuoto.

«Credo che farebbe meglio a chiamare la polizia» disse.

Era arrivato un poliziotto e aveva chiamato la centrale per far mandare un'ambulanza. Avevano portato Charlie all'ospedale di Charing Cross. Non aveva più ripreso conoscenza. Quando era spirato Margery gli era accanto.

«Certo, ci sarà un'inchiesta» disse Janet. «Ma è ovvio quel che è successo. Erano tre o quattro settimane che dormiva male, e si sarà aiutato con il Veronal. Ne avrà preso una dose eccessiva per errore».

«Anche Margery è di questa opinione?» chiesi.

«È troppo turbata per avere un'opinione, ma io le ho detto che non ho dubbi, non si tratta di suicidio. Sai, non era quel tipo di persona. Non è vero, Bill?».

«Certo, cara» rispose Bill.

«Ha lasciato scritto qualcosa?».

«No, nulla. Stranamente, Margery ha ricevuto una sua lettera stamattina; cioè, difficile chiamarla lettera, solo un frase: "Sono così solo senza di te, amore". Tutto lì. Ma è ovvio che non vuol dir nulla, e lei ha promesso di non menzionarla ai fini dell'inchiesta. Insomma, a che pro ficcare strane idee in testa alla gente? È risaputo che col Veronal non si sa mai; io non lo prenderei per tutto l'oro del mondo; è ovvio che è stata una disgrazia. Non è vero, Bill?».

«Certo, cara» rispose Bill.

Capivo che Janet aveva deciso di credere che Charlie Bishop non si fosse suicidato, ma non ero così esperto di psicologia femminile per capire quanto profondamente credesse a quel che aveva deciso di credere. E comunque, poteva darsi benissimo che avesse ragione. È irragionevole supporre che uno scienziato di mezza età si suicidi perché la moglie di mezza età lo lascia, mentre è del tutto plausibile che, esasperato dall'insonnia, e probabilmente ubriaco, non si accorga di prendere una dose eccessiva di sonniferi. Ad ogni modo, questa fu l'opinione del coroner. Gli fu riferito che lo scomparso Charles Bishop si era abbandonato a comportamenti intemperanti che avevano costretto la moglie a lasciarlo, ed era ovvio che l'idea di farla finita era lontanissima dai suoi pensieri. Il coroner espresse la sua solidarietà alla vedova e con parole severe mise in guardia contro i pericoli dell'uso dei sonniferi.

Non sopporto i funerali, ma Janet mi pregò di andare a quello di Charlie. Molti colleghi dell'ospedale avevano espresso il desiderio di parteciparvi, ma rinunciarono per rispetto della volontà di Margery; Janet e Bill, Margery e io fummo i soli ad assistervi. Bisognava andare prima all'obitorio, e loro si offrirono di passare a prendermi. Rimasi in attesa alla finestra e quando vidi la macchina scesi le scale. Bill mi venne incontro.

« Aspetta un minuto » mi disse. « Devo chiederti una cosa. Janet vorrebbe che venissi da noi a prendere il tè, dopo la funzione. Dice che dobbiamo evitare che Margery si affligga, e potremmo giocare a bridge. Ti va? ».

« Ma come, vestito così? » chiesi.

Indossavo il frac, una cravatta nera e i pantaloni da sera.

« Ma va benissimo, è per aiutare Margery a distrarsi ».

« Se lo dici tu ».

Ma non avremmo giocato a bridge. Janet, con la sua bella chioma bionda, aveva un abito da lutto molto elegante, e impersonò il ruolo dell'amica solidale con notevole abilità: versò qualche lacrima, asciugandosi gli occhi delicatamente in modo da non rovinare il trucco, e quando Margery era scossa dai singhiozzi le posava il braccio sulle spalle con grande tenerezza. Nel momento della sofferenza Janet era un aiuto fidato. Dopo il funerale andammo a casa dei Marsh, dove trovammo un telegramma per Margery. Lei lo prese e salì al piano di sopra; immaginai fossero le condoglianze di un amico di Charlie che era appena venuto a sapere della sua morte. Bill andò a cambiarsi, noi ci spostammo in salotto a preparare il tavolo da bridge e Janet si levò il cappello e lo posò sul pianoforte.

« Non c'è motivo di essere ipocriti » disse. « È normale che Margery sia terribilmente scossa, ma ora deve riprendesi. Una partitina a bridge l'aiuterà a tornare come nuova. E mi dispiace tantissimo per il povero Charlie, è naturale, ma dubito che sarebbe mai riuscito a rimettersi dallo choc di essere stato lasciato, ed è innegabile che in questo modo abbia reso le cose molto più semplici. Margery ha scritto un telegramma a Gerry proprio stamattina ».

« Per dirgli cosa? ».

« Per dirgli del povero Charlie ».

In quel mentre giunse la domestica.

« Signora, potrebbe salire da Mrs Bishop? Chiede di lei ».

« Ma certo ».

Lasciò subito la stanza e io rimasi solo. Poi arrivò Bill e bevemmo qualcosa. Infine Janet tornò. Mi porse il telegramma. Diceva così:

IN NOME DEL CIELO ASPETTA LETTERA. GERRY

« Cosa credi che significhi? » mi chiese.

« Quello che c'è scritto » risposi.

« È un idiota! Ovviamente ho detto a Margery che non significa nulla, ma lei è preoccupatissima. I due telegrammi devono essersi incrociati. Non credo che adesso abbia voglia di giocare a bridge. Cioè, sembrerebbe di cattivo gusto giocare a carte proprio il giorno in cui è stato sepolto suo marito ».

« Già » dissi.

« Magari lui telegraferà la risposta alla notizia della morte di Charlie. Anzi, è quasi sicuro, non credete? Ma ormai non ci resta che portare pazienza e aspettare la lettera ».

Non avevo alcun motivo per continuare quella conversazione e tolsi il disturbo. Un paio di giorni dopo Janet mi telefonò per dirmi che Margery aveva ricevuto un telegramma di condoglianze da Morton. Il telegramma recitava così:

AFFRANTO PER TRISTE NOTIZIA. SOLIDALE CON TUO GRANDE DOLORE. CON AMORE. GERRY

« Cosa ne pensi? » mi chiese.
« Penso che sia un messaggio molto corretto ».
« Be', non poteva certo scriverle che fa salti di gioia ».
« Sarebbe stato indelicato ».
« E ha usato la parola *amore* ».

Immaginavo come le due donne avessero esaminato i telegrammi sotto ogni aspetto e scrutinato ogni singola parola per spremerne tutte le possibili sfumature. Mi sembrava quasi di sentirle, quelle interminabili conversazioni.

« Non so cosa ne sarebbe di Margery, se lui l'abbandonasse proprio ora » proseguì Janet. « Vedremo se è un gentiluomo ».

« Fesserie » esclamai, e riattaccai il più presto possibile.

Nei giorni che seguirono pranzai un paio di volte con i Marsh. Margery aveva l'aria provata; l'attesa della lettera doveva metterle un'ansia atroce. Il dolore e la paura l'avevano ridotta a uno spettro; sembrava molto fragile, adesso, e c'era in lei un che di spirituale, qualcosa che non avevo mai notato prima. Era garbata, apprezzava ogni gesto cortese, e il suo sorriso, incerto e un po' timido, racchiudeva un pathos infinito. La sua vulnerabilità era molto seducente, ma Morton era a migliaia di chilometri di distanza. Una mattina mi telefonò Janet.

« È arrivata la lettera. Margery dice che te la posso mostrare. Vieni a trovarci? ».

La tensione nella sua voce mi aveva già detto tutto. Janet me la mise in mano appena entrai. La lessi. Era una lettera assai curata; Morton doveva averla riscritta parecchie volte. Era molto gentile, e lui si era palesemente sforzato di non dire nulla che potesse ferirla; ma nell'insieme trasudava terrore. Gli tremavano le vene e i polsi. Doveva aver pensato che qualche facezia avrebbe aiutato ad alleggerire la situazione, e aveva inserito qualche ritratto dei bianchi della colonia. Cosa avrebbero detto se all'improvviso fosse comparsa Margery? Gli avrebbero dato il benservito senza tanti complimenti. La gente credeva che l'Oriente fosse libero e tollerante; niente affatto, era più provinciale di Clapham. Lui amava troppo Margery per sopportare il pensiero di quelle orribili donne che l'avrebbero trattata dall'alto in basso. Inoltre era stato trasferito in un avamposto ad almeno dieci giorni di viaggio da tutto; lei non avrebbe potuto alloggiare nel suo bungalow e non c'erano alberghi, e il lavoro lo obbligava a trascorrere diversi giorni consecutivi nella giungla. In ogni caso non era un posto adatto a una signora. Le diceva quanto le voleva bene, ma anche di non preoccuparsi per lui; in fin dei conti era convinto che sarebbe stato meglio se fosse tornata dal marito. Sperava con tutto il cuore che il rapporto tra lei e Charlie non fosse irrimediabilmente incrinato; non se lo sarebbe mai potuto perdonare. Sì, sono sicuro che non doveva essere stato facile scrivere quella lettera.

«Ovviamente non sapeva ancora che Charlie è morto. Gliel'ho detto, a Margery, che questo cambia tutto».

«E lei è d'accordo con te?».

«La trovo un po' irragionevole negli ultimi tempi. Cosa pensi della lettera?».

«Be', mi sembra abbastanza chiaro che non la vuole tra i piedi».

«La voleva eccome, solo due mesi fa».

«È incredibile l'effetto che possono avere un semplice cambiamento d'aria e di paesaggio. Gli sembrerà passato un anno intero, da quando ha lasciato Londra. Si è reimmerso nelle sue amicizie e nei suoi interessi. Mia cara, non ha senso che Margery continui a illudersi; la vita di laggiù se l'è ripreso, e per lei non c'è più posto».

«Le ho consigliato di ignorare la lettera e di precipitarsi da lui».

«Spero sinceramente che abbia il buonsenso di risparmiarsi un simile smacco».

«Ma allora cosa ne sarà di lei? Oh, è tutto troppo, troppo crudele. Margery è la donna migliore che ci sia. Veramente integerrima».

«È strano, se ci pensi: è proprio la sua integrità che ha provocato questo guaio. Perché diavolo lei e Morton non sono diventati amanti? Charlie ne sarebbe stato all'oscuro, e occhio non vede, cuore non duole. Lei e Morton se la sarebbero spassata, e al momento della sua partenza si sarebbero potuti separare sapendo che un piacevole episodio era giunto alla sua fine armoniosa. Margery ne avrebbe serbato un bel ricordo, sarebbe tornata da Charlie pienamente soddisfatta e riposata, e avrebbe continuato a essere l'ottima moglie di sempre».

Janet mi guardò sdegnata.

«Hai mai sentito parlare di una cosa che si chiama virtù?».

«All'inferno la virtù. Una virtù che crea solo caos e infelicità non vale nulla. Chiamala virtù, se vuoi, io la chiamo codardia».

«Margery non sopportava il pensiero di essere infedele a Charlie mentre viveva ancora con lui. Ci sono donne così, che tu ci creda o no».

«Santi numi, avrebbe potuto rimanergli fedele nello spirito mentre lo tradiva nella carne. Un gioco di prestigio che in genere le donne sanno eseguire con estrema facilità».

«Sei solo un odioso cinico».

«Se è cinico guardare in faccia la verità e applicare il buonsenso alla vita e agli affari di cuore, allora sono senz'altro cinico, e pure odioso, se vuoi. Insomma, Margery è una donna di mezza età, Charlie aveva cinquantacinque anni e sono stati sposati per sedici anni. Era più che naturale che lei perdesse la testa per un giovanotto che la corteggiava. Ma non chiamiamolo amore; era fisiologia. È stata sciocca a prendere sul serio quello che lui le diceva. Non era lui a parlare, era il suo desiderio sessuale frustrato: è stato a digiuno per quattro anni, almeno per quel che riguarda le donne bianche; ora sarebbe mostruoso che lei volesse rovinargli la vita facendogli mantenere quelle promesse avventate. È stato un puro caso che si sia invaghito di lei: Morton la desiderava, e siccome non poteva averla la desiderava ancora di più. Probabilmente era convinto di amarla, ma credimi, era solo libidine. Se fossero andati a letto insieme, oggi Charlie sarebbe ancora vivo. È quella stramaledetta virtù che ha provocato il guaio».

«Sei proprio stupido. Non lo capisci che lei non aveva scelta? Margery non è una donna leggera».

«Io preferisco una donna leggera a un'egoista, e una donna licenziosa a una cretina».

«Ma sta' zitto. Non ti ho invitato qui per sentire le tue bestialità».

«E per cosa mi hai invitato, allora?».

«Gerry è amico tuo. Sei tu che l'hai presentato a Margery. Se lei è nei pasticci è per colpa sua, ma sei *tu* la vera causa di tutto questo. Ed è tuo dovere scrivergli e dirgli che deve comportarsi rettamente con lei».

«Neanche morto» dissi.

«Allora ti invito a togliere il disturbo».

Mi apprestai a farlo.

«Be', meno male che Charlie aveva un'assicurazione sulla vita» aggiunse Janet.

La fulminai con lo sguardo.

«E sarei io il cinico?».

Non ripeterò il termine ingiurioso che le lanciai mentre me ne andavo sbattendo la porta. Però, malgrado tutto, Janet rimane una donna davvero in gamba. Penso spesso che deve essere molto divertente averla per moglie.

LE TRE DONNE GRASSE DI ANTIBES

Una si chiamava Mrs Richman ed era vedova. La seconda si chiamava Mrs Sutcliffe ed era americana, due volte divorziata. La terza si chiamava Miss Hickson ed era zitella. Tutte e tre benestanti, avevano superato con disinvoltura la quarantina. Mrs Sutcliffe portava lo strano nome di Arrow, freccia. Quand'era giovane e snella non le era dispiaciuto affatto: la descriveva bene, e i motteggi che provocava, sebbene un po' insistiti, solevano lusingarla. Le piaceva pensare che quel nome si addicesse anche al suo carattere: evocava immediatezza, rapidità e mire precise. Le piaceva un po' meno ora che il grasso aveva offuscato i suoi tratti delicati, ora che le braccia e le spalle erano massicce e i fianchi imponenti. Le riusciva vieppiù complicato trovare abiti che la facessero apparire come avrebbe voluto. I motteggi avvenivano ormai alle sue spalle e lei sapeva bene che erano poco lusinghieri, ma non aveva nessuna intenzione di arrendersi alla mezza età. Vestiva ancora di azzurro per far risaltare il colore degli occhi e, grazie all'aiuto di qualche piccolo artificio, i capelli biondi non avevano perso la loro lucentezza. Di Beatrice Richman e Frances

Hickson le piaceva il fatto che fossero molto più grasse di lei, facendola sembrare magra; inoltre erano entrambe più anziane e la trattavano come una ragazzina, cosa per niente spiacevole. Avevano un buon carattere e la prendevano affettuosamente in giro per i suoi spasimanti; dal canto loro, non badavano più a simili sciocchezze – a dire il vero Miss Hickson non ci aveva badato mai – ma seguivano i suoi flirt con benevolenza. Davano per scontato che un giorno o l'altro Arrow avrebbe reso felice qualcuno per la terza volta.

«Devi soltanto stare attenta a non prendere peso, cara» diceva Mrs Richman.

«E per carità di Dio, sceglilo che sappia giocare bene a bridge» aggiungeva Miss Hickson.

Si figuravano un uomo sulla cinquantina ma ancora in forma, dal portamento distinto: un ammiraglio in pensione, gran giocatore di golf, o un vedovo senza intralci ma con solide entrate. Arrow ascoltava con garbo senza rivelare alle amiche di avere tutt'altre idee. Certo, risposarsi le sarebbe piaciuto, ma le sue fantasie si indirizzavano verso un italiano slanciato con i capelli corvini, un lampo negli occhi e un titolo reboante, o un *don* spagnolo di nobile lignaggio; e sotto i trent'anni. In certi momenti, osservandosi allo specchio, Arrow era certa di non dimostrare più di quell'età.

Erano grandi amiche, Miss Hickson, Mrs Richman e Arrow Sutcliffe: il grasso le aveva fatte incontrare e il bridge aveva suggellato l'unione. Si erano conosciute a Karlsbad, dove alloggiavano nello stesso albergo ed erano in cura dallo stesso medico che le strapazzava con la stessa crudeltà. Beatrice Richman era enorme; aveva un bel viso, gli occhi ben disegnati, le guance imbellettate e le labbra dipinte. Era pienamente soddisfatta della sua condizione di vedova facoltosa. Adorava il cibo; le piacevano il pane e burro, la panna, le patate e i dolci, e per undici mesi all'anno mangiava tutto quel che le capitava a tiro; poi, per un mese andava a dimagrire a Karlsbad. Ma ogni anno diventava più grassa. Se la prese con il dottore, che non mostrò compressione alcuna e si limitò a portare la sua attenzione su pochi, semplici dati di fatto.

«Ma se non posso mangiare nessuna delle cose che mi piacciono, non vale neanche la pena di vivere» protestò lei.

Lui scosse la testa con disapprovazione. In seguito Beatrice confidò a Miss Hickson che forse aveva sopravvalutato l'intelligenza del dottore. Miss Hickson scoppiò in una risata sguaiata; era quel genere di donna. Aveva una voce bassa e profonda, un faccione piatto e giallognolo, due occhietti brillanti; camminava in modo scomposto, con le mani in tasca, e, quando poteva farlo senza dare troppo nell'occhio, fumava un lungo sigaro. Nei limiti del possibile si vestiva come un uomo.

«Che cosa diamine sembrerei tutta vestita di fronzoli e falpalà?» diceva. «Quando si è grassi come me, tanto vale stare comodi».

Portava abiti di tweed e stivali pesanti, e appena poteva faceva a meno del cappello. Ma era forte come un bue e si vantava di saper tirare una pallina da golf più lontano di tanti uomini. Parlava in modo spiccio, e imprecava con la varietà di uno scaricatore di porto. Sebbene il suo nome fosse Frances, preferiva farsi chiamare Frank. Sapeva essere autoritaria, ma con tatto, ed era la sua gioviale forza di carattere a tenere unita la triade. Sorseggiavano insieme le loro acquette, facevano i bagni alla stessa ora, partivano compatte per le estenuanti camminate, ansimavano sui campi da tennis con lo stesso maestro incaricato di farle correre, e consumavano allo stesso tavolo pasti frugali e regolamentati. Nulla poteva guastare il loro buonumore eccetto la bilancia, e nei giorni in cui l'una o l'altra pesava quanto il giorno precedente, né le battute rudi di Frank, né la bonomia di Beatrice, né i graziosi modi da gattina di Arrow riuscivano a mitigare lo sconforto. Quello era il momento delle misure estreme: la colpevole si metteva a letto per ventiquattr'ore e nella sua bocca entrava solo la famosa zuppa di verdure del dottore, che sapeva di sciacquatura di cavolo.

Mai tre donne furono legate da amicizia più profonda. E sarebbero state completamente autonome, se non avessero avuto bisogno del quarto per il bridge. Erano giocatrici fervide e accanite, e appena terminata la cura quotidiana si sedevano al tavolo da gioco. Arrow, pur così femminile, era la più brava. Giocava in modo duro, brillante, spietato; non concedeva mai un punto e approfittava sempre degli errori altrui. Beatrice era solida, fidata. Frank audace, e una gran teorica, con i più autorevoli studi sempre sulla punta della lingua. Le loro disquisizioni sui sistemi rivali erano interminabili; si bombardavano a vicenda con Culbertson e Sims. Naturalmente nessuna giocava mai una carta senza avere almeno quindici buone ragioni per farlo; e dalle discussioni che seguivano risultava naturalmente che ci sarebbero state altre quindici ragioni per non giocarla. La loro vita sarebbe stata perfetta – anche con la prospettiva di ventiquattr'ore di broda quando la bilancia bugiarda (Beatrice), bastarda (Frank), schifosa (Arrow) del dottore asseriva falsamente che non avevano perso nemmeno un grammo in due giorni – se non avessero avuto la costante seccatura di dover trovare qualcuno che giocasse a bridge con loro, e al loro livello.

Fu per questo motivo che, nel frangente di cui tratta questa storia, Frank invitò Lena Finch ad Antibes. Era stata Frank a proporre di trascorrervi qualche settimana: il suo buonsenso non tollerava che Beatrice, dopo aver perso una decina di chili con la cura, li riprendesse subito, schiava del suo ingovernabile appetito. Beatrice era debole: aveva bisogno di una persona dalla volontà ferrea che l'aiutasse a seguire un regime. Così Frank propose di affittare, dopo Karlsbad, una casa ad Antibes, per avere la possibilità di tenersi in esercizio – lo sanno tutti che niente fa dimagrire come il nuoto – e di continuare la dieta il più a lungo possibile. Un cuoco avrebbe cucinato per loro le pietanze adatte: perché non tentare di perdere ancora qualche chilo? Tutte la giudicarono un'ottima idea. Beatrice sapeva bene cosa faceva al caso suo, e riusciva a resistere alle tentazioni se non le venivano sventagliate sotto il naso. Inoltre aveva la passione del gioco, e una capatina al casinò due o tre volte alla settimana sarebbe stata una maniera piacevole di trascorrere il tempo. Arrow adorava Antibes, e dopo un mese a Karlsbad era all'apice della forma: non aveva che da scegliere tra i giovani italiani, gli appassionati spagnoli, i francesi galanti e gli inglesi longilinei che bighellonavano tutto il giorno in costume da bagno o con sgargianti vestaglie. Il piano funzionò a meraviglia, e si divertirono moltissimo. Due volte alla settimana mangiavano soltanto uova sode e pomodori sconditi, e il mattino dopo salivano sulla bilancia a cuor leggero. Arrow scese a settanta chili e si sentì una ragazzina; Beatrice e Frank, se tenevano i piedi in una certa posizione, riuscivano a restare al di sotto degli ottanta. L'apparecchio che avevano acquistato misurava in chilogrammi e loro divennero bravissime a convertirli a colpo d'occhio in libbre e once.

Ma il problema del quarto a bridge rimaneva irrisolto. Una giocava da cani, l'altra era di una lentezza esasperante, un'altra ancora era litigiosa, o non sapeva perdere e l'ultima era poco meno di una delinquente. Si stupivano di quanto fosse difficile trovare la giocatrice che facesse al caso loro.

Una mattina, sedute in abito da spiaggia sulla terrazza con la vista sul mare, sorseggiavano il tè (senza latte né zucchero) sgranocchiando una galletta del dottor Hudebert che, era garantito, non faceva ingrassare. Frank alzò gli occhi dalle sue lettere.

« Lena Finch viene in Costa Azzurra » disse.

« E chi è? » chiese Arrow.

« La moglie di un mio cugino. Lui è morto un paio di mesi fa e lei si sta rimettendo da un esaurimento nervoso. E se le dicessimo di venire a stare da noi per due settimane? ».

« Gioca a bridge? » chiese Beatrice.

«Come no!» tuonò Frank con il suo vocione basso. «E ti dirò pure che non gioca affatto male. Non avremmo più bisogno di estranei».

«Quanti anni ha?» chiese Arrow.

«La mia età».

«Per me va bene».

E così fu deciso. Frank, risoluta come suo solito, finita la colazione corse a inviare un telegramma, e tre giorni dopo arrivò Lena Finch. Frank andò a prenderla alla stazione. Portava il lutto per la recente morte del marito, ma in maniera non troppo vistosa. Frank non la vedeva da due anni. Le diede un bacio e la squadrò da capo a piedi:

«Sei magrissima, cara» disse.

Lena sorrise stoicamente.

«È stato un periodo molto duro. Ho perso parecchio peso».

Frank sospirò: difficile dire se per la triste perdita della cugina oppure per l'invidia.

Ad ogni modo Lena non era del tutto inconsolabile e, una volta rinfrescata, accettò di accompagnare Frank all'Eden Roc. Frank presentò la nuova arrivata alle due amiche e tutte insieme si sedettero nella cosiddetta Casa delle scimmie, una sorta di rotonda affacciata sul mare, coperta da una vetrata; sul retro c'era un bar ed era tutto un cicaleccio di persone in costume da bagno o abiti da spiaggia che bevevano ai tavoli. Il cuore tenero di Beatrice ebbe subito un moto d'affetto per la derelitta, e Arrow, giudicandola scialba, palliduccia e almeno quarantottenne, si dispose a volerle un gran bene. Arrivò il cameriere.

«Cosa desideri, Lena cara?» chiese Frank.

«Mah, non saprei, quel che prendete voi, un white lady o un martini».

Arrow e Beatrice le lanciarono una rapida occhiata. Lo sanno tutti quanto fanno ingrassare i cocktail.

«Devi essere sfinita per il viaggio» disse gentilmente Frank, e ordinò un martini per Lena e una spremuta di limone e arancia per sé e le sue amiche.

«Sai, l'alcol non è molto indicato con questo caldo» spiegò.

«Oh, per me è indicatissimo» rispose Lena con leggerezza. «Io adoro i cocktail».

Arrow impallidì lievemente sotto lo strato di belletto (né lei né Beatrice si bagnavano mai il viso quando nuotavano, e reputavano assurdo che una donna della stazza di Frank pretendesse di divertirsi a fare i tuffi) ma non disse nulla. La conversazione fu fluida e gioviale, ognuna pronunciò con gusto le ovvietà di rito, dopodiché rientrarono alla villa per il pranzo.

Avvolte nei tovaglioli c'erano due gallette dietetiche; Lena le mise da parte con un gran sorriso.

«Ci sarebbe un po' di pane?» chiese.

Nulla, neppure la più volgare delle oscenità avrebbe potuto scandalizzare tanto le tre donne. Erano dieci anni che non toccavano il pane. Perfino Beatrice, golosa com'era, ci aveva rinunciato. Frank, da buona padrona di casa, si riprese per prima:

«Ma certo, cara» disse, e chiese al maggiordomo di portarlo.

«E del burro» aggiunse Lena, con quei suoi modi graziosi.

Ci fu un silenzio imbarazzato.

«Non credo che ce ne sia in casa,» disse Frank «ma indagherò. Magari in cucina».

«Ho una vera passione per il pane e burro, tu no?» disse Lena, rivolgendosi a Beatrice.

Beatrice rispose con un sorriso smorto e due parole evasive. Arrivò il maggiordomo con una lunga baguette fragrante; Lena la aprì in due e la spalmò col burro che era miracolosamente saltato fuori. Vennero servite delle sogliole alla griglia.

«Noi qui mangiamo con semplicità» disse Frank. «Spero non ti dispiaccia».

«Certo che no, anche a me piace il cibo semplice» rispose Lena spalmando il burro sul pesce. «Datemi pane, burro, patate e panna, e io sono contenta».

Le tre amiche si scambiarono un'occhiata. Il faccione giallognolo di Frank si incupì alla vista del pesce insipido e risecchito che le stava davanti. Beatrice le andò in aiuto:

«Non me ne parlare, è una tale scocciatura: di panna qui non se ne trova» disse. «È una delle cose a cui bisogna rinunciare in Costa Azzurra».

«Che peccato» disse Lena.

Il resto del pranzo consisteva in costolette d'agnello, col grasso accuratamente rimosso in modo da non indurre Beatrice in tentazione, spinaci bolliti e per finire pere cotte. Lena assaggiò la pera e lanciò un'occhiata interrogativa al maggiordomo: quell'uomo dalle mille risorse comprese al volo e, pur non avendo mai portato in tavola lo zucchero a velo, gliene porse una ciotola colma senza un attimo di esitazione. Lei se ne servì generosamente. Le altre fecero finta di nulla. Fu portato il caffè e Lena lo prese con tre zollette.

«Hai un debole per lo zucchero» disse Arrow sforzandosi di rimanere amichevole.

«Secondo noi la saccarina dolcifica di più» disse Frank, lasciando cadere una pillolina nel caffè.

«Io la trovo disgustosa» replicò Lena.

Beatrice fece una smorfia rattristata e guardò le zollette di zucchero con occhi smaniosi.

«Beatrice!» tuonò Frank, severa.

Beatrice soffocò un sospiro e prese la saccarina.

Per Frank fu un sollievo quando infine si sedettero al tavolo del bridge: vedeva benissimo che Arrow e Beatrice erano contrariate. Desiderava trovassero Lena simpatica, così da poter passare due belle settimane insieme. Per il primo rubber fu Arrow a giocare con la nuova venuta.

«Tu giochi Vanderbilt o Culbertson?» le chiese.

«Oh, non faccio troppo caso alle teorie» rispose Lena con tono spensierato. «Mi affido all'istinto».

«Io Culbertson puro» disse Arrow acida.

Le tre donne grasse si prepararono allo scontro. Poco

caso alle teorie? Gliel'avrebbero fatta vedere loro. Quando si trattava di bridge non c'era legame familiare che tenesse, e Frank si apprestò a umiliare l'ospite con determinazione pari a quella delle amiche. Ma Lena poteva contare sul proprio istinto: univa il talento naturale a una notevole esperienza. Giocava in modo fantasioso, fulmineo, sfrontato e sicuro. Le altre giocatrici erano troppo navigate per non capire subito che Lena sapeva il fatto suo, e siccome erano donne generose e di buon cuore a poco a poco si ammansirono. Questo sì che era bridge! Si divertirono tutte. Arrow e Beatrice si sentirono meglio disposte nei confronti di Lena, e Frank, che l'aveva notato, tirò un gran sospiro di sollievo. Sarebbe andato tutto benissimo.

Si separarono un paio d'ore dopo. Frank e Beatrice andarono a fare una partita a golf, Arrow una tonificante passeggiata in compagnia del giovane principe Roccamare con cui aveva stretto amicizia di recente. Era così dolce e giovane e bello... Lena disse che sarebbe rimasta a riposare.

Si ritrovarono appena prima di cena.

«Spero tu sia stata bene, Lena cara» disse Frank. «Avevo un po' di rimorsi di coscienza, sai, a lasciarti qui da sola per tutto questo tempo».

«Non ti devi affatto scusare. Dopo un bel pisolino sono scesa da Juan a bere un cocktail, e indovina cos'ho scoperto? Ne sarai felice: ho trovato una deliziosa sala da tè dove hanno una formidabile panna fresca. Ho lasciato detto che ce ne portino due decilitri ogni mattina. Sarà il mio piccolo contributo alla comunità».

Le brillavano gli occhi; evidentemente si aspettava di far loro piacere.

«Ma che pensiero gentile» disse Frank, cercando di placare con lo sguardo l'indignazione che vedeva dipinta sui visi delle amiche. «Però noi non mangiamo mai la panna; in questo clima dà l'indigestione».

«Be', vorrà dire che me la mangerò tutta io» rispose allegramente Lena.

«Non pensi mai alla linea, tu?» domandò Arrow con gelida calma.

«È stato il medico a dirmi che devo mangiare».

«Ti ha detto di mangiare pane e burro e patate e panna?».

«Proprio così. Cibo semplice, no?».

«Ma diventerai enorme» disse Beatrice.

Lena rise gioiosa.

«E invece no! Il fatto è che niente mi fa ingrassare. Ho sempre mangiato tutto quel che ho voluto senza mai prendere un chilo».

Il silenzio glaciale che seguì questa affermazione fu rotto solo dall'arrivo del maggiordomo.

«*Mademoiselle est servie*» annunciò.

La questione venne discussa a tarda sera, una volta che Lena si fu coricata, nella stanza di Frank. Fino ad allora le tre avevano ostentato una sfrenata allegria, prendendosi in giro con tanta amabilità da trarre in inganno anche il più fine osservatore. Ma ora gettarono la maschera: Beatrice era tetra, Arrow indignata, Frank svirilizzata.

«Non è un bello spettacolo, per me, Lena che si abbuffa di tutto quel che mi piace di più» disse Beatrice in tono lamentoso.

«Non è un bello spettacolo per nessuna di noi» ribatté Frank.

«Non la dovevi invitare qui» disse Arrow.

«E come diamine facevo a saperlo?» gridò Frank.

«Se avesse voluto davvero bene a suo marito non riuscirebbe a rimpinzarsi in quel modo» disse Beatrice. «Ecco, l'ho detto. È stato sepolto solo due mesi fa. Insomma, un po' di rispetto per i defunti».

«Perché non può mangiare quello che mangiamo noi?» domandò Arrow inviperita. «Dopotutto, è nostra ospite».

«Be', hai sentito cosa dice. È il medico che le ha prescritto di mangiare».

«E allora dovrebbe andarsene in un sanatorio».

«È disumano, insopportabile, Frank» gemette Beatrice.

«Se riesco a sopportarlo io, puoi farcela anche tu».

«È tua cugina, mica la nostra» disse Arrow. «Io non starò qui due settimane a guardare quella donna che si ingozza come un porcello».

«Che volgarità attribuire tutta questa importanza al cibo,» tuonò Frank, con una voce più profonda che mai «quando l'unica cosa che conta davvero è lo spirito».

«*Tu* stai dando della persona volgare a *me*, Frank?» chiese Arrow con occhi dardeggianti.

«Ma no, ma no» intervenne Beatrice.

«Magari mentre noi dormiamo tu quatta quatta apri il frigorifero e ti fai una bella scorpacciata».

Frank balzò in piedi.

«Come osi anche solo pensarlo, Arrow? Non vi chiederei mai questo sacrificio se non fossi pronta a farlo anch'io. Ci conosciamo da tanti anni e mi credi capace di una simile bassezza?».

«E allora com'è che non perdi mai un grammo?».

Frank trasalì, poi scoppiò in singhiozzi.

«Sei crudele! Ho perso chili su chili!».

Piangeva come una bimba. Il vasto corpo sussultava e grandi lacrime bagnavano il petto mastodontico.

«Frank, cara, non dicevo sul serio!» esclamò Arrow.

Si gettò in ginocchio e strinse Frank, o almeno un pezzo di Frank, fra le sue braccia adipose. Si mise a piangere a sua volta e il mascara le rigò le guance.

«Vuoi dire che non sembro dimagrita,» singhiozzò Frank «dopo tutti gli sforzi che ho fatto?».

«Ma certo, certo che sì, cara» rispose tra le lacrime Arrow. «Ce ne siamo accorte tutte».

Beatrice, di solito così tranquilla, piangeva sommessamente. Una scena alquanto patetica. Ci voleva davvero un cuore di pietra per non commuoversi alla vista di Frank, la donna dal cuor di leone, che si scioglieva in lacrime. Ma dopo si bevvero un bicchierino di brandy allungato con l'acqua, indicato da tutti i dottori come il liquore meno ingrassante, e si sentirono subito meglio. Decisero che Lena doveva mangiare tutto il cibo nutriente che le era stato prescritto, e promisero solennemente che la cosa non avrebbe scalfito il loro quieto vivere. Era senza dubbio una giocatrice di bridge di prima categoria, e dopotutto si sarebbe trattenuta solo due settimane. Si sarebbero adoperate per renderle il soggiorno piacevole. Si diedero un caloroso bacio della buonanotte e andarono a coricarsi provando un singolare sollievo; nulla avrebbe potuto guastare quella straordinaria amicizia che aveva portato tanta gioia nelle loro vite.

Ma la natura umana è debole; non bisogna chiederle troppo. Loro mangiavano pesce alla griglia e Lena maccheroni sfrigolanti di burro e formaggio; loro costolette alla griglia e spinaci bolliti, e lei *pâté de foie gras*; due volte alla settimana uova sode e pomodori sconditi, e Lena piselli in un mare di panna e patate in tutte le salse più deliziose. Il cuoco era bravo e colse al volo l'opportunità di esibirsi in una serie di piatti l'uno più sostanzioso, saporito e succulento dell'altro.

« Povero Jim, » sospirava Lena pensando al marito « gli piaceva tanto la cucina francese ».

Il maggiordomo rivelò di saper preparare una mezza dozzina di cocktail diversi, e Lena annunciò che il medico le aveva prescritto di bere borgogna a pranzo e champagne a cena. Le tre donne grasse tennero duro. Erano allegre, loquaci, perfino esilaranti (ah, il talento naturale delle donne per l'inganno...), ma a poco a poco Beatrice diventava più fiacca e più mesta, mentre nei teneri occhi azzurri di Arrow era comparsa una luce d'acciaio. La voce profonda di Frank si era fatta più roca. Quando giocavano a bridge la tensione era palpabile. Avevano sempre discusso delle loro mosse, ma in modo amichevole. Ora invece si percepiva un'innegabile acredine, e capitava che una segnalasse l'errore dell'altra con una franchezza fuori luogo. Le discussioni si tramutavano in diverbi e i diverbi in liti. Ogni tanto, alla fine, si chiudevano in un silenzio rabbioso. Frank accusò Arrow di farla perdere apposta. Due o tre volte Beatrice, la più sensibile delle tre, scoppiò in lacrime. Un'altra volta ancora Arrow gettò le carte sul tavolo e lasciò furibonda la stanza. Stavano raggiungendo il limite della sopportazione. Lena faceva da paciere.

« Mi sembra un tale peccato prendersela per il bridge » diceva. « In fondo, è solo un gioco ».

Era facile, per lei: aveva appena fatto un pasto completo, con mezza bottiglia di champagne. E in più, aveva una fortuna sfacciata: stava vincendo tutti i loro soldi. Alla fine di ogni sessione annotavano i punteggi in un taccuino, e il suo cresceva giorno dopo giorno con inesorabile regolarità. Non c'era proprio giustizia a questo mondo. Iniziarono a odiarsi. E sebbene odiassero anche Lena, non riuscivano a non confidarsi con lei. Ognuna di loro, separatamente, andava da lei a lamentarsi di quanto fossero detestabili le altre due. Arrow le diceva che le faceva male alla salute trascorrere tutto quel tempo con donne tanto più vecchie; era tentata di sacrificare la sua parte di affitto e andarsene a Venezia per il resto dell'estate. Frank le diceva che non si poteva pretendere che la sua mente mascolina si accontentasse di gente frivola come Arrow e francamente stupida come Beatrice.

« Ho bisogno di scambi intellettuali, io » tuonava. « Quando si ha un cervello come il mio bisogna frequentare i propri pari ».

Beatrice voleva solo pace e quiete.

« Proprio non le sopporto le donne » diceva. « Sono così infide, così cattive ».

Quando il soggiorno di Lena volse al termine, le tre donne grasse si rivolgevano a malapena la parola. Se c'era lei cercavano di salvare le apparenze, ma appena erano sole smettevano di fingere. Non aveva nemmeno più senso bisticciare. Semplicemente si ignoravano. E quando non era possibile, si trattavano con cortesia glaciale.

Lena andava ospite di amici sulla Riviera italiana, e

Frank l'accompagnò a prendere lo stesso treno con cui era venuta. Si portava via un bel po' dei loro soldi.

«Non so davvero come ringraziarti» disse mentre saliva sul treno. «Sono stata benissimo».

Frank Hickson teneva testa a qualsiasi uomo e ne andava fiera; ma era ancor più fiera di essere una gentildonna, e la sua risposta fu la perfetta combinazione di solennità e grazia:

«Siamo state tutte contente di averti qui, Lena» disse. «Ci hai fatto davvero un bel regalo».

Ma non appena diede le spalle al treno in partenza emise un sospiro da far tremare la banchina. Raddrizzò le gigantesche spalle e si incamminò verso la villa.

«Uff!» ruggiva di tanto in tanto. «Uff!».

Si mise il costume da bagno intero, infilò le espadrilles e una vestaglia da uomo (senza fronzoli inutili) e scese all'Eden Roc. C'era ancora il tempo per un tuffo prima di pranzo. Passò per la Casa delle scimmie, guardandosi in giro per salutare eventuali conoscenti, poiché all'improvviso si sentiva in pace col mondo; poi si arrestò impietrita. Non poteva credere ai suoi occhi. Seduta a un tavolo, da sola, c'era Beatrice; indossava l'abito da spiaggia che aveva comprato da Molyneux uno o due giorni prima. Portava una collana di perle, e l'occhio esperto di Frank notò che si era appena fatta ondulare i capelli; si era truccata le guance, gli occhi e le labbra. Per grassa, anzi, immensa che fosse, nessuno poteva negare che fosse una bella donna. Ma cosa stava facendo? Con l'andatura scomposta da uomo di Neanderthal che le era caratteristica, Frank la raggiunse: nel suo costume da bagno nero Frank ricordava l'enorme cetaceo che i giapponesi cacciano nello Stretto di Torres, detto volgarmente vacca marina.

«Beatrice, che cosa stai facendo?» esclamò con la sua voce profonda.

Era come il rombo del tuono su vette distanti. Beatrice la guardò impassibile.

«Mangio» rispose.

«Cristo, lo vedo bene».

Davanti a Beatrice c'erano un piatto di croissant e uno di burro, un vasetto di marmellata di fragole, del caffè e un bricco di panna. Spalmò un generoso strato di burro sul delizioso pane caldo, lo ricoprì di marmellata, e infine vi versò sopra quella panna densissima.

«Così ti ammazzi» disse Frank.

«Non m'importa» bofonchiò Beatrice con la bocca piena.

«Metterai su tanti di quei chili...».

«Va' all'inferno».

E le rise letteralmente in faccia. Gesù, che profumo quei croissant!

«Sono molto delusa, Beatrice. Pensavo tu avessi più carattere».

«La colpa è tua. Quella maledetta. Sei tu che l'hai invitata. Per due settimane l'ho guardata ingozzarsi come un porcello. È disumano, insopportabile. E ora mi faccio una scorpacciata, anche a costo di esplodere».

Gli occhi di Frank si riempirono di lacrime. All'improvviso si sentì molto debole, molto femmina; avrebbe voluto un omaccione che la prendesse sulle ginocchia e la vezzeggiasse dandole dei nomignoli da bimbetta. Ammutolita, sprofondò in una poltrona accanto a Beatrice. Giunse il cameriere. Con un gesto carico di pathos Frank indicò caffè e croissant.

«Lo stesso» sospirò.

Allungò una mano fiacca verso il piatto di Beatrice per prendere un croissant, ma lei glielo sottrasse.

«Neanche per sogno» disse. «Aspetta che arrivino i tuoi».

Frank sfoderò un epiteto che di rado le signore pronunciano con affetto. Di lì a breve il cameriere comparve con i croissant, il burro, la marmellata e il caffè.

«E la panna dov'è, scimunito?» ruggì Frank come una leonessa ferita.

Si mise a mangiare con voluttà. Il bar iniziava a riempirsi di bagnanti che venivano a godersi un cocktail o due dopo aver compiuto il loro dovere con mare e sole. Ed ecco Arrow con il principe Roccamare: portava un bel peplo di seta che stringeva in vita con una mano in modo da apparire quanto più snella possibile, e teneva alta la testa per nascondere il doppio mento. Rideva allegramente. Si sentiva una ragazzina. Lui le aveva appena detto (in italiano) che in confronto ai suoi occhi il blu del Mediterraneo sembrava crema di piselli. La lasciò per andare alla toilette a ravviarsi i lustri capelli neri, dandole appuntamento di lì a cinque minuti per bere qualcosa. Arrow si diresse a sua volta verso la toilette per aggiungere un po' di belletto alle guance e un po' di rossetto. E scorse Frank e Beatrice. Si fermò. Non poteva credere ai suoi occhi.

« Oddio! » gridò. « Bestie. Porcelle ». Afferrò una poltrona. « Cameriere! ».

L'appuntamento le passò di mente all'istante. Il cameriere le fu accanto in un baleno.

« Quello che hanno ordinato le signore » gli intimò.

Frank alzò il suo pesante faccione dal piatto.

« Mi porti del *pâté de foie gras* » tuonò.

« Frank! » esclamò Beatrice.

« Sta' zitta ».

« E va bene. Allora lo prendo anch'io ».

Arrivarono il caffè, i croissant, la panna, il *pâté de foie gras* e loro gli fecero onore. Coprirono il *pâté* di panna e lo mangiarono. Divorarono grandi cucchiaiate di marmellata. Spezzarono con voluttà il pane croccante. Cosa gliene importava a Arrow dell'amore, in quel momento? Che se li tenesse pure, il principe, il palazzo di Roma e il castello sugli Appennini. Nessuna fiatava. Erano assorte in una faccenda troppo seria. Mangiarono con ardore solenne, estatico.

« È da venticinque anni che non mangio una patata » osservò Frank in tono vagamente minaccioso.

« Cameriere! » chiamò Beatrice. « Patatine fritte per tre ».

« *Très bien, Madame* ».

Arrivarono le patate. Tutti i profumi d'Arabia non le eguagliavano in fragranza. Le mangiarono con le mani.

« Mi porti un martini » fece Arrow.

« Arrow, non si può bere un martini a metà pasto » disse Frank.

« Ah, no? Aspetta e vedrai ».

« Così sia, allora. A me un martini doppio » disse Frank.

« Tre martini doppi » disse Beatrice.

Furono serviti e bevuti d'un fiato. Le tre donne si guardarono ed emisero un profondo sospiro. I malintesi delle ultime due settimane si dissolsero e l'affetto sincero che le univa riprese a sgorgare dai loro cuori. Non potevano credere di essere state sul punto di troncare un'amicizia così appagante. Finirono le patatine.

« Li avranno gli *éclairs* al cioccolato? » chiese Beatrice.

« Ma certo che li avranno ».

Certo che li avevano. Frank se ne infilò nelle fauci uno tutto intero, lo ingoiò e ne afferrò un altro, ma prima di mangiarlo guardò le due amiche e conficcò un vendicativo pugnale nel cuore della mostruosa Lena.

« Pensatela come volete, ma la verità è che quella a bridge giocava proprio da cani ».

« Faceva schifo » assentì Arrow.

Ma all'improvviso Beatrice pensò che le ci voleva una meringa.

GLI ADELPHI

ULTIMI VOLUMI PUBBLICATI:

570. Fernando Pessoa, *Una sola moltitudine, I*
571. James Hillman, *Re-visione della psicologia*
572. Edgar Allan Poe, *Marginalia*
573. Meyer Levin, *Compulsion*
574. Roberto Calasso, *Il Cacciatore Celeste*
575. Georges Simenon, *La cattiva stella*
576. I.B. Singer, *Keyla la Rossa*
577. E.M. Cioran, *La tentazione di esistere*
578. Carlo Emilio Gadda, *La cognizione del dolore*
579. Louis Ginzberg, *Le leggende degli ebrei*
580. Leonardo Sciascia, *La strega e il capitano*
581. Hugo von Hofmannsthal, *Andrea o I ricongiunti*
582. Roberto Bolaño, *Puttane assassine*
583. Jorge Luis Borges, *Storia universale dell'infamia*
584. Georges Simenon, *Il testamento Donadieu*
585. V.S. Naipaul, *Una casa per Mr Biswas*
586. Friedrich Dürrenmatt, *Il giudice e il suo boia*
587. Franz Kafka, *Il processo*
588. Rainer Maria Rilke, *I quaderni di Malte Laurids Brigge*
589. Michele Ciliberto, *Il sapiente furore*
590. David Quammen, *Alla ricerca del predatore alfa*
591. William Dalrymple, *Nove vite*
592. Georges Simenon, *La linea del deserto e altri racconti*
593. Thomas Bernhard, *Estinzione*
594. Emanuele Severino, *Legge e caso*
595. Georges Simenon, *Il treno*
596. Georges Simenon, *Il viaggiatore del giorno dei Morti*
597. Georges Simenon, *La morte di Belle*
598. Georges Simenon, *Annette e la signora bionda*
599. Oliver Sacks, *Allucinazioni*
600. René Girard, *Il capro espiatorio*
601. Peter Cameron, *Coral Glynn*
602. Jamaica Kincaid, *Autobiografia di mia madre*
603. Bert Hölldobler - Edward O. Wilson, *Formiche*
604. Roberto Calasso, *L'innominabile attuale*
605. Vladimir Nabokov, *Parla, ricordo*
606. Jorge Luis Borges, *Storia dell'eternità*
607. Vasilij Grossman, *Uno scrittore in guerra*
608. Richard P. Feynman, *Il piacere di scoprire*
609. Michael Pollan, *Cotto*
610. Matsumoto Seichō, *Tokyo Express*
611. Shirley Jackson, *Abbiamo sempre vissuto nel castello*

612. Vladimir Nabokov, *Intransigenze*
613. Paolo Zellini, *Breve storia dell'infinito*
614. David Szalay, *Tutto quello che è un uomo*
615. Wassily Kandinsky, *Punto, linea, superficie*
616. Thomas Bernhard, *Il nipote di Wittgenstein*
617. Lev Tolstoj, *La morte di Ivan Il'ič, Tre morti e altri racconti*
618. Emmanuel Carrère, *La settimana bianca*
619. *A pranzo con Orson. Conversazioni tra Henry Jaglom e Orson Welles*
620. Mark O'Connell, *Essere una macchina*
621. Oliver Sacks, *In movimento*
622. Fleur Jaeggy, *Sono il fratello di XX*
623. Georges Simenon, *Lo scialle di Marie Dudon*
624. Eugène N. Marais, *L'anima della formica bianca*
625. Ludwig Wittgenstein, *Pensieri diversi*
626. Georges Simenon, *Il fidanzamento del signor Hire*
627. Robert Walser, *I fratelli Tanner*
628. Vladimir Nabokov, *La difesa di Lužin*
629. Friedrich Dürrenmatt, *Giustizia*
630. Elias Canetti, *Appunti 1942-1993*
631. Christina Stead, *L'uomo che amava i bambini*
632. Fabio Bacà, *Benevolenza cosmica*
633. Benedetta Craveri, *Gli ultimi libertini*
634. Kenneth Anger, *Hollywood Babilonia*
635. Matsumoto Seichō, *La ragazza del Kyūshū*
636. Georges Simenon, *Il capanno di Flipke*
637. Vladimir Nabokov, *Lezioni di letteratura*
638. Igino, *Miti*
639. Anna Politkovskaja, *La Russia di Putin*
640. I.J. Singer, *La pecora nera*
641. Inoue Yasushi, *Ricordi di mia madre*

STAMPATO DA ROTOLITO S.P.A. - STABILIMENTO DI PIOLTELLO